歌うクジラ

上

村上龍

講談社

目次

歌うクジラ　上巻

カバーイラストレーション　柳　智之
表紙オブジェ　青木美歌
表紙撮影　髙橋和海
装幀　鈴木成一デザイン室

第一章　新出島

1

　ぼくは橋を目指している。だが橋に辿り着けるかはわからない。だいいち正確に橋がどこにあるのか、父親を含めて周囲の人は誰も知らない。橋は本土につながっているために、この島では禁句に近い。ぼくは二度橋を渡ったことがある。しかしそのときは製剤の総合精神安定剤を服用させられていたので、現実に起こったことか、想像なのか、あるいは夢なのか、曖昧な記憶しかない。どの記憶も曖昧だ、自分に向かってそうつぶやいたとき、橋がこの島のどこにあるのか知っていそうな人たちが住んでいる場所にたたずんでいるのに気づいた。アパート群が終わり、舗装されていないない道路の両側に手作りの小屋が並んでいる。島の中でもひときわ貧しく、ほとんど何も教育を受けていない人たちの小屋だ。クナチュと呼ばれる人もこのあたりに多く住んでいる。

好きな動物は？　山猫
嫌いな動物は？　クジラ
好きな動物は？　ゾウアザラシ
嫌いな動物は？　クジラ
好きな動物は？　クロサイ
嫌いな動物は？　クジラ
好きな動物は？　アノマロカリス
嫌いな動物は？　クジラ
好きな動物は？　アラスカ犬
嫌いな動物は？　クジラ
好きな動物は？　白鳥
嫌いな動物は？　クジラ
好きな動物は？　シロサイ
嫌いな動物は？　クジラ

その人たちは空き地で火を囲みながら真剣に質問して答えをささやく。だがこれはゲームではない。ウロウロしながら眺めていると、火を囲んだ人たちの中から武装した一人が近づいてきて、グリースガンが心臓の位置に突きつけられた。グリースガンを持った人の額の横のこめかみと呼ばれるあたりから甘く酸っぱい匂いがして、彼がクチチュだとわかった。身体に突然変異の特徴を持つ人を総称してクチチュという。耳の付け根の上部にちょっと見ただけではわからない小さな穴が空いていて、分泌物を出すという種類のクチチュがいる。その穴は、胎児が生物としてはまだ魚類に近いときの、呼吸のための鰓《えら》のなごりらしい。ぼくの妹にもその鰓のなごりの穴があった。胎児には必ずその穴があるが、通常は出生後自然にふさがってしまうのに、ずっと穴が空いたままの子どもがまれに存在し、妹もその一人だった。小さいときはよく穴から菌が入って、こめかみが瘤《こぶ》のように腫れた。こめかみが腫れると妹は頭がクラクラして痛いと訴え、両親はポンプ式の吸い出し器で膿《うみ》を取ってやったが、それがうまくいかなくて膿が溜まり大きく腫れたときには病院でその部分を切開され、子ども用の野球のバットのような棒で何度か叩いたり強く押したりして膿を出した。膿は甘くていやな匂いがするのだ。

腫れが大きくならないように普段からときどき自分でこめかみを押して膿といっしょに菌

を外に出すようにといつも親が言って、妹は眉の間にしわを寄せ指で穴の横を押し白っぽい汁を排出していた。だが妹はクチチュではなかった。こめかみの穴から分泌される膿に毒性がある人だけがクチチュに分類される。グリースガンを構えている人はクチチュで、だから分泌物の匂いに甘さだけではなく酸っぱさが混じっていたのだ。クチチュは鰓《えら》のなごりの穴から出る毒から自らを守るために、身体全体に外見からはわからない独特の粘膜を備えているらしくて、それが酸っぱい匂いを発すると父親のデータベースで見た。ぼくは橋に行くつもりなんですが橋を知っていますか、と聞くと、グリースガンを構えたクチチュの人は、こっちに来いよ、と大きな声を出して火の周りにいた仲間を呼んだ。集まってきた人たちを見回したが、他にクチチュはいないようだ。もう一度言ってくれと言われて、ぼくは繰り返す。

ぼくは橋に行くつもりなんですが橋を知っていますか。クチチュの人が、ぼくの口元をグリースガンの先で示して、聞いたか、とみんなに確かめ、大昔に埋め込んだICチップが原因で腕が腫れている年寄りが、確かに敬語だとうなずいて、君はどこの人だ、どうして敬語を知ってる？　と聞いた。年寄りの腕はずっと以前に注入したICチップから漏れ出た金属が原因で壊死《えし》で黒ずんでだらりと垂れている。それまで気づかなかったが、彼らが火を囲んでいた場所はきれいな景色だった。最初視界がおかしいのかと思ったがそうではない。まわりの住宅にはオレンジ色の明かりが灯り、ぬかるんだ道路に止められた自動車にも明かりが見えて、夜の闇はまるで光沢のある濃紺の布のようだった。好きな動物は？　と取り囲んだ一人がぼくに聞いて、酒豪マウスですね、と答えると、みんなから歓声が上がった。ですねって、単に言うのは簡単だがこの子は発音が完璧だ、と腕が垂れた年寄りが満足そうにうなずいている。集まった人びとの中の子どもたちの顔が輝いて、嫌いな動物は？　という合唱が起こり、クジラですね、と答えるとそのあとで、ですね、とまた声をそろえてにこやかに繰り返した。何者だと聞かれた。ぼくが敬語を話すので驚いたのだ。約六十年前、二〇五〇年代に始まった文化経済効率化運動で島でも本土でも敬語が消えた。だがぼくは父親から自然に習い憶えた敬語を使う。父親への敬意を表現することにつながると思っているからだ。

ぼくは父親の名前を言った。父親はタナカヒロシです。ＩＣチップを腕に埋め込んだ年寄りはぼくの父親を知っていて、サーバベース管理をしていたタナカヒロシかと聞き、ぼくがうなずき、だったらその息子が敬語がわかるのは当然だが、たしかタナカヒロシは最近テロメアを切断されて仕事も生命も失ったのではないか、と不思議そうな表情をして、テロメアと切断という言葉で、周囲の人たちから嘔吐するときのような声が上がった。テロメアとは、染色体の末尾にあって生命時計とも呼ばれ、染色体を保護し安定性を保つ。テロメアを失うと細胞は死に、老化が促進される。重大な罪を犯してあらかじめテロメアを切られこの島に送られてくる人もいるが、ここで殺人や性犯罪を犯してもテロメアを切られる。正確には、ある遺伝子を取り除いて急激な老化を促進させる医学的刑罰のことだが、俗にテロメア切断と呼ばれている。急激な老化とは、急激な動脈硬化、急激な骨密度の低下、急激な小脳の衰退、卵巣や精巣の急激な萎縮、急激な免疫低下、急激な皮膚の萎縮、気管や心臓弁など軟組織の急激な石灰化、毛根と皮下脂肪の急激な減少と消失、急激なホルモン異常などが同時に引き起こされることを意味するのだと父親から教わった。つまり早期老人症が引き起こされる。この島が誕生する過程でテロメアという言葉が広く定着して、その医学的刑罰をテロメア切断、あるいはテロメアを切ると俗に表現するようになった。

2

島は地図上で新出島と名付けられていて、北部九州の沿岸にある。ぼくたちはこの島で生まれ、特別な場合を除いて島を出るのを許されていない。新出島という名称は、ただの出島という島が他にあって、それと区別するためのものらしい。その島は同じ九州にあって、この島とはまったく別の扇形の島なのだと父親のデータベースで知った。江戸時代にあった交易で有名な島で、それを現代に復元して歴史に興味がある人に観光用として陳列しているのだ。

手作りの小屋は点々と続いていて空き地で火を囲んだ人びとは飲み物を飲んだり話したりしている。君の父親はテロメアを切られたのか、とクチチュの人が聞いて、ぼくは、そうですと答えながらさまざまな思い出が巡り、父親の希望をかなえなければいけないと思った。管理事務所に逮捕されテロメアを切られて早期老人症にされた父親はぼくにすべてを託した。クチチュの人はじっとぼくを見て、おれが橋まで案内してやると言った。クチチュの人は、ちょっと待っててくれと言って、ある一軒の手作りの小屋の中に入り、灰色の上着とビニールのショルダーバッグを持って出てきた。あとを追って父親らしい病気の男が四輪の脚が付いた歩行補助器を押しながら現れ見送っている。あなたはクチチュですか、歩きながら聞いてみる。そうだ、と答が返ってくる。名前はサブロウで、グリースガンには実弾が入っていると自慢した。島では改造小火器がたくさん作られているが実弾を手に入れるのは簡単ではない。最初のクチチュが生まれたのは二〇七〇年代だと父親のデータベースにあった。新出島が誕生して三世代が交代したころだ。当初から島の管理事務所は住民に早婚を勧めた。早く結婚し子供を作ると老化が早いという通説があるからだ。島の人間はできるだけ早く子供を作り早く死ぬことが望まれた。多くの女が十代前半で出産した。他の女は十二歳や十三歳や十四歳や十五歳や十六歳で子供を産み育てるが、病死する乳児や幼児は非常に多い。また妊娠と中絶をくり返して胎児を人体市場で売る女もいた。胎児の脳組織はたとえばパーキンソン病の患者などに移植されるため高価で取引される。

島では平均して四十五年で三世代が経過する。最初のクチチュが生まれたのは島が作られてからちょうど四十五年後だった。そういったことはすべて父親から教えられるか、父親が管理するデータベースで知った。父親が豊かな知識を持っていたのはサーバデータ管理をしていたからで、エリートだと見なされる。島のサーバは一ヵ所で、通信の経由所を兼ねている。サーバには強力な防護が施されているから、アクセスは島内に限られているし、電話は周波数が限られていて島内しか通じない。

新出島ができたばかりのころはサーバに侵入したり電話機を分解して周波数を変えようとする人たちがあとを絶たなかったが厳しく罰せられたし、食材に総合精神安定剤が混入されるようになってからは、通信網に侵入するなどの知能犯罪に手を染める人を探すのがむずかしくなった。突然変異をクチチュと命名したのは島の人ではなく性犯罪を犯しテロメアを切られて島に送られてきた人だった。アフリカかアラビアの言葉で、変わった形をした尊いものという意味合いを帯びている。わざわざそういう名前をつけた理由は、本土や管理事務所が名付けると欺瞞的な呼び名になるからだとその命名者は言っていたが、結局彼は島でも犯罪に手を染めたと宣告され重い医学的刑罰を受け早期老人症になって死んだのだ。罪はぼくの父親と同じだった。十歳未満の女と性的行為をした疑いがかけられ、複数の証人もいた。ただし、ある人間を性犯罪者にするのは簡単だった。十歳未満で性的行為をする女はそこら中にいる。だから証言させてしまえば逮捕できる。起訴や裁判の手続きは簡単で逮捕の翌日には医学的な刑罰が実行される。島には三年制の技術学校と、他に五年制の矯正施設があるだけだ。他に教育施設はない。ぼくは小さいころから父親にデータベースの使い方を習い、さまざまな情報に接するうちにごく自然に敬語を覚えた。敬語にはわかりづらい規則性があって最初はむずかしく感じるが、一定期間集中して接するとやがて皮膚から染み入るように入ってきて使いこなせるようになる。

君はいくつだと聞かれ、十五歳ですと答えたあと、どうしてあなたは自分の毒で死なないんですか、とサブロウさんに聞く。コブラもサソリもヤドクガエルも自分の毒では死なない、とサブロウさんは答えて腕に触らせてくれた。皮膚はなめらかでひんやりとしていた。黒人に会ったことがあるかと聞かれ、あると答えると驚かれた。どこで会ったんだととても興味深そうに歩きながら顔を覗き込む。二回だけ橋の向こうの老人施設に行った記憶があるんですが、そのときだと思うんですと言うと、軽蔑の目で見られた。老人施設に行く島の男女は身体を売るのが目的だからだ。父親の使いで行っただけで性的行為の奴隷にはなっていないんですと嘘を言うと、信じられないがそういうこともあるのかも知れないとサブロウさんはため息をついた。老人施設で三人の黒人がジャズという音楽を演奏するのを聞いた記憶がある。

そのとき黒人と会って君は黒人に触ったかと聞かれ、遠くで見ただけですと言ったら、彼らの皮膚も滑らかでひんやりと冷たいらしいんだとサブロウさんが教えてくれた。外国では暑い日の夜に黒人の性的行為の奴隷を横に寝かせて暑さをしのぐ金持ちがいるそうだ、とサブロウさんは言った。黒人は数万年間、猛烈に暑いところで過ごしていたから皮膚が冷えやすくできていると言うやつもいる。そうやっておれたちは生きていくときに有利になるように変化することがあって、そういう変化をする人間は生きのびる比率が高くなる。それで変化はさらに子どもに受け継がれ孫にも受け継がれる。君はおれの耳の横の穴から出る毒に触れたりその匂いを嗅いだら気絶するし、死ぬ場合もある。でもおれ自身はものすごく薄い粘膜で保護されているので死なない。

突然変異ですねと確かめたが、何と呼ぶのかは知らないと言われた。弁当があるから今のうちに君も食べろとサブロウさんが言って、ぼくたちは溝の脇に積まれた石に並んで腰を下ろし、二本の棒食を分けて食べた。棒食は携帯用というわけではなく島では一般的に食べる。小麦粉か米、魚や肉など、それにビタミンやミネラルを混入させて練り状にして棒状に固めてある。太さは大人の指くらいのものから腕くらいのものまでいろいろだ。非常に薄いビニールが巻いてあって、それをむいて食べる。ぼくがもらった棒食にはピーナッツバターが含まれているようで、もう一つには粉末のイワシが入っているようだった。

このあたりはわずかに土地が高くなっていて遠くに整然と並んだ棒食工場の明かりの列が見える。その様子は何かに似ていると思うのだが、島以外の風景を見たことがないので何に似ているのかわからない。老人施設に運ばれていったときはより強力な製剤の総合精神安定剤を飲まされ車の窓も閉ざされていたので外の景色は見ていない。棒食工場の向こう側は海で、小さな光が揺れているのは本土側で行われる夜の漁業だろうか。島では漁業は行われていない。島民の自立は望ましいものではなく、また舟で逃亡する者がいるからという理由だ。だから棒食に使うイワシやアジのような魚は、本土から運ばれてくる。性犯罪者の隔離施設を島に作ったのは、二つ理由があるのだと父親が言った。海がそばにあると人間は心が広くなって自殺が減るのと、もう一つは簡単に逃げられないことだ。島の外周は人間の背の二倍ほどの高さの塀で囲まれていて、ところどころに監視カメラやＩＣチップ反応装置の残がいがぶら下がっている。総合精神安定剤が作られる前は、塀を乗り越えて海に逃げようとする者を監視するカメラと、身体に埋め込んだＩＣチップに信号を送って筋肉を弛緩させる装置が取り付けられていた。電気ショックで心臓をやられて死んだ人も大勢いる。

3

棒食工場のこちら側にはアパートが規則正しく建っていて、その区域には飲食店やゲームセンターなどの遊戯場もある。島の真ん中付近に塔のような唯一の高層建築物があり、それが管理事務所だ。屋上が監視塔になっていて11階まであると聞いているが、2階までしか行ったことがない。管理事務所に隣接して新出島自治会館があり、それらを囲むようにして警察と消防と病院と収容所、それに保健所と医薬品倉庫がある。それらの公共施設の周囲のアパート群から弱々しい明かりが漏れている。何ヵ所か薄暗いスペースがあるがそれは公園だ。シーソーやブランコのある幼児のための公園、噴水と花壇のある一般の公園、バレーボールやバスケットボールなどのコートがコンクリートにペイントされた公園、それに本土と島の芸術家の彫刻が点々と置かれている公園、大きな鳥かごがある公園、いくつもの公園があるが、売春をする子どもの巣になったり、改造薬品やアルコール類や煙草の売人の巣になっているところもある。アパート群の外側には手作りの小屋が密集している。さっきサブロウさんと出会ったのはその一つで、さらにその外側に廃棄物処理場やゴミ捨て場があり排水溝が放射状に海のほうに延びている。

不思議ですね。ぼくは景色を眺めながらそう言った。何が、と聞かれて、ここからはいろいろな明かりが見えるけどきれいなのは汚い区域の明かりなんですと言うと、お前が何を言いたいのかわからないとサブロウさんは無表情でそう言った。サブロウさんの顔は異常に整っている。人形かマネキンのようだ。歳は十八歳でぼくよりも三歳上だった。島ができたのは西暦二〇二五年だから、九十二年の歴史がある。七世代か八世代がここで新しく生まれたが、多くの新生児や子どもがいろいろな病気で死んだ。何度か本土から暴徒が押し寄せてきて住民を襲って傷つけたり殺したり誘拐したりしたし、エイズや新しい遺伝子配列のインフルエンザなど伝染性の病気が流行って住民の半分近くが死んだこともあった。閉鎖されているので島は生命の実験場であると言った政治家がいた。住民はすべて血液を採取される。

クチチュが誕生し始めたころには、鰓のなごりの穴から毒性の分泌物を出す人の他に、ウロコのような硬い角質の肌を持った赤ん坊や、全身が粉に被われた赤ん坊などがいて、その他に異様に整った顔と滑らかな肌を持つ子どももいた。だが耳の横の穴から毒を出すクチチュだけが生き残った。他の、ウロコで被われたり粉を吹いたりした赤ん坊は生まれてからしばらくすると全部死んだ。島では同じタイプの男と女が結ばれることが多いために、異様な美形の子どもは確実に増えていった。異様な美形が増えるというより、美形以外の人間のほうが死にやすかった。美形の子どもを持つ親は血液を高価に売ることができたし、子どもは一定の年齢に達すると管理官や矯正官や自治職員などを相手に売春して稼ぐことができて、その金で棒食以外の野菜や卵やミルクや肉や魚といった栄養のあるものを食べ医薬品を入手し、医者にかかることもできたのだ。新出島の子どもたちが本土の金持ちたちに人気がある理由はいくつかあったがもっとも大きい理由はその特別な容姿だった。

君は橋まで行って向こう側に渡るつもりかと、棒食を食べ終えようとしているサブロウさんから聞かれて、それは言えません、と答えるとグリースガンの銃口を首筋に突きつけられた。グリースガンはかなり昔のアメリカ軍のサブマシンガンの愛称だ。もともとグリースの注入器に似ていたのでその愛称がついた。サブロウさんが持っているグリースガンは改造銃だ。大小の銃身が縦二連に並んでいる。下部はグレネードランチャーの発射装置で、上の銃口はまるで水鉄砲かマヨネーズのプラスチック容器のように見える。クチチュの分泌液を抽出して極小の鉛に付着させブローバック圧と油圧を組み合わせて発射する装置だった。クチチュの分泌液は乾燥すると毒性が薄れるから、改造銃と弾丸を作る人たちは馬の皮の脂と混ぜてホチキス針ほどの鉛に付着させ弾を作り、ＰＤ弾と呼んだ。Poison Dart の略だ。ＰＤのトリガーはセイフティレバーのすぐ横にある赤いボタンで、一度浅く押すと発射油圧がオンになりそのまま深く押して撃つ。

君が橋を渡るのかどうか、知らなければ君の援護ができない、サブロウさんはそう言いながらグリースガンの赤いボタンに指を乗せる。このクチチュの人はぼくを簡単に殺すだろうかと考え、立場が逆で自分だったら相手を殺すと思ったので、橋を見つけたら渡る方法を考えることにしていますと正直に答えた。本土に何か用があるのかとまた聞かれて、父親が残したものをある人に届けなくてはいけないんですと言うと、サブロウさんは、おれもいっしょに橋を渡るからそれが案内の条件だと言ってグリースガンの銃口をぼくの顔から外した。

4

ぼくたちは排水溝沿いに歩いているがときどきサブロウさんは道に迷いそうになって、その都度排水溝に刻まれている番号を確かめる。ぼくたちは似たような服を着ている。島の商店には数種類の服しか売っていない。灰色と紺のシャツとパンツが基本でセーターやスカートやジャケットやコートもその色とデザインに合わせた単純なものばかりだ。サブロウさんが排水溝の番号を確かめるために身をかがめるたびに本当に橋の場所を知っているのか不安になって、本当に橋に行けますかと聞くが、このあたりは最新の埋め立て地なのでわかりにくいんだと言われ納得した。父親によると島は二十回以上新たに埋め立てが行われて拡張された。もともとは性犯罪者隔離施設だったが、二〇四〇年代の第一次食糧危機のとき神奈川や茨城その他日本のあちこちで自然栽培の農業と牧場が襲われ人が殺害されるという事件が起こってから政治犯や刑事犯も収容されるようになった。そのころから島では次々に埋め立てが行われ、また本土のゴミが不法に投棄されるようになった。埋め立て地の拡張には秩序がなかったので、地図はあるが不備で誰も全体を把握していない。

排水溝の両側には点々と手作りの小屋が広がっていて中には明かりがついているが外に出ている人はいない。パトロールの管理官に見つかったら何と言えばいいでしょうかとサブロウさんに相談すると、共通紙幣を持っているので賄賂として渡せるし、騒いだらPD弾で殺すし、総合精神安定剤の種類が増え食材に混入できるようになってからほとんどパトロールがなくなっていてだいじょうぶなんだと言って、ところで君はタナカヒロシの仕事を手伝っていたから敬語が話せるのかと質問した。そうですと答える。二〇五〇年代に文化経済効率化運動が起こって敬語も標的の一つになって、それでも本土では敬語を大切にする人たちが長く残ったがやがてほぼ全員が消えてしまった。父親がサーバデータ管理を担当したのは優秀だったからだ。判断力や記憶力や理解力が優れていて、従順だった。それで、管理事務所から選出された。サーバデータ管理は本土から与えられる膨大な過去のデータから新出島の設立の合理性を証明するものを選んでまとめる仕事なので、集中力や忍耐力に加えて、管理事務所の命令に従順であるという特性が必要だったのだ。

5

手作りの小屋が途切れるあたりに二種類の匂いが立ち込めている。放置された生ゴミの匂いと鼻の奥が痛くなる殺虫剤の匂いだ。寄せ集めの材料で作られた腰の高さほどの柵が、集落と前方のゴミ捨て場を遮っている。前方に広がるゴミ捨て場で何か動くのが見えて、それは本土の人間が島に捨てたあと野生化した夜行性のイタチ科の動物だった。昼間は排水溝の中で眠り夜になると餌を探して移動する。体長が40センチほどもあり肉食なのでネズミを捕るからと管理事務所も自治会も駆除しないまま放っておいたが、しばらくすると異常繁殖した。遠くを走る車のライトがゴミ捨て場を照らす。まるで地面全体がざわざわと震えているようで、捨てられた古い棒食の包装を食い破る音が畑一面に貼りついた秋の虫のように聞こえてくる。迂回しますかとぼくは思わず後退しながら聞いたが、ここを抜けないと今夜中に橋に行けないとサブロウさんが柵を跳び越え、どうしたんだ橋に行くんじゃないのかと振り返って叫んだ。跳び越えるために柵の縁に手をかけようとすると、ガラスの破片が埋め込んであるから手はつくなと注意されて、ぼくは平たくて大きな石を見つけその上に乗って柵を越えた。殺虫剤の刺激がより強く、目を開けているのが苦痛だ。

風向きが変わって黒っぽい毛並みの首の長い動物がこちらに気づいた。サブロウさんがグリースガンを構えるが、それと同時に先頭の一匹がジャンプして襲ってくる。黒く滑らかな毛が逆立ち目が黄色に光って剝き出しになったギザギザの歯が一瞬見えたがサブロウさんは素速くグリースガンを構えてボタンを押し風船から空気が漏れるような音がして、動物は空中で身体をねじるようにけいれんを起こし地面に落ち、他のイタチが怯えて一斉に鳴き声を上げた。父親が逮捕されるまでは管理官とも仲良くしていて自治会館から歩いてすぐの治安のいいアパートに住んでいたのでぼくはこういう状況に慣れていない。小さいころは他の子どもといっしょに捕まえたネズミに灯油をかけて焼き殺したり犬の肛門に強い成分の辛子を詰めて暴れさせたあとに殴り殺したりしたが、それは単なる遊びだ。イタチ科の動物は犬よりもはるかに危険だ。動きが素速い上にギザギザの歯で嚙まれると傷口がえぐれて必ず化膿する。鳴き声が止んでゴミ捨て場では風の音しか聞こえなくなり、何百匹というイタチが流線型の首を持ち上げて後ろ足で立ち上がっている。それを見て目の前でにょきにょきと生長したキノコみたいだと思ったとき、サブロウさんが大人の手の親指ほどの大きさのグレネード閃光弾をポケットから二個取り出してグリースガンに滑り込ませゲージで油圧を確かめるとそのまま撃った。

伏せろという声が聞こえ、湿った地面に倒れ込む。池に大きな石を投げ込んだような音と空気が切り裂かれる音が混じり合い、目蓋の裏側で真昼のような光が二度広がった。走るぞという声に促されてぼくは立ち上がりかん高い鳴き声を上げて逃げまどう動物を避けながら前方の背の高い影を追った。閃光弾の残像が視界をまっ白に被って点滅している。靴がゴミと泥でぐちゃぐちゃに濡れて足は逃げまどう動物をときどき蹴り上げる。イタチはパニックになって全力でゴミ捨て場から離れようとする。ぼくたちは白煙を潜り、燐の匂いの中を走り続けた。

6

両側に鉄条網がある道路に出た。道路脇の斜面に下りて息を鎮める。あのグレネード弾の光は検問所からも見えたでしょうねとぼくは言ったが、イタチはやっかいな病気を持っていてあいつらは駆除だと思うはずだからだいじょうぶだと言われた。橋を渡って本土のどこに行って誰に会うつもりなんだ、と聞かれ、老人施設に行くんですと言って、あなたはどうして橋を渡るんですか、と尋ねると、おれたちには共通の知り合いがいるかな、とサブロウさんは眉の間に皺を寄せた。ぼくのことをスパイだと疑っているのかも知れない。橋のある場所を知っていますかと近寄ってきたからといって、無条件にぼくのことを信用するわけにはいかない。脱走者を装って脱走に誘い管理警察に突き出すスパイはたくさんいる。

君の父親がタナカヒロシで、君がタナカアキラだとすると、たぶん君はオオツカという男を知っているんじゃないか、何人かの名前を挙げたあとサブロウさんはそう聞いて、ぼくは知っていると答えた。オオツカは二十年ほど前は非常に人気のある歌手で、よく映像看板などに登場していたが整形手術を施した顔が急に崩れ始め人気がなくなり自殺未遂を起こして島に送られてきた。文化経済効率化運動が始まってから自殺は法律で禁止された。自殺した人間の財産は没収され未遂に終わった場合は島に送られて見世物になって公園内で暮らすのだ。オオツカは十年ほど見世物として公園内で生きたあと管理事務所の許可を得てマウスの研究を始める。

島に来てから生化学を勉強したオオツカは島内に無尽蔵にいるマウスを子どもの協力を得て捕獲し始めた。人間に換算するとウイスキー二リットルほどに匹敵する大量のアルコールを、捕まえたマウスに注入して反応を見て、俗に酒豪マウスと言われる特別な肝機能を持つ個体を探した。千匹に一匹と言われる酒豪マウスは大量のアルコールを注入されても意識を失わず逆に活発になり倒れている牝にマウントする。そのマウスの血統を維持し肝臓からアルコール分解酵素を同定し遺伝子を探り当て、その特許を売って得た金の大部分を自治会に寄付した。また小さな生化学研究所を島内に建て、それまでは外国に密輸されることが多かった島民の血液や皮膚を自分たちで扱うことにしたのだ。オオツカの研究所が採取して分析して同定して売却する遺伝子情報は島の重要な資金源であり、管理事務所はオオツカと助手に医学的刑罰も担当させるようになった。父親は、オオツカの研究所でDNAの修復機能を阻害しテロメアを急激に摩滅させる薬剤を打たれ、寿命を残り三日間と設定された。平均寿命が二十八歳というこの島で、オオツカはもう五十歳を過ぎているはずだがまだ生きている。サブロウさんはマウスの捕獲を手伝っていた時期があり、ぼくの父親はオオツカが自治会の幹事になったあとずっと友人だった。

共通の知り合いがいたからと言ってお互いを信頼できるわけではない。だがサブロウさんがスパイだったとしても、他に選択肢はない。今さら橋までのガイドを探す時間はない。サブロウさんについていくしかない。両側に鉄条網のある道路脇の枯れた灌木《かんぼく》の陰を歩きながら、ぼくたち二人はとりとめのないことを話す。あれだけの数がいるのに残念ながらイタチの肉は臭くて食えないんだ、知ってるかとサブロウさんが話す。老人施設のことが気になるようで、本当に行ったことがあるのかと何度も聞かれた。本土は老人だらけだと島の人間は話には聞いているが、本土に行ったことのある人間以外は実情がわからない。本土の老人はありとあらゆるところに住んでいる。島と大して変わらない劣悪な環境でテントで暮らしている人もいると父親のデータベースにあった。頂点の老人施設と、最底辺である公園や路上のテント暮らしの間にはさまざまな階層の住居があるのだそうだ。老人施設という単純で平凡な名称の施設は本土に七つしかない。九州、四国、西日本、東海、東京、東日本、北海道にそれぞれ一つずつの老人施設があって、SW遺伝子で加齢を遅くしてもらった人びとが暮らしている。尊敬され選定を受けた人たちだ。

サブロウさんがしつこく質問してきて、ぼくは注意深く言葉を選び老人施設の記憶を辿って話す。老人施設に送り込まれたときは製剤の総合精神安定剤を大量に飲まされていたのでなかなか記憶はつながらない。早送りと一旦停止を繰り返す映像のような記憶しかない。橋を通過してから確か四時間ほどで老人施設に到着した記憶があって、四時間というのは遠いのか近いのかと聞かれたが、島の中での徒歩移動しか体験していないので車で四時間という距離がぼくもサブロウさんもつかめない。どんな感じの場所だったのかサブロウさんは知りたがった。老人施設は場所も建物ももちろんその内部も島では公開されていないし、老人施設という名前そのものを知らない人がほとんどだ。大半の住民は島の外に興味がない。島の外に限らず、何かに興味を持ち知ろうとすることに利益は何もないとすり込まれているからだ。

ぼくはまず、島の子どもや若者を性的行為の奴隷として老人施設に斡旋したアンジョウという人に会わなくてはならない。アンジョウがどこにいるかはわかっている。アンジョウは島の管理官だったが、幼女を誘拐して売っていたことが発覚して本土に逃げた。サーバデータ管理をしていた父親が本土のどこにアンジョウが住んでいるのかという情報を入手してICチップに記録した。アンジョウを探し出し案内させて老人施設に行く。老人施設に入るにはアンジョウの協力が必要だ。警備が厳しいのでぼくやサブロウさんだけでは近づくことさえ不可能だ。老人施設では、ヨシマツという人に会いICチップの情報を渡す。なぜヨシマツに会いに行くのか話せないし父親が握った秘密の情報についても話せない。

早期老人症になった父親はぼくにすべての希望を託した。一昨日医学的刑罰を受けた父親は、一日に十五年老化するようDNAの修復機能を低下させられ、まだ三十四歳なのに皺だらけの顔と骨と皮だけの身体にされてしまった。もう今朝はすでに衰弱して話せなかった。もうすぐ声帯を動かす筋肉が麻痺して話せなくなるからと言って、ICチップを身体に埋め込むように昨夜ぼくに指示した。サブロウさんと会った集落でぼくの敬語をほめた老人が腕に埋め込んでいたのと同じICチップでベリチップと呼ばれる。骨董品に近いがすぐれた性能を持っている。米粒ほどの大きさなのに充分な容量があり、注入後に外に押し出されないように抗免疫剤でコーティングされ専用注射器で皮下に埋め込む。ぼくは抗免疫剤とともにセカンドスキンでベリチップを被ったから、検問所や本土の警察でスキャンされても脂肪や血塊と見分けがつかない。足首のアキレス腱のすぐ横に埋めた。あまり痛くない箇所だが取り出すときは皮膚を切らなければいけない。SW遺伝子に関する秘密の情報、それにアンジョウの住所や顔写真などが収められているそのベリチップは爆弾と同じだと父親は言った。社会全体を破壊できる爆弾のような価値を持つのだと言った。

老人施設について何でもいいから覚えてないのか、そう聞かれて、待合室のような場所に置かれた写真集について話した。アンジョウを探しヨシマツにベリチップを渡しに行くのだがそれは話せないから写真集のことを言ったのだった。広い待合室があってそこは豪華でもきらびやかでもなくキャンバスのような生地で作られたデッキチェアが並び室内なのにどこからか水が流れていてマイナスイオンを出すという植物が集められ、そして写真集が置かれていたのだ。それはさまざまな花や果物と魚と宝石を組み合わせて撮影した写真ばかりを収めたもので不思議な魅力があって、性的行為を早く終えたぼくはそのページを眺めながら他の子どもや若者が戻るのを待った。ぼくの相手はサツキという名前のとても若く見える女の年寄りだった。

花と果物と魚と宝石を組み合わせて撮影した写真のどこがいいんだと聞かれる。サブロウさんは宝石を見たことがないしぼくもその写真集を見るまで知らなかった。二つに割ったキウイに水仙に似た花を差し、その周囲にイワシのような小魚を置いて果物の中心に黄金色の先細りの首飾りを突き刺した写真をよく覚えていると言うと、そうか、とサブロウさんはつぶやいただけでそれが性的行為を象徴的に表す写真だと気づかなかった。写真集の話に飽きたサブロウさんはクチチュについて話し始めた。あの集落には二つ前の世代に予知能力のあるクチチュが何人か生まれたらしい。

暴動がひんぱんに起こっていたころで管理警察は厳しく残酷なやり方で住民に接した。水を飲みたいと言っただけで舌をナイフで切られた女の子どもがいて、その子は収容所に入れられたが、あるときから管理警察の男たちが性的行為をしに自分の監房に来るのが予知できるようになった。その子と同じ血筋で他に三人の女の子どもにも同じような予知能力が見られたが、総合精神安定剤ができてからやがて能力は消えたらしい。総合精神安定剤は他にもいろいろな変化を生んだが、大きかったのは棒食などの食料に混入して常用させることで、体内ICチップが不要になったことだ。ぼくもサブロウさんも管理事務所がICチップを強制しなくなった世代だ。

昔は暴徒のICチップに信号を飛ばし筋肉を弛緩させたり、本土に逃亡した場合にGPSで位置を割り出したり識別したりしていた。だがICチップを体内から除去するさまざまな方法が開発され完全に制御するのは無理だった。皮下に埋めたものは切り裂いて取り出したし、筋肉に深く押し込まれるようになるとレーザーメスを応用した特製の抽出器が作られた。内臓間に押し込まれた場合でも除去専用のナノロボットが作られ、ＩＣチップは便利だが万能ではないということになり、総合精神安定剤が誕生した。総合精神安定剤だと、攻撃性がなくなるので物理的制御の必要がない。また、今の島の住民はほとんどが六世代か七世代なので顔や身体つきや話す言葉や服装で本土の人間とは簡単に識別できる。逃亡を図る者もほとんどいなくなった。ＩＣチップを身体に埋めれば体温や血圧、肝機能や脂質代謝や血糖や尿酸などいろいろな数値がわかるが、島の人間の健康状態など管理する側にはどうでもいいことだ。

7

サブロウさんがクチチュの話を終えようとしたとき頭上を光が走り震動が身体を揺らした。歩くのを止め地面に伏せ時計を見る。もうすぐ零時だ。検問所の警備の交代の時間なのだろうかと聞こうとすると頭を押さえつけられた。そのまましばらくじっとしていると顔や髪を虫が這った。声を出すなとサブロウさんが耳元で言う。震動がしだいに強くなり光の幅も広くなった。エンジンの音が近づいてくるが方向はわからない。四月なのに首筋や耳の横から汗が垂れてくる。パトロールに見つかったら父親に頼まれたことを果たせない。さっきサブロウさんが撃った閃光グレネード弾の確認をするつもりかも知れない。もし警備官が誰かを捜しているのならセンサーですぐに見つかってしまうし、グリースガンで管理警察の装甲車両に立ち向かうのは無意味だ。

トラックだというささやき声が聞こえて、それまで闇に溶け込んでいた鉄条網の尖った棘がヘッドライトに浮かび上がり、しばらくするとサブロウさんの言う通り四台の大型トラックが頭上を通り過ぎた。おれも老人施設に行きたいんだと、まだ土を顔にかけたままのサブロウさんが言う。四台のトラックは道路から外れてゴミ捨て場に入っていく。不法投棄のゴミを積んだ荷台が上に持ち上げられる音と犬の吠え声が響く。おれの母親は死ぬとき本当の父親は老人施設にいるとおれに言った。秘密は墓場まで持っていくつもりだったが死が恐いので打ち明けるのだと言った。おれがどうして橋を渡ろうとしているかは、これでわかっただろう。

トラックが捨てているのは白っぽい粉で粒子が細かいから風に乗ってゆっくりと舞い上がる。斜面沿いに再び歩き出し、サブロウさんが言ったことはたぶんデタラメだと思った。サブロウさんがぼくに嘘をついているということではなくて母親が死ぬ間際に明かしたという話が嘘なのだ。聞いてみると母親は十九歳で日和見感染で肺炎にかかり死んだらしい。母親は少女のころに老人施設に性的行為をするために買われて行って身ごもったのだろうか。島の女たちが本土の高い階層の男たちと秘密裏に性的行為をしているという噂は絶えなかった。老人施設で暮らしている人は特別で、たとえ九十歳の男でも妊娠させるのは可能らしい。サツキという女は百歳を越えていたが生理日を選んでぼくを呼び鮮血がこびりついた性器を見せたがった。だがサブロウさんの母親が死ぬ間際に言ったことは嘘だと思う。島の人は嘘を悪いと思わないし嘘をついても批判されない。島民同士では嘘が奨励される。子どもは島の人間を信じないことと本土の情報を信じることだけを教えられた。

信頼という概念をいまだに持っているのはサーバデータ管理という困難で価値の高い仕事をしていたぼくの父親のような人だけだ。サーバデータ管理は本土のメインサーバから天文学的な分量の過去のファイルを与えられ、その中から啓蒙的に優れたものを選んで今のファイル形式に変換して保存したあとで島の人々に回覧させる。使命感とモラルと知識と技術を持った人は複数の事業や研究に要する長い寿命を与えられて当然で、低い活性の脳神経しか持っていない人よりも良いサービスを受けるが、それはあらゆる生態系に見られる合理的基準である、そういったデータを過去百年間のファイルから収集する。ファイルはあらかじめ本土で大まかに編集されてから送られるが中には啓蒙的ではない情報がエラーで添付されていることがあった。父親はそれらを秘密裏に保存し、そしてあるときＳＷ遺伝子に関する極めて危険な情報を入手した。情報はＩＣチップに隠したが、エラーに気づいた本土から連絡があり、幼女との性的行為という罪を被せられて父親は逮捕された。

背後に遠ざかっていくゴミ捨て場から大きなラジオの音声と不法投棄者の笑い声が聞こえる。ラジオはどうやら方言番組のようだ。方言は敬語とともに文化経済効率化運動によって完全に消滅した。ラジオの番組では方言の会話や歌が許されている。いろいろな地方の人の昔の方言での会話をただ流すだけの番組だが、このように奇妙で滑稽な言葉があったのだと教育され宣伝されているので誰もがそれを聞くと大笑いする。

この茂みを抜けると橋が見えてくるとさっきサブロウさんが言った。ぼくはヨシマツという権力者のことを考えている。最高に近い権力者なのだと父親は繰り返した。ＳＷ遺伝子に関する機密情報を渡す相手はヨシマツ以外には考えられないのだそうだ。ヨシマツは偉大なる政治経済学者で、現代日本最高の箴言家で、そして日本で三十九番目にＳＷ遺伝子を組み込まれた人物だった。

8

SW遺伝子が発見されたのは二〇二二年だ。教科書に書いてあるので島の人もその年を忘れることがない。二〇二二年のクリスマスイブにアメリカ合衆国海軍の潜水艦がハワイのマウイ島近くの海底付近でグレゴリオ聖歌の第二旋法の中の一つの旋律を正確にくり返し歌うザトウクジラを発見した。水中音響装置から聞こえてくるメロディは通常のクジラの歌の音階ではなく、間違いなくカロリング朝フランク王国で九世紀初頭に作られたグレゴリオ聖歌だった。しかもそれはクリスマスの夜中に歌われるための入祭唱と呼ばれる曲で、潜水艦はそのザトウクジラを追跡し皮膚組織と神経組織、それに血液サンプルを採取した。皮膚組織の表面にはクジラ自身のものだと確認された石化物が付着していて、年代測定を行った古生物研究所は、信じがたいことだがそのクジラの年齢は最低でも一四〇〇歳だと推定されると発表した。

アメリカ合衆国は自国だけでクジラを研究することを避け、国連が主導して十四ヵ国から科学者が集められ、その細胞と遺伝子を調べた。やがてそのクジラは、俗に生命時計と呼ばれその摩滅と短縮が老化につながるテロメアという遺伝子を修復するテロメラーゼという酵素を大量に持っていることがわかった。しかもテロメラーゼの働きで不死になった細胞がある限度を超えて増殖しないための抑制因子を持っていること、つまり細胞の癌化を抑制する因子も持ち合わせていること、さらに活性酸素によるタンパク質やＤＮＡの損傷を抑制し修復するための因子を持ち、それは細胞内のミトコンドリアにも作用していること、またそのクジラは脳にも幹細胞があって神経ニューロンを新しく作り出すための因子を持っていること、それらが次々に発表された。そして驚くべきことに、その因子はただ一つの遺伝子によってコードされていることが判明した。国連と複数のＮＧＯが監視する中で慎重に実験が続けられ、偶然にも翌二〇二三年のクリスマスイブに、研究チームのリーダーだったフランス人の生化学者は、人類は不老不死の遺伝子をついに手に入れましたと、全世界に向かって告げた。

その魔法のような遺伝子は、歌うクジラ、Singing Whale遺伝子と名付けられ、ヒトへの応用に対しては今後も国連と複数のＮＧＯが監視・関与していくことが決まった。不老不死の恩恵を授けられるのはどの国のどんな人物か、その問いは哲学的であり神学論争に陥る可能性もあって誰も答えられなかった。しかしすぐに、不老不死の恩恵を絶対に与えてはいけないのはどんな人物かという逆の問いが生まれ、その答は明白だった。ＳＷ遺伝子を決して与えてはならないのはテロリストを含む大量殺人者、それに再犯率の高い性犯罪者だ。しかもＳＷ遺伝子を逆に使うのは実に簡単だった。ＳＷ遺伝子がコードする因子の受容体をことごとく機能不全にすれば急激に老化が促進される。大量殺人者や性犯罪者を今すぐその場で老人にできるのだ。アメリカのある州が、幼児を殺した性犯罪者に対してはＳＷ遺伝子を逆用し老化を促すことを認めるという法律を作り、そのあと劇的に性犯罪が減ったという調査結果を報告した。アメリカの連邦裁判所はその州法には違憲の疑いがあるとしたが、州の報告には大きな影響力があった。最初は部族間戦争による大量殺人に苦しんでいるアフリカの途上国が同様の法律を制定し、人権擁護派が危険性を訴えても、ＳＷ遺伝子は神から与えられた救済の光という世界的な潮流を止めることはできなかった。

日本はそれでも最後までＳＷ遺伝子を社会的制裁として使うことに慎重な国の一つだった。しかし、人権擁護派を嘲笑うような事件が起こった。東北地方で、四人の男が連続して四十人近い幼児と児童を殺したのだ。そのうちの一人は幼児を強姦して切り刻む模様をビデオで撮影してインターネットで流していた。また四人とも再犯者だった。社会的制裁としてＳＷ遺伝子を使わないことへの非難が内外から起こり、政府はＳＷ遺伝子を犯罪防止と抑制に使うことを正式に決め、あとは歯止めが効かなくなった。人びとは性犯罪に過敏になり通報や密告が数百倍に増えた。幼児虐待も医学的刑罰の対象になり、やがて性犯罪者の子どもも監視の対象とすることが決まって新出島ができた。ＳＷ遺伝子を刑罰に使う場合の対象が明らかになっていくのと同時に、ＳＷ遺伝子を組み込まれ寿命を延ばす人びとの基準が世界に先駆けて決まった。最初はノーベル賞受賞者と宇宙飛行士、それに高い社会・国際貢献を認められた人たちだった。独裁や強権を生む危険性があると政治家は含まれなかったが、ＳＷ遺伝子組み込みは医学生でもできる単純な処置で、富裕層や政治家は闇で自由に寿命を延ばしているという噂が絶えなかった。

9

見ろ、サブロウさんが足を止めて前方を示す。照明で黄色く浮かび上がった橋が、途切れた茂みの向こう側に見える。橋は全長四十メートルくらいで半分から向こうは霧に霞んでいる。どうやって渡ったらいいんですかと聞くと、検問所を破壊して警備管理官を皆殺しにするとサブロウさんは答えた。

第二章　橋

1

何時だと聞かれて、時計を見ると零時を八分過ぎていた。道路はゆるやかに右にカーブして橋とつながっている。鉄骨で組まれた橋は、トラック一台がやっと通れるだけの簡素なもので、ところどころ柵が壊れている。橋の手前に検問所がある。霧に隠れて見えないが、向こう側にも検問所があるのだろう。ぼくたちが身を隠す茂みの奥から雨だれのような音が聞こえるがどうして晴れの夜にそんな音がするのかわからない。雨の音が聞こえませんかとつぶやいて、もっとよく橋を見るために茂みのほうに近づこうとして止められた。あの音はトラックだ、サブロウさんがそう言う。足元がぬかるんで靴が半分以上柔らかな泥に沈む。この先は海だ。地面がひどく柔らかくなる。茂みが途切れた先の土手は垂直なコンクリートの堤防に変わっている。サブロウさんの表情が険しくなっている。

ここから橋の手前の検問所まで二百メートルほどあって近づくためには堤防沿いの道路を

進むしかないが、照明灯が並んでいるし蜘蛛型の監視ロボットがいるはずなのですぐに見つかって威嚇射撃のあとに膝を撃たれそのあと頭を撃たれると父親に聞いた。島の子どもが通う五年間の矯正施設は初等教育所とか初等学校と呼ばれているが、脱走者に対しては言葉による警告は省略されるのだと繰り返し教えられる。今何時だ、とまた聞かれる。零時を九分過ぎましたと答えると、サブロウさんはゴミ捨て場のほうを見て耳を澄ませ、ゴミ投棄のトラックを奪うつもりだと言った。

堤防の手前は打ち寄せられた波でいたるところに水たまりができている。倒木を何本か道路の上まで運ぶことになった。トラックを止める障害物として使う。靴がさらに泥に沈み、雨だれのような音が目の前に迫る。トラックが近づいている。サブロウさんが音を立てないように倒木を持ち上げ、茂みのほうに引きずって来ようとする。倒木からは強く海の香りが出ていて、ぼくたちはむせて咳き込みそうになり、手が奇妙な感触のものに触れた。休むなと言われ、人間を二人つなげたほどの大きさの倒木を水たまりから引き上げ土手に立てかけた。ぼくたちは二人とも息が荒くなっていてサブロウさんはじっと両手を見た。これは何だろう、と聞かれ、黒くてよくわからないけど海藻ですと答えた。ヌルヌルして滑りそうになる倒木を土手に立てかけるようにしてそのまま押し上げ、鉄条網の隙間から道路上に転がす。

何だって？　と再度聞かれ、海藻ですと教える。感触があまりに奇妙で冷たいのか暖かいのかわからない。カイソウってどういうものなんだ、と囁きながらサブロウさんが倒木をもう一本水たまりから引き上げる。海水でぬかるんだ茂みの土に靴がめり込む。海藻というのは海の中に生えている植物なんです、と二本目の倒木を土手に立てかけながらそう教える。倒木には三種類ほどの違った海藻が貼りついたり絡まったりしている。もっとも目立つのは細い茎にびっしりと尖った葉が付いた陸上の植物の松に似た海藻で、他に薄く平べったくて表面にかすかな凹凸があるものと、ちょうど幼児の手のひらとか耳をひねってねじりん棒のようにした形のものがある。海に植物があるって知らなかったな、とサブロウさんは両手を明かりにかざして見ながら呟き、しきりに手のひらをズボンにこすりつけた。二人で両端を持ち倒木を抱え上げる。引きずるよりも力が必要だし、両腕がふさがっているために土手を上るときに地面に手をついてからだを支えることができない。靴はぬかるんだ泥にまみれ土手の傾斜で何度も滑る。灌木の枝に足をかけ滑らないようにしてもう一度倒木を抱きかかえるようにして支える。ぼくが片方の端を支えている間にサブロウさんがもう片方の端を抱えて鉄条網をくぐり道路に這い上がった。道路は大型トラックが通れるギリギリの幅でところどころ舗装が剝がれて穴ができている。倒木はそっと地面に置くようにしないと音が出て検問所に聞こえてしまう。

同じようにしてもう一本の倒木を道路に転がす。鉄条網を抜け道路に出て一本の倒木の上にもう一本を立てかけるようにして置く。詰まっていた水道管から一気に水が弾け出るように汗が噴き出してくるのがわかった。二本の倒木は足を組んだ大男のような形になっている。倒木で道路をふさいでからまた土手に戻りトラックが止まると思われるポイントに身を隠した。サブロウさんはグリースガンを確かめたあと手の臭いを嗅いでいる。二人とも海の香りにまみれていた。チクチクしないか、と言われてうなずく。最初は海藻に触れた手のひらだけだったがやがて全身が極細の針で突かれているかのようにチクチクとした刺激に襲われた。カイソウって生きてるのかと聞かれ、生きていますと答えるとサブロウさんは眉間に皺を寄せた。

海藻は表面に針状の突起があるものがあって、ぼくたちはそれに確かに触れた。しかしだからといって全身に刺激を感じるだろうか。海の香りと海藻の感触がぼくたちの感覚的な記憶を乱したのかも知れない。気味の悪いものや嫌いなものを見たり触れたりして鳥肌が立つのに似ている。ある特定の細胞に物質として記憶が宿っていることがわかったのは半世紀前だ。ある信号が脳を刺激して映像や音や言葉を再現する仕組みもわかった。使用も生産も制限されたが、記憶を再生するメモリアックという装置が作られた。自分の記憶をデータに変換して記録したり保存することも可能になった。記憶再生装置の民間での使用が制限されたのは記憶物質からのデータ変換の際に発生する分子レベルの書き損じのせいだ。書き損じは常に発生し修正や修復は不可能だとわかった。書き損じの記憶は脳神経に損傷を与えたり精神的な障害を起こすリスクがあるとされた。だが記憶再生装置は生産されているし、島では矯正器具として自治会館に置かれ実際に使用されている。データ変換時の書き損じは、記憶の学習や学問への転用を不可能にした。つまり高度な学問を修めた人の知識を他人に移植するのは無理だ。しかし個人の記憶の総量の把握や、大切な思い出の保存、関連する出来事の相関関係などを外部に記録することは比較的簡単だった。

2

トラックの音がしないか、とサブロウさんが聞く。全身のチクチクする刺激で周囲に集中できない。地面が揺れているような感じがするがトラックの走行によるものかどうかわからない。外部と自分の間に膜ができたような感じがする。他人の記憶を移植され追体験するときに似ている。矯正施設では逮捕された脱走者が味わう刑罰の記憶を定期的に追体験させられたが、最初に今と同じように針で全身を突かれるようなチクチクする刺激があった。針で突かれる感覚なので刺激の起点は非常に小さい。子どもたちはその刺激によって点という概念を学ぶ。刺激は線でも面でも塊りでもなく点から発生する。点には長さも広さも大きさもない。ただのポイントだ。脳に転送される脱走者の記憶は無数のチクチクするポイントに変わり、そこから映像や音や軽い痛みが生まれる。追体験は夢よりも具体性が高い。夢と同じで音や光や言葉や意味性はある。だが痛みは擬似的だ。

海藻がぼくたちの感覚を狂わせているんです、そう言うと、そんなことはどうでもいいとサブロウさんは顔をひきつらせ、分泌物がさっきから大量に出ているみたいだからおれがいいと言うまでおれの腕や顔の皮膚には触らないでくれと注意された。照明に浮かび上がったサブロウさんの頬とこめかみと腕の内側に赤い斑点ができている。赤い発疹は大量の分泌物の証らしい。分泌物はどういうときに出るんですかと聞こうとしたが頭上を光が旋回して心臓の鼓動が激しくなった。犬の吠え声が大きくなる。ゴミ捨て場のほうを確かめようとして土手から顔を出そうとするとサブロウさんにズボンの裾をつかまれて引きずり下ろされた。いずれにしろ先頭のトラックが止まったらそこで襲撃をかければいいわけでその前にトラックの運転手に見つかったら終わりだと言われた。こんな状態でトラックの襲撃ができるだろうかと不安になる。

来たぞ、とサブロウさんが耳元でささやく。ヘッドライトが揺れながら近づいてくる。トラックが停止し運転手が出てきて倒木を退けてから殺し、運転席に乗り込むことになっている。地面の揺れをはっきりと感じた。トラックのエンジン音で空気が震えはじめた。戻ってくるトラックは一台でしょうか、それとも四台いっしょなのですかと聞くと、何台でも同じだと言われ頭上が真昼のように明るくなり、トラックのシルエットが視界を被った。車高の高い旧式のトラックだった。化石燃料とのハイブリッド車で馬力がある。地面の揺れが小さくなり、次に完全に止まった。

グリースガンを胸の前に構えてサブロウさんが慎重に土手をよじ登る。チクチクする刺激は消えていないが緊張と興奮で感覚が麻痺している。灌木の陰を這うようにして土手を登る。そっと顔を上げる。トラックは二台だ。トラックは危うく乗り上げそうになるほど倒木に接近して止まった。見上げるほど高い位置にある運転席のドアが開いて中から男が姿を見せた。青いジーンズとシャツを着てアニマルズという人気ガスケットチームのロゴの入った帽子を被り金属繊維で編んだメッシュのブーツを履いている。ガスケットは三次元の空間で競技する人気スポーツで父親のデータベースで試合の映像を見たことがある。先頭のトラックから男がもう一人降りてきて地面にしゃがみ込んだ。その男はやはりガスケットチームのドリーマーズの帽子で赤いトレーナーと灰色のジーンズに気泡性ラバーのブーツを履いていた。二人は後ろのトラックに合図を送る。後ろの二台目のトラックからも二人の男が降り前方に歩いてくる。

二台目のトラックの二人は草色の金属メッシュのアーミー服を着ている。帽子は一人はハーマンズで、もう一人はホリーズだった。不法投棄者たちはみな同じような体格で顔つきも似ていた。額が狭く顎ががっしりとして腫れぼったい細い目に潰れたような低い鼻がついている。前方でしゃがみ込んでいるドリーマーズの帽子の男の周囲に集まってお互いに顔を見合わせ、こんなところに倒木があるのは妙だと話している。賄賂が足りなくてそれが不満な警備管理官が本土の警察に通報したのかも知れないとアニマルズの帽子の男が言って、ホリーズの帽子の男がそんなことがあるわけがないと怒りだし全員がポケットから煙草を出して火をつけた。煙草の煙が街灯の支柱に沿って漂い暗い空に吸い込まれる。さっさと木を退けてしまえとサブロウさんがぼくのすぐ横でささやく。さっき倒木を道路に抱え上げるときに噴き出した汗が冷えてシャツが皮膚に貼り付いている。海藻の刺激はずっと残っていて、興奮と緊張から逃れようとして、どういうわけか性的な記憶がよみがえってきた。老人施設でサツキという女は汗や唾液や尿などからだから出る液体を全部舌でていねいにすくい取るように命令して、自分の分泌液は蜂蜜のような香りがするはずだと言った。本当に蜂蜜の匂いがした。

男たちはそれぞれ倒木の端を持って抱え上げようとする。さっき通ったときはこんな木はなかったと言いながら男たちは倒木を抱え上げ道路脇に置こうとした。倒木が退けられるのを確かめたサブロウさんがグリースガンをからだの前で構えて土手から道路に上がった。サブロウさんの顔と腕の内側の赤い斑点がさっきより増えている。強烈なオーラが出ていた。刺激を受けたクチチュが噴き出す酸っぱい匂いの分泌物が目に見えるようだった。まずホリーズの帽子の男がこちらに気づき口をポカンと開けたまま倒木を運ぶ足を止めた。彼の視線をなぞってハーマンズの帽子の男がこちらを振り向いて信じられないものを見たように茫然と立ちつくし、やがて他の二人もこちらを見たが四人は何の反応もしなかった。違う世界に迷い込んでうろたえている人のようだった。四人は何が起こっているのかわかっていない。島の住人がこんな時間にこんな場所に現れるはずがないとたかをくくっているので反応できないのだ。本土の人間を襲ったり管理警察に抵抗する島の住人は近年になってほとんどいなくなった。しかも目の前にいるのは触るだけで動物を殺すと言われているクチチュで腕と顔は不気味な赤い斑点で被われている。

アニマルズの帽子の男が何か言おうと口を開きかけたときグリースガンの油圧が高まる音が聞こえてマヨネーズ容器の尖端のような形の銃口がかすかに震え、ＰＤ弾が男の顔にめり込んだ。右の頬骨と口蓋の間に一瞬にして新しい傷跡ができたかのようだ。至近距離から撃たれ男はからだを反らし崩れ落ち、同時に倒木を離した。倒木を一人で支える羽目になったドリーマーズの帽子の男はバランスを崩し横向きに地面に転び、落下した倒木が足首を変な形にねじ曲げ、サブロウさんは続けて二発のＰＤ弾を撃って、そのまま走り出しトラックの運転席に上がろうとした。一発目のＰＤ弾は逃げようと走り出したホリーズの帽子の男の肩口に当たったが、もう一発は外れハーマンズの帽子の男はよろめきながら検問所のほうに向かった。早く来い、あいつを止めないと、サブロウさんがハシゴに靴を乗せながら前方を走るハーマンズの帽子の男をグリースガンで指した。ＰＤ弾を顔に受けたアニマルズの帽子の男の全身にけいれんが起こっている。大の字になって地面に転がり駄々をこねる幼児のように手足を震わせている。神経毒が心臓や四肢の筋肉に大量の興奮物質を放出させたのだ。

3

トラックを出せ、とサブロウさんが怒鳴っている。ハシゴに足をかけ手摺りでからだを引き上げて運転席に乗り込むとスピーカーから方言で歌われる歌が鳴っていてシートの隅に女がいた。女は化粧の最中で、左手に小さな鏡を、右手には睫毛《まつげ》に色を付けるための細く小さな棒を持っている。外で起こったことを把握していないようだった。ハーマンズの帽子の男はよろけながら走り続け前方のカーブを曲がってもうすぐ見えなくなろうとしている。サブロウさんとぼくを見た女は、ピンクの歯茎を剝き出しにして、わたしに近寄るなという意味のことを唾を飛ばしながら口走り、オーディオのスイッチを切った。運転席に坐ったサブロウさんが扇型のハンドルに触りながら、マニュアルで運転できるかと、ぼくと女を交互に見ながら聞いた。女は顔をしかめた。何を言われているのかまったく理解できないような表情のままだった。ハンドルの向こう側には計器とスイッチがびっしりと並んでいていくつかが点滅しエンジンもかかっているがどうやって発進させるのかわからない。ぼくは父親に教わった自動車の構造と基本操作を思い出そうとする。制動器であるブレーキを解除して、自動走行のスイッチをオンにすれば走り出す。だがスイッチは数え切れないほど多かった。どれが自動走行のスイッチなのかわからない。

誰かが運転席によじ登ってきた。足首をねじったドリーマーズの帽子の男だがもう帽子は被っていない。お前たち殺されるぞ、と叫んでいる。手摺りをつかんだ手に倒木の海藻がこびりつき前髪が額に垂れていた。細い目には力がなかった。本土の人間の特徴だ。男は、このままトラックから出て行けばもうそれで終わりにするという意味のことを言い続けて、そいつを突き落とせとサブロウさんが命令し、どうすれば男を突き落とせるのかわからなくて混乱したが、シートの上に転がっていた工具が目に入り男の顔を殴りつけた。ちょうどグリースガンと同じくらいの大きさの工具だがぼくには人を攻撃するという意識はなく、障害物として通路をふさいでいる廃木とか布きれとかを取り除くような感じで殴った。男の顔に工具がめり込む感触が伝わってきたが暴力を行使したという実感はなかった。サブロウさんが道路で四人の男たちと向き合ってから、ぼくは現実感を失っている。違う世界に迷い込んだようだ。

男が呻きながらハシゴから落ち地面に転がる。ぼくがドアを閉めたあと、何したいの？とまだ化粧用の棒と鏡を持ったままの女が聞いて、トラックを発進させたいのです、とぼくが言うと、女は急に真剣な表情になってぼくの顔をじっと覗き込んだ。あなた誰なの、と驚いた顔で聞いた。このトラックを発進させて走らせないといけないんです、とぼくがもう一度言うと、これ、と呟いてシートの脇の五センチほどの長さのレバーを指で引いて、次にハンドルの横についている菱形の青色の窪みに女は指を押しつけた。大型動物の咆哮のような音がトラックの内部から響き、からだがガクンガクンと揺すぶられてフロントガラスの視界が後ろへと流れ始めた。自動になっていて何もしなくてもちゃんと目的地まで行くんだな、とサブロウさんが聞くが女は答えない。ぼくの顔をじっと見ながら、あなた誰なの、ともう一度つぶやいた。女は光沢のある赤いボディスーツと金属メッシュのジャケットを着ていた。蠟人形のように見せようという意図で何重にも化粧をして、髪をいくつかのボリュームに盛り上げ印象材を使って硬い突起を作っている。

トラックは唸りを上げている。運転席は島の自治会館の二階のベランダと同じくらい高く周囲が見渡せた。橋は右前方にあり向こう岸まで直線で延びていて、内陸部には無数の弱々しい明かりが連なっている。橋に沿って黄色い照明を反射し稲妻のような模様を作っている海面を見なければ誰も目の前が海だとは思わないだろう。ただの暗黒だと思うかも知れない。何も存在していない暗黒だ。車に乗ったのは老人施設に連れられていったときだけで、製剤の総合精神安定剤を大量に服用させられて酩酊状態だったし、車は箱型の中型自動車でこんな大きなトラックではなかった。運転席のシートは三人が坐っても充分な隙間がある。背の高い大人が楽に横たわれるほどのスペースだった。ゆるやかに湾曲したフロントガラスからはボンネットの下半分に取り付けられた昆虫の触角のようなセンサーが見える。道路の形状や前方の状況を制動器やエンジンや操作器機に伝えコントロールする。トラックは前を走って逃げていたハーマンズの帽子の男にすぐに追いついた。男は道路脇の鉄条網にからだを寄せてかわそうとしたが右のバンパーにぶつかって跳ね上げられ視界から消えた。バンパーがからだをえぐったのだろうか、フロントガラスにシャツの切れ端と血が飛んできて女が両手を口に当てた。サブロウさんは表情を変えない。虫を殺すのと同じだった。ぼくも何も感じなかった。

4

検問所が見えてきて、このトラックはどこに行くんだ、とサブロウさんが聞くが女は答えない。橋の手前の検問所はプレハブの一階建ての小さな白い建物ですぐ脇にゲートがあって左右に開閉する鉄製のバーで遮られている。二人の警備管理官が出てきた。灰色の制服を着てヘルメットを被り警棒以外武装はない。彼らの動きは緩慢で異常に気づいている様子はない。警備管理官の周囲には探知警戒用の蜘蛛型ロボットが数匹ウロウロしている。島の警備用ロボットは旧型で催涙ガスのみを装備している。トラックは検問所の手前でスピードを落とす。開閉式のバーにセンサーが反応してスピードを落とすように各装置に指示を出すのだ。サブロウさんがビニールバッグからグレネードを取り出してグリースガンに装てんしながら、もっとスピードを上げられないのかと聞いた。ぼくに聞いたのかそれとも女に聞いたのかわからなかった。サブロウさんの腕にできた赤い斑点は消えていない。女はぼくに寄り添うようにしてできるだけサブロウさんから離れている。サブロウさんの端正に整った顔には長い前髪が貼り付いている。あなた誰なのよ、と女がぼくにぴったりとからだを寄せて繰り返し聞く。女がどうしてぼくが何者か気にするのかわからなかった。タナカアキラだと名前を言うが反応がない。女が聞きたいのは名前ではなかった。

サブロウさんがグリースガンを手にして右の窓を開けようとする。いくつかのスイッチを押して窓を開け、身を乗り出してグリースガンを構える。前方正面の検問所が近づいてくる。警備管理官たちの表情や動きには緊張がない。あなた本当に敬語を話せるのと女がぼくの胸に顔を押しつけながら聞いた。印象材で固められて尖った髪の毛が胸と喉に当たる。何重にも塗られた化粧が剝がれてぼくのシャツにこびりつき老人施設で嗅いだものと同じ種類の匂いがする。この男はアキラという名前だが父親が島でサーバデータ管理をしていたんだ、とサブロウさんがグリースガンを構えたままこちらを見ないで言う。女の呼吸を首筋で感じた。女はサブロウさんの分泌物を怖がってますますからだを押しつけてくる。ジャケットの下に緩く編んだ紐シャツを着ているが乳房がぼくの胸に当たって押し潰されるように扁平になっているのがわかる。水道管が破裂したような音がしてグレネードのバックファイアの煙が運転席に充ちた。グレネードは放物線の航跡を描いて検問所脇の鉄条網の支柱に吸い込まれて爆発し、ロボットか鉄条網の破片が舞い上がったあと煙で何も見えなくなった。

女が襟元にある半透明の丸いタッチパネルに指を押し当てジャケットに内蔵された電話で誰かと話しはじめる。トラックのエンジン音にかき消されそうになり、ぼくは集中して女の話を聞いた。食堂で出会ったトラックの運転手に誘われ退屈していたので島に行って帰り道に二人の島の住人に襲われて一人はクチチュだけどもう一人の男が敬語を話せるみたいで連絡したほうがいいと思い今電話をしているがこの二人は武装していて島の検問所を今破壊して本土に行こうとしている、そういう意味のことを早口で女は喋った。

検問所付近には半壊してバラバラになったロボットの部品や鉄条網の切れ端やコンクリートの塊りや千切れた木材などが散乱していた。警備管理官の姿は見えない。サブロウさんが使っている密造グレネードは国際条約を無視して作られているので爆発力が高い。トラックは爆風を受けて一度停止したが電話を終えた女がパネルスイッチを叩いて再び走り出し、検問所の残骸やなぎ倒された鉄条網や照明灯を乗り越えてさらにスピードを増した。警備管理官たちは車を移動させてバリケードを作ろうとしていたようだが間に合わない。サブロウさんは目を大きく見開いてトラックが検問所を突破するのを見届けようとする。警備管理官が轢かれたり跳ねられたりするところを見逃さないようにしようとしているのだ。サブロウさんの腕の内側の赤い斑点がまるで点滅するようにさらに増えていく。

トラックは橋に入った。窓からの強い風と背後に流れ去っていく景色はこれまで味わったことのない高揚感を生んだ。橋はまっすぐに延びていて舗装されているのでトラックは滑るように疾走して照明灯の黄色い光が視界の端から端へとミサイルのように横切っていく。ぼくの胸元で女の呼吸が聞こえる。まるで人工肺を埋め込んだ老人になったみたいだと思う。女が息を吸ったときにトラックは橋に乗り入れ、次に息を吐いたときにはもう向こう岸の検問所が目の前に迫っていた。警備管理官はやっと異常を察し逃げようとしたが、動きが遅い一人とロボット二匹がフロントガラス越しに左右に跳ねとばされた。かすかな衝撃がある。一人の命と二匹の機械が破壊された衝撃は女の吐息より小さかった。攻撃者の力が強大であればあるほど殺傷破壊時の衝撃は少ない。

トラックは検問所付近に集まっていた警備管理官の何人かを跳ねとばしそのうちの二人は巨大な車輪の下敷きになった。サブロウさんはトラックの運転席の窓を開け放ち身を乗り出し警備管理官たちのからだが引きちぎられるところを眺め興奮と感動の表情を浮かべた。ぼくはからだを引きちぎられる警備管理官を間近に見ても何も感じなかった。警備管理官のからだが半分に千切られてトランポリンで跳ね上がるように宙に浮かんだが、まるで現実感がなかった。

5

橋を渡り終わり、検問所を破壊したあとトラックはしばらく岸壁沿いに走り、やがて右に大きく曲がって両側に倉庫のような建物が並ぶ広い道路を走り続ける。彼方にさまざまな高さのビルの群れがある。女はまた電話をしている。トラックのエンジン音が周囲の建物に反射してよく聞こえない。電話をオンに　位置をつかまえて　警察が封鎖する　拾って、というような言葉がきれぎれに聞こえる。サブロウさんはずっと周囲の景色に目を奪われて窓の少ない大きな倉庫を通り過ぎるたびにその方向に首を回し低い歓声を上げる。重病人の吐息のような歓声だ。倉庫と倉庫の間には広大な空き地がありところどころに映像看板が立てられている。一般用温泉保養地を宣伝する映像看板は水着を着た女が天蓋付きのベッドでマッサージを受けている様が映し出されるがスクリーンの真ん中あたりが大きく縦に裂けていた。本当だって　一人はクチチュで　もう一人が敬語遣い、女は襟についているタッチパネルを引き寄せながらそういうことを話し、一度通話を中断しサブロウさんに向かって、こいつなんで敬語が話せるのよ、と聞いた。

サブロウさんはこちらににじり寄ってきて左手で女の尖っている硬い髪をつかんで右手の

手のひらを女の顔に近づけた。女は叫び声を上げ、この男をこいつと呼ぶな、とサブロウさんがぼくのほうを顎で示し、父親が島でサーバデータ管理をしていたんだよと吐き捨てるように言って、やっと女から手を離した。女が震えながら髪に指を持っていこうとしたので、触らないほうがいいですよとぼくは言った。髪は硬質の印象材でコーティングされているから問題ないがつかまれた際に付着したサブロウさんの手の平の分泌物が残っているはずなので触れると危険だった。クチチュの分泌物の毒性がどれほど強いのかは実はわかっていないのだと父親は言った。個人差もあった。初等教育所の後輩にクチチュが一人いたが毒性は弱く触っても指がしばらく痺れる程度だった。クチチュの毒性の度合いは電圧のようなものらしい。数ボルトの乾電池もあるし数万ボルトの電圧線もある。PD弾に使われるような特別に強い毒性を持つクチチュが分泌物を放出しているときは皮膚に触れるだけで死に至るのだと父親は言った。

サブロウさんは大きく息を漏らしながら景色に見とれている。島にはこんな大きな建物はないし風景は立体的な広がりがない。どこも同じように平面的だ。サーバデータ管理、そう、父親がサーバデータ管理、だから敬語遣いになったんだって、再び電話に戻った女はそう話している。文化経済効率化運動によって敬語が消えて半世紀近くが経つことになる。一度消えた言葉は覚えるのがむずかしいらしい。敬語は覚えるのがむずかしかった。文法的な規則性が曖昧だからだ。倉庫間の空き地に立つ看板が目の前に現れては吹き飛ぶように背後に遠ざかる。虎が三日月に向かって吠えている様を描いた塗り薬の看板があってきれいだった。次にスキンヘッドの側頭部に時計の文字盤の刺青をしている有名なガスケット選手が三種類の棒食を食べている看板があって以前にも見たことがあると思い出した。四年前老人施設に連れて行かれたときに確かに同じ映像看板を見た。

6

倉庫街が終わり、内乱で廃墟になった運動施設沿いの広い道路に出た。前後左右に他の車が現れトラックは小刻みに減速と加速を繰り返すようになった。流線型の乗用車のよく磨かれた車体に、頭上の高速道路の紫色のネオンが映っている。高速道路の走行は、誰にも許されているわけではない。不法投棄のトラックはもちろん大多数の車は下の一般道しか走れない。運動施設内のメインスタジアムは第一次移民内乱の際には死体置き場になり第二次移民内乱の際には強制送還される移民たちの収容施設になったらしいが半壊した建物と荒れ果てたグラウンドには当時をしのぶものは残っていない。内乱とは何かと父親に聞いたことがあった。たくさんの子どもの死体が日常的に道路や空き地に転がることだと教えられた。スタジアムを過ぎると視界が開けてえんえんと続く同じ大きさの直方体の低層の住宅地が見えてきた。道路の脇を歩いている人たちがいる。こんな場所を歩くのはおそらく下層の人だ。政府が用意した集合住宅は単純な直方体のコンクリートの塊りで中には八世帯から十世帯の家族が暮らしていると言われる。墓場みたいだなとサブロウさんが言ってぼくもそう思った。コンクリートの表面に規則正しく同じ位置に窓がある外観が息苦しい感じがした。

警察　どこで　逃げる　わからない、女はそういうことを話している。ぼくにからだを預けるようにしてサブロウさんから遠ざかっていたが周囲の景色をよく見るためだろう、シートに浅く坐り直した。直方体の住宅は定規で線を引いたように整然と並んでいて地上と高架に二本のモノレールが走っている。モノレールは病院や学校や役所や職場や映画館やデパートや食堂街や公園を結んで走っていて便利だがその他の場所へは絶対に行かない。このあたりに住む人たちはモノレールが運行する範囲内で生きる。四台のモノレールが動いていて手前の一台は車体の映像看板や乗客の顔までよく見えた。真夜中なのにおおぜいの人が乗っている。工場や農場や事務所に勤務する人たちだ。父親は人工照明が天井を覆い尽くす最新の地下農場のデータをよく見せてくれた。地下農場は夢の農園と呼ばれた。人工照明による光合成に危険性はないと言われているが老人施設にいるような人たちは地下農場の野菜や果物は食べないらしい。高架橋をくぐり停車中のモノレールと交差するようにすれ違ってネオンと映像看板が眩しい道路に出ると、突き当たりに巨大な食品モールが見えて、その手前に警察が封鎖線を敷いていた。トラックとほぼ同じ大きさで平べったい装甲車両が二台並んで道路をふさいでいる。一台は黒でもう一台は緑色だ。

7

脇道はない。両側はモノレールの高架橋の壁と支柱にはさまれているためにトラックは封鎖線を回避できない。回避できない場所を選んで封鎖線が敷かれたのだろう。検問所のロボットが破壊される前に異常事態を知らせる信号を自動発信したのかも知れないが、どうやって警察がぼくたちの不法侵入を知ったかは問題ではない。封鎖線はすでに目の前にある現実だ。トラックのスピードがしだいに遅くなる。警察がトラックの自動走行装置に信号を飛ばして速度をコントロールしているからだ。背後にも装甲車両がゆっくりと姿を現した。トラックは退路を断たれた。運転席のスピーカーから警察が流す警告が流れてくる。攻撃は止めよ、戦闘機械が応戦する、停止したら合図を待って車を出よ、合図は二十秒間隔で三回行う、従わない場合には戦闘機械が攻撃する、そういうアナウンスが繰り返される。戦闘機械とは何だ、とサブロウさんが聞くが女は答えない。女は上空を気にしている。フロントガラスから見上げ大小のローターロボットを顎で示し、早く窓を閉めるようにとサブロウさんに言った。ヘリコプターと同じ様式の三枚か四枚の回転翼を持つさまざまな大きさの最新鋭の円盤型のロボットが上空に群がる。目立つのは両手を広げたくらいの大きさの中型のロボットで父親のデータベースによると放射型のスタンガンを備えていて、内部には、まるで蝿のような超小型のローターロボットを無数に格納している。超小型ローターロボットは車の中や建物などどこにでも侵入して内部の映像や音声を収集して送信し催涙ガスや誘眠ガスや毒ガスを噴霧して内部を制圧する。他に手のひらサイズのものやトイレの便座くらいのもの、そして、大型の攻撃用ローターロボットも二機確認できた。攻撃用ローターロボットは乗用車ほどの大きさがあり回転翼も非常に長い。操縦士の搭乗が可能で機関銃や機関砲やロケット弾を装備しているらしい。

サブロウさんは窓を閉めなければいけない理由がわからないようで不快そうな顔で女を見たがヘッドライトにまるで蚊柱のような超小型のローターロボットの大群が浮かび上がり、憂うつそうな表情になって開け放っていた側面の窓を閉めた。まだ　解除　できない？　女は電話を続けている。トラックは警察からの遠隔操作を受けて減速し続ける。後方を封鎖する装甲車両は一定の距離を保ちながらこちらに向かって進む。逃げようがないとサブロウさんがつぶやいた。警察は封鎖線の前列に大型のローターロボットと装甲車両を配置している。装甲車両の強力なサーチライトが三方向からトラックを照らし出している。ドーム型の屋根を持つ食品モールの駐車場に、警察官の姿が見える。蜘蛛型ロボットを従え、野次馬を排除している。本土の警察は繰り返された大小の内乱や暴動から多くを学んでいて群衆を制御するのに長けている。

両側はモノレールの高架橋のコンクリートの壁と支柱で塞がれていて前と後ろは装甲車両とロボットに囲まれた。トラックから出たらローターロボットが一斉に攻撃してくる。腕の内側の赤い発疹が消えはじめていてサブロウさんは落ち着いた表情になった。安堵しているようにも見える。ぼくも奇妙な安堵を感じた。島の住民の特性として何かに挑んで失敗したり罰せられたりすると、自分が収まるべきところに収まる感じがして奇妙な安堵を感じるようになっている。父親もそうだった。テロメア切断という刑罰が決まったとき最初怒りを爆発させたが、やがて安心したような表情になった。逮捕も刑罰も死も、想像することで恐怖が生まれる。実際に拘束され医学的刑罰を受け死を迎えるときには想像が消え受け入れるべき事実となって、いつかはこういうときが訪れるのだろうとそれまでずっと不安に怯え恐怖したものが今やっと現実になったのだと、人生のゴールに辿り着いたような気分になるのかも知れない。一生島から出ることは許されないという風に思ってはいけないとぼくたちはずっと教えられてきた。島にはすべてがあるわけではないが、棒食という画期的な食物は中華からイタリアンから北アフリカや中東や南アジアのような極めて珍しい料理の味まで提供できて、自治会館に設置されたメモリアック映像ライブラリーでは世界の景色や動植物、それに伝統文化や芸術や遺跡をいつでも追体験できるわけだから、一生島から出られないのではなく、出なくてもいいということなのだと教えられた。現実以外のものを想像するのは無意味で、ときには有害だと徹底して刷り込まれると人間の精神は安定する。ぼくとサブロウさんは島を出ようとすることで現実から遊離し興奮も覚えたが、本土で警察に包囲されて安堵している。その証拠にやっとぼくに現実感が戻ってきた。

トラックがさらにスピードを落とす。前方の封鎖線が近づいてきてフロントガラスには超小型のローターロボットがびっしりと貼りついてうごめき上空には中型のローターロボットが静止したり旋回したりしながらトラックの動きを追っている。ローターロボットの中心には作動状況を示すライトがありそれが点灯したり点滅したりしてそれを見つめていると、クリア、と女がひときわ大きな声を出してハンドルの脇にあるタッチパネルを操作しトラックのエンジン音が急激に大きくなった。作動した、と女は笑みを浮かべて電話口で声を出し、運転席の中央にある扇形のハンドルを握りしめ、シートベルトをしろとぼくに向かって怒鳴った。低くて少し鼻にかかった強い声だ。若い女がそんな声で怒鳴るのを聞いたのは初めてで何が起こったのかわからず茫然としていると、シートベルトをしろって言ってるだろうが、とまた女が怒鳴りからだを伸ばしてきてシートベルトのアタッチメントを乱暴に手渡した。距離がない、と呟いて女はトラックをバックさせる。後部に迫っていた封鎖線すれすれまでバックする。周囲に群がっていたローターロボットが唸りを上げて舞い上がる。停止せよ、操作を自動に戻して停止せよ、攻撃したら戦闘機械が応戦する、スピーカーから警察のアナウンスが聞こえる。

8

サブロウさんは悲しそうな顔になっていた。何が起こるのかわからないがいいことは起こらないだろうという表情だった。モールに突っこむから合図したらトラックから降りろ、女はそう言って扇形のハンドルを握り直し歯を食いしばって右足を思い切り踏みこんだ。トラックはフロントガラスに貼りついていた小虫のようなローターロボットをかき分けるようにして轟音を上げ車輪を軋ませて前方の封鎖線に向かい猛烈な勢いで走り出した。

第三章　食品モール

1

女はステアリングの脇にあるタッチパネルで燃料の濃度を最大に上げる。ある種のバクテリアが排出するメタンガスと水素を混ぜた燃料がタンクから噴出する音が聞こえてきて、女はさらにB、boostと記されたオレンジ色のタッチボタンに短く二度触れ可燃剤を噴射させてから自分の肩幅と同じくらいの大きなステアリングを握りしめた。エンジンが唸りを上げ車体が細かく震えはじめてフロントガラス付近に群がっていた極小のローターロボットが異変を感じたのか後方に距離をとって離れた。自動運転に戻せとスピーカーが警告を繰り返し、探照灯が車内を真っ白に眩しく照らし出したとき、尻がシートに押しつけられ、フロント部がわずかに浮き上がってトラックは車輪を軋ませながら加速を開始した。続けざまに三匹の中型ローターロボットがフロントガラスにぶつかりどこかに弾け飛んだ。

スピーカーの警告が止み、すぐに二発のロケット弾が低い弾道で右斜め前方から飛んできて、車輪をかすめてコンクリートの地面で跳ねモノレールの支柱と壁にそれぞれ突き刺さった。だが爆発しない。爆破するためのものではないようだ。前方の封鎖線があっという間に迫ってきて装甲車両からまた数発のロケット弾が発射されて女が頭を低くする。銛《もり》のように先が尖ったロケットは鈍い音を発してフロントガラスにめり込んだ。金属繊維を格子状に織り込んだフロントガラスは三発のロケットを弾き飛ばしたが、的確な角度で命中した最後の一発がフロントガラスに突き刺さった。ロケット弾はいずれも爆発はしなかった。ただ、先端部を中心にしてフロントガラスに網目状のひびが広がり、衝撃でトラックが一度大きく揺れ、ぼくは天井に頭を強く打ちつけた。ロケットは人間の腕ほどの太さと長さで、銀色の先端部が十センチほど内側に入り込んで刺さっている。不発弾なのだろうか。スプレーガン、スプレーガンと女が叫んでいる。金属繊維の補修に使うスプレーガンのことだろうか。ぼくもサブロウさんもそれがどこにあるのかわからなくて茫然としていると、女が腰を曲げて足元から黄色の缶を取り出して側面に突き出たボタンを押し、突き刺さっているロケットの先端部に霧のようなものを噴射した。ロケットの先端部に注がれた霧はすぐにねばねばした半固形の灰色の膜のようなものに変わって銀色の尖った金属を覆った。

女はぼくにスプレーを手渡し、また撃ってくる、と怒鳴った。ガラスを突き破ったロケットが不自然に震動したあと、先端部分が目に見えないナイフで切断されたかのように下を向きカタカタと揺れた。食品モールには煌々《こうこう》と明かりが灯っていて、封鎖線の向こうの大駐車場に蟻のように人が群がりこちらを見ている。また右横からロケット弾が二発発射された。車輪を破壊してトラックを止めようとしたがホイールキャップとバンパーをかすめて左右に弾け飛んだ。スプレーガン、とぼくの手元を見て女が叫び、ガラスから突き出たロケットの先端部を顎で示す。だらんと垂れた先端部から何かが這い出ようとしている。小指の爪ほどの大きさの白っぽいカビのようなものが次々に穴から這い出ようとしている。魚の内臓に産みつけられ筋肉を切り裂いて食べながら成長するという寄生虫に似ている。だがそのカビのようなものは髪の毛よりも細い回転翼とギザギザのある脚を持っていた。ロケット弾は爆破用ではなかった。室内制圧用だった。極小のローターロボットを内蔵し、ターゲットに突き刺さったあとに吐き出すのだ。

スプレーが付着してねばねばした金属の表面に足を取られながら穴から這い出てきて、二匹がかすかな羽音を響かせて舞い上がろうとした。その二匹を目がけてスプレーガンを噴射する。一匹は噴射液剤にまみれて飛び立つことができずに這い出てきた穴の中に落ちていったが、もう一匹が宙に浮いて点滅を始め、トラックのタッチパネルの明かりが落ちそうになった。電磁波を出しているのだろう。パワーが切られる、女がそう言って、サブロウさんが右手を伸ばし、蚊を殺すときのようにローターロボットをつかもうとしたが催涙ガスを噴射され顔を押さえて叫び声を上げた。車内に催涙ガスの匂いが漂いサブロウさんはとっさにローターロボットを口に放り込んで嚙み砕いた。女がびっくりした顔でサブロウさんの口元を見つめる。タッチパネルに明かりが戻り、前方を見ると、フロントガラスいっぱいに装甲車両の探照灯が広がって衝撃がぼくのからだを包んだ。封鎖線全体がこちらに向かって飛びかかってきたようだった。二台の装甲車両が横倒しになり探照灯の光の筒が空の彼方に跳ね上がった。ローターロボットから洩れた催涙ガスが車内に充満して目と鼻が痛い。空中の大型ローターロボットが前方に回り込もうとするができない。トラックが加速装置を全開にしているからだ。食品モールの大駐車場では群衆と警察が混乱していてトラックはその真ん中に突っ込んでいく。

サブロウさんは手で口のあたりを支えるようにして前のめりになり肩で息をしている。指の隙間から腫れ上がった舌が覗いている。食品モールが前方に浮かび上がる。巨大で簡素な建物だ。半円柱の単純なデザインの建物がいくつか組み合わされ周囲に木が植えてあるが他に装飾はない。島でも本土でも文化経済効率化運動が本格化してから欲望は人間に悪だという刷り込みが繰り返された。日本国には神代の昔から贅を尽くした料理などに価値を置かない素晴らしい歴史と伝統があり、性欲は論外で必要な栄養素を満たす以上の食欲は健康にも精神にも悪い。政府は輸入物のフカのひれや鴨やアヒルの肥大した食用肝臓やウミツバメの巣や北の淡水鮫の卵や南アジアの海老などを焼き捨てるデモンストレーションを環境祭と呼んで何度も行った。フカの捕獲はフィリピンの漁師たちの手足を奪い、ウミツバメの巣や淡水鮫の乱獲は生態系を乱し、南アジアの海老漁はマングローブの林を絶滅させつつあり、鴨やアヒルの肝臓を肥大させるのは人間の欲と傲慢以外の何ものでもなかった。簡潔な食事が奨励され棒食が誕生した。政治家や企業家が棒食を主食にすると宣言しメディアで繰り返し紹介された。棒食にはあらゆる栄養素が入っていて添加物も制限されている。だが棒食以外の肉や魚や加工食品や野菜が禁止されたわけではなかった。棒食だけを食べ続けた人びとの間でうつ病などの神経症が蔓延したからだと父親から聞いた。だから今でもありとあらゆる食品が売られるが贅を尽くしたものはなく肉や魚はクローン工場から野菜は地下農場から提供されて、食欲は必要悪だと教えられる。食品モールの建築デザインや照明が簡素なのはそのことを強調するためだ。

2

食品モールの入り口には高さ五十センチほどの段差があって女はそこを避けるようにタッチパネルでトラックの進行方向を変え、ガラス張りの大きな窓のほうに向かう。ロケット弾の攻撃が止んだ。トラックが群衆が集まる駐車場に乗り入れたからだ。駐車場に停められた車を避けようと女はひんぱんにタッチパネルを操作する。だがトラックは多くの乗用車や二輪車を弾き飛ばし何人かの人をはねた。サブロウさんは前屈みになって倒れそうだ。何も話せない。ぼくはスプレーガンを噴射し続ける。超小型のローターロボットを内蔵したロケットはフロントガラスに突き刺さったままだ。頭上のロボットの群れが食品モールの建物の陰で見えなくなったと思ったとき、乾いた音が響き衝撃が伝わってきた。トラックはガラス窓を突き破って生花売り場の店の間の通路のような場所に乗り入れた。レジの現金を持ち出そうとしていた店員がバンパーで押し潰され共通円と九州円のそれぞれ色の違う紙幣が数十枚宙に舞い上がる。無数の蜘蛛型ロボットが集まってきたが逃げ遅れた買い物客と店員が大勢いるので攻撃はしてこない。食品マーケットに入った　マーケットを抜けて　メインコリドーを抜ける　レストランタウンの向こう側　と女が襟に縫い込まれた電話で報告する。サブロウさんの頬に空いた穴から白いものが見えるが歯なのか骨なのかわからない。

トラックは、千を越える種類の棒食が置いてある棚を倒し冷凍食品ケースに車輪を乗り上げ傾いてバランスを崩した。割れたガラス窓からモール内に入ってきた中型ローターロボットがフロントガラスに閃光ロケット弾を撃ってきた。目の前がまっ白になり、女が前方を見てとっさに自動停止用のセンサーのタッチパネルを叩いてトラックは前後に何度か大きく揺れ、肉と魚が並ぶ壁際の冷蔵陳列棚の前で急停止した。シートベルトが食い込んで腹と胸が締めつけられる。閃光弾の残像で目の裏側で火花が散っている。トラックが止まるときにシートベルトをしていなかったサブロウさんが前方へ飛ばされフロントガラスにぶつかってそのまま下に崩れ落ちた。女も気を失ったようだ。トラックは震動を保っていてエンジンは停止していないが蜘蛛型ロボットが車輪の周囲に群がった。女の襟にある電話から小さな声が聞こえてきて、応答を求めている様子だったので、トラックが停止しましたとぼくは大声を出した。敬語を話すのはお前か　男の声が聞こえる。アンは、死んだのか、と聞かれ、気を失っているだけだと思いますと応答すると、起こせ、と言われた。アンという名前を呟きながら匂いを頼りに床に落ちているはずの極小のローターロボットの破片を探し、ハンカチに載せるようにしてつまみ上げて女の顔に近づけた。破片からはまだかすかに催涙ガスが出ていて、その刺激で女はビクンと何度かからだを反らしたあと目を開けた。

蜘蛛型のロボットが車輪に集まっていますと耳元で言うと、女はぼくを押しのけるようにしてからだを起こしタッチパネルを指で何度か叩いたが、車輪が空回りする音と車軸が軋む音がするだけだった。トラックは揺れているが動き出したわけではない。蜘蛛型ロボットが車体を這い上がろうとしているのだ。箱型の荷台のわずかな凹凸をギザギザのある脚でとらえて上っている。脚を伸び縮みさせてボディを引き上げるときに車体が揺れる。アンという名前の女は再び燃料の濃度を上げるが逆に車輪の空回りはひどくなった。タイヤには金属繊維が混じっていて切り裂いたり穴を開けたりできない。蜘蛛型ロボットが潤滑用の油性物を流しているのだ。何か撒かないと、と女が呟いて、顔の下半分が紫色になったサブロウさんがシートに摑まりながらからだを起こした。何か言おうとしているが声を出せない。舌が腫れ上がり唇がただれて頰の肉に穴が空いていて、ただ口が変な形に動いているだけだ。サブロウさんはグリースガンをつかみ、人差し指でまず自分を指し、そのあと運転席の外を示した。何か粉か紙みたいなものを車輪の下に撒いて、と女は言って、サブロウさんが外に出たのを確かめステアリング脇のタッチボタンを叩いてドアを閉めた。

蛍光灯の青白い照明の下を歩くサブロウさんは幽霊のようだった。壁際の冷蔵陳列棚まで行ってパック詰めされた肉の隙間にからだを寄せている。ロボットは温度と動きでターゲットを探知する。だが店内にはトラックにはねられたり倒れた棚でどこかを打ったり下敷きになったりした客が何十人もいる。サブロウさんを探知してターゲットだと認識するのにしばらく時間がかかる。冷蔵陳列棚の周囲にも血まみれで倒れている人びとがいる。サブロウさんはグリースガンにグレネードを装てんしている。車輪に群がっている蜘蛛型ロボットを吹き飛ばすつもりなのだろう。目は覚めたか？　トラックは止まっているのか？　電話からさっきの男の声がする。ロボットが油性剤を撒いたのでスリップして動けないからクチチュが今トラックから降りて　とアンという名前の女が答える。アンと呼ばれる女の顔つきは鋭角的で、島では絶対に見ない容姿だった。島には二万人ほどの人が住んでいるが女は約一割だ。性犯罪者や殺人犯は男のほうが圧倒的に多い。アンと呼ばれる女が目を閉じて、その顔にオレンジ色の光が走る。サブロウさんが撃ったグレネードの光跡だ。トラックが揺れ衝撃が伝わる。サブロウさんは床に倒れた冷凍ケースの金属の枠でグレネードを爆発させ爆風で蜘蛛型ロボットを吹き飛ばした。早く粉か紙を撒いて、とアンと呼ばれる女が怒鳴る。サブロウさんは棚から紙おむつと生理用品の紙箱を次々に放り投げ積み重なるまで車輪の周囲にばらまく。作業を終えてドアを開け運転席に上ろうとするサブロウさんに女が手を差し出す。分泌物が出ているのか、女に支えてもらうのがいやなのか、サブロウさんは首を振って女の腕を払うようにして自分で運転席に乗り込んできた。

車輪が紙の箱の山を砕く音がしてトラックはゆっくりと後進する。蜘蛛型ロボットが車輪の一部を削り取ったのかガクンガクンと揺れるがもう空回りはない。紙の箱だけではなく棚が倒れて床に散乱したいろいろな食品とそのパッケージを踏み潰しながらトラックは再び駆動し左に曲がりながら走り出そうとする。目の前で食物が砕かれゴミになっていくが食欲は原罪に近いものだと教えられて育ったので、何も感じない。乾燥食材売り場の横で女の子どもを抱きしめるように立ちつくしている老人がいてトラックが再び動き出すのを見て走って遠ざかろうとした。暴走するトラックから逃れようとしたのだが、探知を誤ったロボットから攻撃された。中型のローターロボットが女の子どもを抱きながら走る老人の真上に移動し警告なしでチップ弾を撃った。当たった瞬間に花びら型の羽が開くことで針を皮膚下に埋め込み電流で筋肉を麻痺させるチップ弾で老人の肩口に命中した。痛みとショックで老人は顔を歪めて立ち止まり女の子を床に降ろしたあと糸が切れたマリオネットの人形のように崩れ落ちた。筋肉が弛緩して倒れたまま便と尿を垂れ流す老人を見下ろしていた女の子がロボットに囲まれて泣き出す。ロボットは体長を探知して子どもを攻撃しないようにセットされている。トラックはしばらく後進して止まり左に曲がりながら再び走り出し、蜘蛛型ロボットに囲まれた女の子の姿はすぐに視界から消えた。

3

壁を突き崩してモールの廊下に出る。メインコリドーに出た　女が電話で報告する。コンクリートの床には南洋の植物と魚の絵が描かれているがところどころ色が剝がれている。廊下の両側には衣料品店や靴屋や電気店や文房具店や化粧品店や書店やスポーツ用品店やステッキ屋やゲーム店やバッグ屋や金物店やキッチン用品店や玩具店やアクセサリー店や時計屋や酒店や眼鏡屋や薬屋や家具店などがあり、トラックは廊下の中央に点々と並べてある買い物客が休むための椅子とテーブルをはね飛ばしながら、湾曲したガラス張りの天井すれすれに走る。大勢の店員や客が前方の食堂街に向かって廊下を走って逃げる。壁が崩れて突然トラックが現れたので驚いて逃げ出しているのだ。天井のガラスを透して空と雲と星とローターロボットが見える。廊下はまっすぐに延びていて突き当たりの食堂街までは二〇〇メートルほどだった。電気店の店先に展示されたバイオライトやバイオTVにぶつかって若い男が転んだ。あとから走って来た人たちがその男につまずいてドミノ倒しのように重なり合って倒れ、中年の女が後ろから突き飛ばされてトラックの前にからだを投げ出す格好になり、はね飛ばされた。化粧品店の店頭で芳香印象材のデモンストレーションサービスの途中だった数人の少女が中途半端に髪を尖らせたまま逃げだし、一人が書店から走り出てきた男とぶつかって廊下に転がりトラックの車輪にはさまれた。フロントガラスの視界が広いので少女のからだが車輪で切断される様がはっきりと見える。非常に残酷な光景だが、また現実感が失われていて何も感じなかった。あとを追ってきた蜘蛛型ロボットとローターロボットがバックミラーに映っているがすでに燃料濃度が最大になったトラックには追いつけない。

いろいろなものにぶつかりはね飛ばしながらトラックは全速で走り、ぼくは左手でシートベルトをしっかりと摑んでからだを支えフロントガラスから突き出たロケットの先端にスプレーを吹き付ける。フロントガラスはサブロウさんの血や涎《よだれ》や膿《うみ》で汚れている。サブロウさんはバッグから消毒用軟膏を取り出して傷口に塗ろうとするがトラックが揺れるのでうまくいかない。玩具店の店頭で古い時代の映画かテレビでしか見られない人型のロボットがぎくしゃくしたコメディアンのような動きをしている。ダンスらしい。白い円筒形の頭にアンテナが三本立って赤く光る二つの目があり胸に骨董品のようなキャパシタモジュールの蓄電池を装着していた。玩具店の客寄せに使われていた人型ロボットは廊下に向かって手を振り続ける。

4

メインコリドーが終わる　女が電話でそう言う。コリドーで止まるな　レストランタウンに突っ込め　メインレストランでトラックを捨てろ　すぐにメインレストランを出て　サブアベニューを突き当たりまで行け　男の声が聞こえて、トラックは円柱を三つ合わせたような形の建物に向かい、手前に並んでいるインドの寺院やフランスの鉄塔やイタリアの斜塔やスペインの闘牛場や中国のオリンピック記念塔や統一朝鮮の統一記念塔などいろいろな国の記念建造物の模型を弾き飛ばし、ガスケットのプロ選手が棒食を食べる宣伝を映す自動開閉型映像カーテンの入り口を破壊して広大な食堂に突っ込んだ。想像もできないほど広い食堂でまるで体育館だった。深夜の一時だが千人近い客がいる。本土では労働者は一日三交代制で働き工場や農場は二十四時間稼働すると父親のデータベースにあった。棒食は世界に愛される効率食なんだよ、と書かれた布製の垂れ幕が天井から下がっている。

女がタッチパネルを叩いて垂れ幕の下でトラックは止まった。食堂内にはさまざまな形のテーブルと椅子が整然と同じ間隔で列を作って並び、床や壁際に人工の花々と植物が飾ってある。アンと呼ばれる女はトラックのドアを開け、ぼくの手をとって外に出た。アンと呼ばれる女の手はひんやりとして柔らかい。止まらずに走るから、と女は言った。サブロウさんはトラックから降りようとしているが傷が痛むのか動作が遅かった。サブロウさんを置き去りにすることはできない。足手まといになるからだめ、と女が群衆の中に入っていきながら言ったが、サブロウさんを置いていくのなら同行することはできません、とぼくは立ち止まった。サブロウさんはバッグを肩に掛けながら車から降り、ぼくたちのほうに近寄ってくる。アンと呼ばれる女は歩き出しながら電話でぼくが言ったことを伝え、しょうがないと呟き、群衆に紛れるように出口に向かって走り出した。天井から垂れる無数の布製の幕が食堂全体を被っていた。すべて手書きだ。いろいろな文章がある。

イタリアンテイストでもエジプシャンテイストでもベトナミーズテイストでもプエルトリカンテイストでも棒食は必要な基本栄養素の宝庫なんだよ。メインレストランのテーブルと椅子は日本各地の伝統家具職人が心を込めて作ったものなんだよ。棒食は世界中で三十億人以上の人びとから好まれ類似商品がたくさん生まれているんだよ。愛情を込めてこの垂れ幕を作っているのはハンディキャップを持つ人たちなんだよ。棒食は味付けや食材だけではなく歯触りや食感などでも選べるんだよ。前菜からデザートまで、氷のように冷たいものから熱々の土鍋まで、いろいろなものが揃っているんだよ。飾られている花々は人工物だけどリアルに近いものばかりなんだよ。

突風が吹いたかのようにそれらの垂れ幕が一斉に揺れてめくれあがり、中型ローターロボットの大群が現れた。低い耳鳴りのような独特のローター音が聞こえ破壊された入り口から次々に入ってくる。そのあと尖った金属がコンクリートの床を引っ掻く音がして蜘蛛型ロボットが食堂に入ってきた。攻撃用ロボットが現れたために群衆の恐慌状態の度合いが増した。三ヵ所しかない出口に全員が群がった。群衆に紛れて移動しているのでロボットはぼくたちを特定できないだろう。天井からは垂れ幕の他に花や国旗をあしらったデコレーションチェーンが無数に下がっている。周囲にいる人たちから人工土壌と肥料の匂いがする。制服は着ていないがみんな襟にトウモロコシとトマトをあしらったデザインのバッジをつけている。地下農場で働く人が団体で食事をとりに来ていたのだ。

からだを押しつけ合うように出口に向かう。サブロウさんの顔を見て驚く人はいない。他にも怪我をしている人がたくさんいる。こんなところにクチチュがいるとは誰も思わないし、本土の人の中にはクチチュの存在さえ知らない人が多いと父親に聞いた。出口まで十メートルも離れていないが人が押し寄せていてなかなか前に進めなかった。出口は狭くセンサーによる自動開閉式なので一人が通り過ぎるたびに閉まってしまう。これほど多くの本土の人間に接するのは初めてだった。全員の顔に同じ特徴があった。男も女も若い人も老人もヒゲを剃って石鹼でよく洗ったばかりのようなツルツルした顔をしている。そしてその他には特徴と言えるものがない。しかも恐慌状態なのに表情が穏やかだった。アンと呼ばれる女は何者なのだろうと思った。アンと呼ばれる女の顔にはこの食堂にいる他の人と違って鋭角的でギザギザした印象がある。サブロウさんの顔は本土の人間ともアンとも違う。サブロウさんの顔は端正だがそばにいるだけで緊張する。精神的なバランスが今にも崩れて危険なことが起きそうな印象がある。自分の顔はよくわからないが本土の人間とは明らかに違う。ぼくの顔はツルツルしていない。ぼくとサブロウさんとアンと呼ばれる女の顔には一つ共通点がある。不安が顔に表れているのだ。

隣でサブロウさんが何か言おうとする。口を開こうとするが唇がただれていて頰に穴が空いていて、声は出るが言葉にはならない。どうしたんですかと聞いた。サブロウさんはジャケットとシャツの袖を上げて腕の内側を見せた。赤い斑点ができ始めていてぼくの肩を摑み軽く突き飛ばすようにした。分泌物が出てきそうだから離れたほうがいいんですか、と聞くと穴の空いた頬でうなずいた。サブロウさんはシャツとジャケットを着ているがクチチュは首筋や手のひらからも分泌物を出すときもある。サブロウさんから離れようとするがうまくいかない。前後左右を人にはさまれて身動きがとれない。左隣にサブロウさんがいて前にアンと呼ばれる女がいてそれぞれのからだはぴったりとくっつき合っている。右横にいる白い制服を着た男からは切り刻んでしばらく放置された野菜の匂いがする。料理人なのだろう。その隣の若い男は食べかけの棒食を持っていてケチャップや脂分で他の人の服を汚さないように右手を高く掲げている。サブロウさんは肩に掛けたバッグを周囲の人に引っ張られそうになって胸の前で抱きかかえるように持ち替えた。こんなに多くの人が一つの場所にいるのを見たのは初めてだった。群衆という言葉を体感した。群衆は食堂の三つの出口付近にかたまっていて、その後ろで中型ローターロボットがホバリングしている。マンホールの蓋ほどの大きさの円盤型のロボットが、頭頂部に椀型に盛り上がったセンサー部分を赤く点滅させながら攻撃の指示を待っている。群衆はそれを知っていてローターロボットからできるだけ離れようとして出口付近の混乱はさらにひどくなった。

5

ゆっくりよく嚙んで食べて世界に誇る棒食を味わうんだよ、と書かれた垂れ幕が頭のすぐ上に垂れている。尖らせて固めた髪の先端に垂れ幕が引っかかりアンと呼ばれる女は苛立った表情で何度も頭を傾けて布をよける。群衆は怪我人もいるのにしだいに静かになってやがて大声を出したり悲鳴を上げたりする人はいなくなった。足を踏まれた若い女が、い・た・い、という形に口を動かすが声は出ない。襟や袖に埋め込んだ電話で話をしている人も多いがみな囁き声に変わっている。さっきからドアが閉じたままになっていて人の波に押し返された人たちから一斉にため息が洩れる。囁き声とため息と呼吸音が重なって食堂に充ちている。

おかしい、とアンと呼ばれる女が振り返って言った。出口が閉まっている時間のほうが長くなった。サブロウさんが変な具合に口を歪めて何か言おうとするがやはり声は出ない。アンと呼ばれる女がサブロウさんの口の動きを読んだ。犯罪者が一般人の群衆に紛れたときあいつらは全員を逮捕する、無差別の攻撃がはじまるぞ。警察がメインレストランの出口を閉めた　出られない　ロボットが集まっている、アンと呼ばれる女が電話をした。サブアベニューの端まで来い、サブアベニューの端まで来れば救助できる、男の声がそう聞こえた。中型ロータ－ロボットの頭頂部が横にずれ、その隙間から細長いノズルが伸びて極小のロータ－ロボットを吐き出し始め、六歳未満の子どもを抱いている親は床に子どもを降ろせ、とニュートラルで間延びした機械音のアナウンスが繰り返される。群衆の中には子どももいて親や他の大人とからだを押しつけ合っているのでチップ弾の乱射や筋肉弛緩ガスの噴霧はできない。極小ロボットを群衆一人一人に接近させ判別させて一定の体長を持つ大人だけを攻撃するのだろう。

サブロウさんがジャケットの袖をまくり、赤い斑点ができているところを人差し指で何度かこすった。その指ですぐ前の中年の女の首筋をなぞるようにした。酸っぱい匂いがあたりに漂う。ビクンと背中を反らせ、何、と声を出して中年女は振り向こうとする。ネット帽で髪の毛を押さえクリーム色のバイオ繊維のセーターとスカートをはいていて胸に地下農場のバッジをして補聴と心房細動対応のＩＣチップを体内に入れていることを示す液晶パネルを襟元に縫い込んでいた。中年女はまず額に皺を作って不自然なまばたきを始め、そのあと眼球の縁まで瞳孔が急激に膨張した。胸に手を当ててしゃっくりのように喉を震わせ、やがて両手で顎や喉を引っ掻いて、こめかみに太く青白い血管が浮き上がった。破裂するのではないかと思うほど目を大きく開き唇の端から泡があふれ出てきて身体が硬直とけいれんを始めた。

目尻から血が垂れてきてくぐもった声が喉の奥から漏れる。隣の若い男がその声で中年女の異常な様子に気づき一歩離れポカンと口を開けた。サブロウさんはその口の中に人差し指を素速く差し入れた。男は何か言おうとしたがすでに舌をコントロールできなかった。瞳孔が波紋のように眼球の縁に広がり、すぐに全身のけいれんが始まった。周囲の人びとが様子のおかしい二人に気づき、人の波に隙間ができた。サブロウさんはその隙間にからだを滑り込ませる。そのまま前に進み、来い、と顎でぼくたちに合図を送って、アンと呼ばれる女がぼくの手を引いてあとに続きすぐ目の前に出口のガラス戸が見えたとき、グリースガンが入ったバッグをサブロウさんが肩から外し大きく何度か振り回してガラス戸に叩きつけた。ガラスが割れるのと同時に極小ローターロボットの羽音が群衆を取り囲む。人々は次々に床に倒れていく。サブロウさんはもう一度バッグを振り回して枠に残っていた大きなガラスの破片を取り除き食堂を出て、一度こちらを見て、は・し・れ、という形に口を動かした。

出口の向こうは狭い廊下と便所ですでに避難した人々で埋め尽くされている。家族や友人とはぐれてしまい、どこに行けばいいのか途方に暮れている人たちだ。アンと呼ばれる女はぼくの手を引いて枠だけが残った出口をくぐり抜けたあと、食堂を出た　出た、と電話で叫んだ。群衆は最初何が起こっているのかわからずに茫然として割れたガラス戸を眺めていた。文化経済効率化運動以後本土の人たちは暴力や破壊の経験がないのだ。だがロボットが群がってきて人びとが折り重なるように倒れ、筋肉弛緩剤を打たれた人の排泄物の匂いが漂いだして、群衆は恐怖にとらわれいっせいに動き出そうとする。サブロウさんはすぐ前を走りバッグからグリースガンを出そうとしている。アンと呼ばれる女は走り出しながら襟の電話に向かって、追ってくる、ロボットが追ってくる、ロボットが追ってくる、と叫び続ける。左右に便所の扉が並ぶ廊下を走る。便所の列は白壁に仕切られ廊下に沿って長く続いている。

廊下を右に折れる。扇形の広場のような場所に出た。いくつかの小さな店がある。焼き菓子とかアメとか風船を売る店だ。突き当たりにはパラソルとベンチと椅子を置いたテラスのようなスペースがある。店の客や従業員は茫然としている。逃げる時間がなかったのだ。蜂の群れのようにひとかたまりになって襲ってくる極小のローターロボットの一部がすぐ後ろの菓子屋に侵入し、続いて風船などを売る玩具屋に入っていく。筋肉弛緩剤で倒れた若い女二人が菓子屋のショーウインドウに頭を突っ込み、玩具屋では風船を両手に持ったままの男がふらふらと店を出てきて廊下の壁にもたれかかるように動かなくなった。ローターロボットは花屋に入っていく。アンと呼ばれる女がしきりに振り返って、急げ、走れ、と大声を出す。だがサブロウさんは頬に傷を負っていて、ぼくは走るのが得意ではない。生まれてからほとんど走ったことがない。島では体育やスポーツはいっさい教えられなかった。

バックパックが揺れて腰や腹に当たって走りにくい。テラスのようなスペースに奇妙な人影が現れた。最初、シルエットに見えた。頭部がちょうどヘルメットのようにふくらんだ形をして、大昔の人型ロボットのようだった。テラスの向こう側には光源がないからシルエットではない。前世紀の潜水夫のような変わった衣服に身を包んでいるのだ。彼らは誰なんだろう、そう思ったとき、首筋に痛みが走り、とっさに手で押さえると金属の小さな塊に触れた。払いのけようとするがすぐに指先に力が入らなくなる。虫の羽音そっくりのローター音が耳元でこだまして、頭の脇から極小のロボットが現れ目の前をふわふわと漂っていく。すぐ前を走るサブロウさんがこちらを見て悲しそうな顔になった。両手がだらんと下がる。右足を前に出そうとするが感覚がない。右足が付け根から消えてなくなったように感じる。舌が冷たくなっていて喉の奥が乾き呼吸が苦しくなる。前のめりに倒れた。自分の額がコンクリートにぶつかる音が響いたが痛みを感じなかった。ズボンと下着が濡れてきたがその感覚もすぐに消えた。

うつ伏せになっているぼくのからだを誰かが仰向けにした。かろうじて視覚は残っているが、天井の蛍光灯が眼球に突き刺さってくるようで思わず目を閉じる。黒い人影がぼくに覆い被さるようにして口を開かせ歯茎に何か灰色の粉のようなものをこすりつけているようだ。こいつか、というくぐもった声がかすかに聞こえた。アンと呼ばれる女がぼくの横に倒れている。視界が限られていてサブロウさんは見えない。細かくて甲高い羽音が共鳴しながら聞こえてきてそちらに視線を移すと、極小のロータ－ロボットが一ヵ所に集まろうとしていた。床に倒れた一人の男の頭上に群がっているが動きがおかしい。ホバリングしているわけでなく、またどこかに向かって飛んでいるわけでもない。まるで薄い花びらが風にあおられて無秩序に漂っているようだ。ロータ－ロボットの群れは、ふらふらと力なく空中を舞ったあと、倒れている一人の背中や腕にぽとりぽとりと落ちはじめた。やがて、黒い雨が降り注ぐようにいっせいに落ちて、あっという間に男の全身が見えなくなってしまった。土を盛り上げて作る原始的な墓のようだと思った。しかもその墓はまるで生き物のように表面がざわざわと動いている。ロータ－ロボットは一人に群がって攻撃するようなことはない。たぶん制御装置が狂ったのだろうが、同時に何千のロボットの制御装置が狂うことはあり得ない。制御装置を狂わせ一ヵ所に集まるように誰かがジャミングをかけたのだ。だが警察のロボットにジャミングをかけることなど通常は考えられない。一般の国民にはその知識も意志もないからだ。何千匹が集まり重なり合ってざわざわと動いているロータ－ロボットがゆっくりと遠ざかっていく。移動しているのはロータ－ロボットの群れではなかった。ぼくが誰かに引きずられているのだ。表面がぼろぼろと崩れ落ちる古代の墓のような光景を見ながら、ぼくは意識を失った。

6

男の声が聞こえる。わたしの声が聞こえるか、男はそう言っている。ぼくは声が出ないしうなずくことも無理だ。口を少し開くことができた。聞こえますと言おうとするが口の中は凍りついたようで感覚がない。どこに歯があってどこに舌があるのかわからない。目を開けることができるか、と聞かれた。目蓋が石になったようだ。だが目蓋が石のように重いとわかるのだから、感覚が残っているのだと思った。感覚が残っているのか、それとも戻ってきているのかは意識を失っていたので不明だ。石のように重いと感じた部分に何かが触れてスイッチがオンになった感じがして、劇場の緞帳《どんちょう》がゆっくりと巻き上げられていくようにして視界が現れた。聞こえるかとまた聞かれた。聞こえているが、そのことが表現できない。目をつぶってみろと言われて、また目を閉じると二度と開けられなくなるのではないかと不安になったが、声が聞こえていると伝えなければならないと思って目をつぶった。何秒か数えてからまた目を開け、視界がちゃんとあったので安心して息を吐いた。息を吐くときに口の中の感覚が戻ったような気がしたがそれが錯覚で、まだ舌や歯の位置はわからない。

今からわたしが敬語を話すから、まず目をつぶってくれ、と男が言った。正しくない敬語の使い方が聞こえたときに目を開けるんだ、そう言われてぼくは目をつぶった。わたしは今朝起きて顔を洗いました、男は話し始める。男の声は低くて滑らかで聞いていて気持ちがよかった。散歩に出かけると、すぐ隣に住んでおられるAさんにお会いしました、男は物語を聞かせるように話しぼくは父親を思い出してしまい感情が乱れた。これまで誰かが敬語を使うのを聞いたのは、サツキという年寄りの女を除けば父親だけだ。サツキという年寄りの女は百二十歳を越えているはずなので敬語を使えるのは当然だった。父親は大昔に敬語で書かれたメールをサーバデータ管理のために毎日数時間朗読する習慣があって、ぼくは幼児のころからそれを聞いて育ち、データの分類や処理などを手伝うようになってからは自分でも敬語に接するようになった。敬語は声に出して朗読しろと父親は言った。美しい敬語を朗読すると心が澄んでくると父親は教えたが、ぼくが仕事を手伝うのも敬語に接するのも母親は反対した。母親は子宮の病気に罹り若くして死んだ。臆病で無知で粗野で美しい人だった。

Aさんはたいそうお元気なご様子で、ご愛犬であるご立派な犬をお連れになり、わたしを見て微笑みました、同じ口調で男は話し続けているが、ぼくは目を開けた。すぐにまた目をつぶる。もう一度ゆっくり話すから間違いの敬語の部分を聞いたら目を開けてくれ、男がそう言う。Aさんはたいそうお元気なご様子で、ご愛犬である、ぼくは目を開ける。どんなに偉い人の飼い犬でもご愛犬とは言わない。また目をつぶるように言われた。Aさんは健康のために毎朝の体操を日課にしておられます。わたしはAさんの真似をしてからだを動かすのが精いっぱいだったのです、Aさんは人格者でわたしを力づけて下さいました、いやああなた、からだがまだまだお若いですね、わたしは、とんでもありませんでございますと首を振りました、ぼくはまた目を開けた。とんでもありませんでございますとは言わない。

視界に覆い被さっていた男の顔がアンと呼ばれる女に変わった。アンと呼ばれる女がぼくの顔を覗き込んだのではなく、ぼくの顔が右に傾いたのだ。合格みたいよ、聞こえる？　と隣のアンと呼ばれる女が聞く。だがぼくはまだ声は出せない。父は、冷凍冬眠に使う薬剤を扱っているのよ、とアンと呼ばれる女が話しかけてくる。父というのはさっきぼくに話しかけてきて敬語のテストをした男だろうか、冷凍冬眠は法律で禁止されている。どうしてそういう極秘にすべきことを喋るのだろうと不思議だったが、たとえ秘密を知っても島の脱走者であるぼくが警察に届け出るわけがないし、きっと話したくなったので話すという単純な理由なのだと思った。違法な商売で、取引の相手は敬語を使える人間しか信用しないが、敬語が使える仕事仲間が死んで人員を補充しなくてはならなくなった、女はそう言って、ぼくは話の内容を理解できなかった。

7

首の筋肉の感覚が戻り始めている。神経がかすかな震動をとらえてこの空間はものすごい速さで移動しているとわかった。車か列車か航空機か種類はわからないが非常に速い乗り物だ。アンと呼ばれる女は上に毛布のようなものを掛けているが上半身裸で横になっていた。脇から白く乳房が盛り上がっているのが見えた。あなたわたしのおっぱいを見てるの？　と女が聞く。ぼくは何も答えられない。でも、あなたたちは子どもとだけ性的行為をするんじゃないの、アンと呼ばれる女が微笑みながらそう言って、あなたたちという言葉を聞いて、ぼくはサブロウさんもこの乗り物に乗っているのではないかと思った。

第四章　トンネル

1

視界は狭くぼやけていてときどきまっ暗になる。視界はアンと呼ばれる女の横顔とその向こう側の壁だけだが、さっきからその狭い視界の端で何かが点滅している。壁にある小さな窓だ。最初何なのかわからなかった。脳が窓だと認識したわけではない。対象が信号を送ってきた。ひとかたまりの三次元的なまとまった信号だった。信号が届いた瞬間、ぼくの感覚は窓というイメージに占領された。窓というイメージ以外のすべての情報を、信号が吹き飛ばしたかのようだった。

極小のローターロボットが注入した筋肉弛緩剤のために、からだはまだ動かないし手足の指の感覚もない。首のあたりの皮膚だけが、冷たい金属の床とそのかすかな震動を捉えている。敬語のテストを受けたあと自分が目を開けているのか閉じているのかはっきりとわかるようになった。目を開けるとぼやけて狭い視界が開く。目を閉じると幕が下りるように闇が現れる。闇には奥行きがあり、視界はとても窮屈で重苦しい。視界を受け入れると、ものごとを理解しなければという強制力が起こって眼球や他の部分が痛くなり、ぼくは思わず目を閉じてしまう。それに比べて闇は、柔らかな黒い布にくるまれるかのように最初は心地いいが、平衡感覚がなくなるのでそのうち気持ちが悪くなる。自分のからだが下向きになっているのか上向きなのかわからなくなる。だからすぐに目を開ける。その繰り返しの中で、窓を発見した。窓はアンという女の尖った髪の毛の先のほうにあった。遠近感が不確かでどのくらい離れているかわからないが、四角くて小さく頑丈な窓なのだということがわかった。窓だとわかるとからだのどこかが暖かくなった。信号に反応できたので安心を得たのだ。

信号は窓の形になって届いたわけでもなく、届いたあとで窓のイメージを形作ったわけでもなかった。信号が届いたとき、自分の記憶が脳の中の倉庫のようなところに保管されているのがわかった。信号は窓に関するイメージすべてを刺激して稼動させた。記憶の倉庫に保管されていた窓のイメージすべてにいっせいに光が当たって、それらはひとかたまりになり脳を占領したのだ。あれは窓だ、声は出なかったが心の中でつぶやいた。窓枠は太く頑丈に作ってある。メモリアックの体験映像で航空機の窓を見ていなかったらそれが窓だとわからなかっただろう。窓の向こう側を正確なリズムを刻みながら青白い光が走る。アンという女がこちらを見ている。筋肉弛緩剤のせいで目に力がない。だがぼくよりも回復が早い。息が苦しいのか唇が開いていてイチゴのような舌先が見える。舌先と、そして睫毛が一定の間隔でかすかに震える。そのリズムは窓外をよぎる光と同じだった。首のあたりの皮膚と腰と右手の人差し指とその他何ヵ所かの感覚が蘇ってきて、それが床の震動を捉え、全部が一つのリズムに従っていることに気づく。震動と光によって、移動というイメージが頭の片隅に生まれ、蘇りつつある感覚全体に浸透していって、ふいに聴覚が完全に戻り金属が異様な速さで空気を切り裂くときの乾いた音が聞こえてきた。

2

敬語のテストをした男は筋肉弛緩剤の拮抗剤を打ってくれたらしい。極小のロータ―ロボットが使う筋肉弛緩剤は、打たれた箇所と、それに吸収された量と個体差によってダメージの大きさと種類が違うと敬語のテストをした男が教えてくれた。サブロウさんは心停止状態になっていて拮抗剤の他に心筋刺激剤も同時に打たなければならなかった。サブロウさんを助けたのは、放置すると警察に回収され記憶をスキャンされてアンという女が特定される危険性があるからだった。ぼくは亀の甲羅のような形だと思われる車に乗っている。後部に荷台を取り付けた汎用車だった。汎用車は鉄輪式リニアモーターカーのレールと通常の道路の両方を走ることができるように作られた大型車で第二次移民内乱の際には軍用に使われた。

日本の自衛軍と反乱移民軍の双方が使った。車内には敬語のテストをしたリーダーを含めて六人の男がいた。感覚が戻ったぼくは椅子に坐りマスタード&バターパンテイストの棒食を渡され、食べるように言われた。筋肉弛緩剤を打たれたあとは全身の機能が低下しているので栄養をとらないと回復が遅れるらしい。口の中がまるで砂だらけになったようで食欲はなかったが機械的に棒食を食べた。食べながら、こういった汎用車が今でも残っているとは知りませんでした、とぼくは男たちに言ったが、自分から発した最初の言葉だった。男たちは顔を見合わせ、そのあとうなずき合って、アンという女が満足そうな顔をした。

良い発音からイントネーションをほぼ完璧だろう、とリーダーの男が言って、他の五人の男がうなずいた。リーダーの言葉遣いが変に聞こえて、ぼくはまだ聴覚がおかしいのだと思った。サブロウさんは車内の後部の座席にまだ横になっている。心機能は回復したが意識がまだ戻らない。中枢神経刺激剤を打つと心筋がけいれんして再度心停止に陥る。このまま植物人間になるかどうかは体力次第で意識が戻らないときはサブロウさんはどこかに捨てられてしまうだろう。植物人間の脳はスキャンされない。改造汎用車は、しばらくトンネルを走ったあと自動車専用道路に入り運転席脇に表示されるナビゲーションモニタによると東を目指している。モニタをじっと見ていると、どこが行くのかで気になるのか、とまた変な言葉遣いで聞かれる。うなずくと、ピーチボーイだと教えられた。ピーチボーイという固有名詞は知らなかった。外国の保養地のような響きだ。日本国内なのですかと聞いたが、桃太郎が知らないのかとみんなに笑われた。本州の、広島と岡山の県境付近にある歓楽街なのだそうだ。岡山は桃の産地だ。父親が管理していたデータベースでそのことは知っている。

桃太郎は誰でも知っている有名な童話の主人公だった。英語でピーチボーイと訳されるらしい。第二次移民内乱では外国人労働者の武装組織は西日本の山岳地帯をベースにした。気候が穏やかで食物も豊富だったからだ。特に岡山と広島の北部に連なる地域にはもともとアジアや中南米からの移民が多く住んでいて数年間武装組織の拠点になっていた。日本自衛軍は何百回と大規模な掃討を行ったが、武装組織は女や子どもが殺される映像を流して国際世論に訴え、国連が調停に動いた。停戦が実現し、おもな戦闘地域だった中国地方に停戦監視委員会と国連軍が駐屯してきた。反テロ目的で数十社の世界企業が創設したGCA、つまりグローバル・シビルアーミー、国際市民軍と呼ばれる軍隊が国連軍の中心だった。他には中国軍と統一朝鮮軍、オーストラリア軍が小規模な部隊編成で加わった。

内乱の停戦後も小競り合いが絶えなかったので、シビルアーミーは監視委員会の管轄下で駐留し続けた。岡山と広島の県境付近の埋め立て地には別系統の通信サーバが置かれ日本政府のコントロールがおよばない特別統治区域となった。世界企業はシビルアーミーを利用して瀬戸内海沿岸でさまざまなビジネスを行ったが、ある穀物商社とエネルギー会社が中国地方の豊かな水系に目をつけた。そして大量の水を安価で買い取り水源が枯渇した国や地域に輸出して莫大な利益を得た。日本政府は黙認したがその地域に住む反乱移民軍が水資源の搾取に反発しシビルアーミーとの衝突が起こり治安が悪化した。水源の利権を求めて犯罪組織を含むいろいろな個人とグループが入り込んできて傭兵を雇ったり民兵を組織したりした。国連軍はやがて撤退したが、岡山と広島の県境付近の山間部と埋め立て地の一部は、日本の警察力の及ばない地域として残った。ピーチボーイという歓楽街はその地域内にある。国連軍統治時代に建てられた十数軒の高層ホテル群の周囲一帯を指すのだそうだ。

男たちの中によく喋る人がいる。棒食をくれた三十代半ばだと思われる小柄な人で、サガラという名前だった。棒食を渡しながら、食べて栄養がつけないとからだを弱って免疫力を落ちて感染症が罹って肺炎となって咳は止まらずに血痰は吐いて胸を水に溜まって呼吸のたびに痛んで最後で癌になって若いから進行を早くて合併症が起こしてすぐで死ぬぞ、と無表情で言った。やはりわかりにくい言葉遣いだった。助詞がおかしかった。集中して聞かないと意味がわからない。助詞がおかしいのはサガラという人だけではなかった。反抗の意思表示としてわざと助詞を崩して話す移民がいるのだと父親に聞いた。サガラという人は耳と目が大きく顎が尖りとにかくずっと話している。誰かに話しかけているか、電話をしているか、音声入力パネルに向かって声を出しているか、独り言を言っているか、そのどれかだ。ぼくはサガラという人が話すことからいろいろと情報を得た。アンという女は、父親であるヤガラというこのグループのリーダーに島に行ったことを叱責されたらしい。敬語のテストをしたのがヤガラという人でアンという女は父親だと言ったが実の親子ではない。アンという女の両親はこのグループのメンバーだったが警察に殺された。アンという女は六歳のときにヤガラという人に預けられ育てられた。

グループ全員が反乱移民の子孫で、だから政府が支給するＩＤを持っていない。外部からスキャンされてもわからないように偽のＩＤチップを衣服に縫い込んでいるがバイオチップ照会で偽ＩＤだとばれて逮捕されれば刑務所に送られてテロメアを切断されるのだそうだ。バイオチップはその人の遺伝情報がシリコンガラス上に焼きつけられているものでＩＤに必ず書き込まれている。サガラという人は三ヵ国、ヤガラという人は四ヵ国の血が混じっている。サガラという人は顔立ちにどこか中近東か南欧州の面影があって、ヤガラという人は背が高くて鼻が高く中央アジアかインドの人のような面影があった。ヤガラという人の父親が、冷凍保存する人体に注入する不凍液と還元剤のビジネスを始めた。ヤガラという人の父親には化学の知識があった。ヤガラという人は敬語を使うことができるが成人してからの学習なので完全には使いこなせない。ぼくは幼児のころから自然に敬語を学んだ。言語は幼いうちに覚えないと身につかないのだ。

3

汎用車は十人乗りで後部に炭素繊維ガラスで仕切られたスペースがある。不凍液と還元剤を保管するためのスペースだ。不凍液と還元剤は密封され緩衝材で固定されて大型コンテナほどのスペースにびっしりと隙間なく積まれている。ぼくとアンという女はその手前に横になっていた。アンという女が上半身裸になっていたのは噴霧された筋肉弛緩剤を洗い流す必要があったからだ。噴霧剤はぼくの衣服には付着しなかった。汎用車の内装は金属が剝き出しになって簡素だった。壁にグリースガンや爆発物など武器がかけられているが武器を使う事態が起こったら全員が死ぬときなのだそうだ。重要なのは警察に見つからないことで、そのために警察の情報を知り、こちらの情報を警察に与えてはならなかった。

操縦席と助手席に坐って汎用車を操作しているのはオグラという人とコズミという人で二人とも四ヵ国の血が入っている。走行の主操作を担当するオグラという人は目が細くて鼻が低くモンゴロイド系の顔立ちをしていてアンという女と同じように印象材で髪を尖らせていたが、そのスタイルが好きなわけではなくて一般の若者の流行のヘアをすることで一般道路に設置されているカメラに記憶されても目立たないようにしているのだった。コズミという人は非常に短い髪で頭の表面にでこぼこがあり唇が厚くいたずらっぽい目をしていた。運転席のすぐ後ろの壁にずらりと並んでいる演算器機と通信用サーバで外部と連絡を取りながら走行ルートを決めているのは、ミコリという人とミクバという人だった。二人はぼくの父親が使っていたのより数世代新しい器機やサーバを使っていた。創成期のインターネットは蜘蛛の巣にたとえられたらしいが、現在は小さな核に糸をグルグル巻いてバレーボールほどの大きさになった球体というたとえがよく用いられる。

電子情報は無数に分化して重なり合っていて、網状に広がる数万数十万の主要アーカイブに保持され、毎秒何億何兆という項目が加わっていると父親に聞いた。消去情報も俗に穴と呼ばれる廃棄施設に積み上げられて、世界中に専門の処理業者がいる。政府はアクセス制限によって人びとを支配しコントロールしている。だが世界中に政府の制限が及ばないルートサーバと呼ばれる中継基地がいくつもあり、日本と国交のない国にもルートサーバがあって、地球軌道を回るいくつかの衛星や大陸棚や海底、山脈の岩盤の中、それに火星の旧植民地の跡地にもルートサーバが隠されていて、それらを反乱組織が利用しているのだとサガラという人が話してくれた。

演算器機操作担当のミコリという人は五ヵ国の血が混じっていて、目と鼻を覆う透明な樹脂のマスクを被っている。網膜が生まれつき弱い上に鼻の骨を複雑骨折しているのだ。ミクバという人は四ヵ国の混血で鷲や鷹を思わせる顔立ちをしていてスキンヘッドの頭のこめかみの後ろ側から細い髪の束を背中まで垂らしている。グループの六人全員が独特の顔つきをしていた。島の人間とも違うし食品モールやレストランタウンにいた本土の人間たちとも違う。ギザギザした鋭角的な感じが顔に表れている。どんな表情にも穏やかな印象がない。このグループが密売している不凍液と還元剤は脳や人体の超低温保存に使う。超低温保存は正確にはガラス化と呼ぶらしい。一世紀前から不死の方法として注目されていたが不凍液が不完全だった。生体システムを超低温で保存するという考えは理論的には間違っていないと父親のデータベースにあった。

生物学的な死というのは心臓が止まることではなく細胞の構造と化学反応システムが壊れて修復不能な状態になることだから、心停止後六十分以内に超低温化できれば理論的に生体は維持される。しかし人体の水分が凍って氷となって結晶化すると細胞壁が圧迫され押し潰されて、再生時に水分が流出してしまう。細胞が破壊されて再生できない。それを防ぐために初期には原始的な機械用耐凍剤が使われていたが、火星への植民計画の過程で水に還元しやすく毒性も少ない画期的なものが開発された。ＳＷ遺伝子が発見されたあとも脳や人体のガラス化保存による不死の試みはなくなっていない。事故などでひどい傷を負い心停止状態に陥った死者にとってSW遺伝子は何の役にも立たないし、そもそもSW遺伝子を組み込んでもらえる可能性があるのはごく一部の人びとだ。だから心停止後医師から死を宣告された人の脳や人体を将来的に蘇らせるガラス化保存法は今でも根強い人気があって不凍液や還元剤の需要は非常に多い。しかし冷凍保存された脳や人体から人間が再生された例はまだない。契約者の脳をボディに結びつけ再生する技術が完成していないからだ。磁気を使って水の分子の流動性を保ちながら冷凍する技術も開発されているが、人体のような複雑な組織に適応させるのは非常にむずかしいと父親のデータベースにあった。

4

冗談ほどじゃないよ、というのがサガラという人の口癖だ。必ず、冗談ほどじゃないよ、という決まり言葉を甲高い声ではさむ。こいつはもし敬語で話せなかったらどうするつもりだったんだよ、冗談ほどじゃないよ、アンはよりによって島にまでこいつを拾ってくるって誰さえ知らなかったわけだのに、冗談ほどじゃないよ、島の人間で仲間なんて聞いてないし知らない、まったく冗談ほどじゃないよ。ぼくは、冗談という言葉のそんな使い方を知らなかった。実際に誰かが冗談を言ったり言おうとしたりしているわけではないのに、一人で喋り続けながら、サガラという人はまるで自分で自分に相づちを打つように、冗談ほどじゃないよ、とはさみこむのだ。冗談という言葉は島でも使っていたが、実際に冗談のようなことを誰かが言ったりしない限り使われることはなかった。冗談ではないという言葉遣いはあるが、それは単純に、誰かが言ったことは真剣な話で、冗談なんかではないという意味だった。サガラという人の言葉はリズムが新鮮で聞いていて気持ちがよくてからだの奥が暖かくなってくる感じがした。

お前、何が笑ってるんだ、とサガラという人に言われた。ぼくはずっとサガラという人を目で追いながら思わず微笑んでいて自分でもそのことに驚いた。笑ってるんだけれど少し元気を戻ったんだろう、とナビゲーションモニタを見つめたままコズミという人が低い声でつぶやく。コズミという人も助詞がおかしい。コズミという人は話したり視線を移したりモニタを凝視したりするときに顔の筋肉の動きに合わせて頭の皮が微妙に動く。サガラという人は雑務と連絡を担当している。車の中を行ったり来たりする。ミコリとミクバという電子器機担当の二人のすぐ横にリーダーのヤガラという人がいる。ヤガラという人はミクバという人を介して常にどこかと連絡を取る。そしてミコリという人に新しく入った情報を伝え汎用車のコースやスピードを計算させて、操縦席の二人に指示を出す。男たちの顔つきやからだの動きを見て話すことを聞いていると動悸が激しくなったりからだが暖かくなったりする。

お前が名前をあるのか、と操縦席のオグラという人に聞かれ、ありますと答えると、全員が動きと操作を止めてぼくのほうを見た。タナカアキラですと言うと、ヤガラという人が、島のIDが本土で無効だしタナカだろうがナカタだろうがアキラだろうがアラキだろうがそれだったらあだ名とか符号で本当はお前からの名前じゃないんだよ、と教えてくれた。ヤガラという人の助詞も変だった。敬語のテストのときは普通に話していたので助詞を崩すのは仲間内の符牒のようなものではないかと思った。トラックのアンと電話で話しているときも助詞は崩していなかったが、あれはきっと反乱移民の子孫であることをモニタされるのを避けたのかも知れない。

名前なんかをどうだっていいんだ、冗談ほどじゃないよ、ニッポンは管理している名前なんか使うやつがアリだ、冗談ほどじゃないよ、そういうやつらしかアリなんだ、冗談ほどじゃないよ、お前アリが知ってるか。知らない、と首を振ると、昆虫のアリは英語で ant と書くらしくて、サガラという人が軽蔑する人びとも通称 ant で、それは automatic negative thought の略だった。当たり前のことさえものごとが悲観的に考える人間のことなんだ、サガラという人はそう答えた。総合精神安定剤が ant を生んだのだそうだ。

総合精神安定剤を生まれたのを軽いうつ状態なんだから、冗談ほどじゃないよ、総合精神安定剤が開発されたのを、情報神経脳学者を言語学者を協力させて感情ごと理性と連絡するところでブロックを効いて、やりとりする言葉の信号にフィルターはかけて、刺激に反応しないように衝動的行動がしないようとして、冗談ほどじゃないよ、強い安定剤では病気となるが、心臓かと肺かと筋肉かと機能は落ちて病気になるわけだが、総合精神安定剤が脳血管と関門が通すから、脳だけで作用することをなるんだ、冗談ほどじゃないよ、おれたちはまともな言葉を使えば、脳で信号が火花を散るときさえ支配されるような感じになって、総合精神安定剤を作った情報神経脳学者連中も言語学者連中も思うつぼさ、冗談ほどじゃないよ、言語は前頭葉左半球からコントロールしているから、あいつらを同じ言語を話すと、前頭葉左半球より深部辺縁系までの連絡は自動に遮られてしまうんだ、普通の言葉は喋るだけで気分を自動的で軽いうつ状態よりする、冗談ほどじゃないよ、心沈むのに気分は滅入るのに、結局が感情は爆発はできなくなるだけだ、怒りや喜びより何を感じない人間になってしまうわけだからな、冗談ほどじゃないよ、おれたちが総合精神安定剤と飲んでいない、おれたちが言語と変えるし、意識にクリアよりするために名前と変えるんだし、お前を名前変えろ。

サガラという人は喋り始めると止まらなくなってしだいに早口になっていき助詞の狂いも

ひどくなる。だが慣れてきたのだろうか、だいたいのところは理解できるようになった。脳関門という脳への異物の侵入を防いでいる門を逆に利用して、脳にだけ作用して心臓や肺などへの影響を最小限に止めた総合精神安定剤は、情報神経脳学者と言語学者が共同開発したもので言葉と密接に関係していて、だからこのグループの人たちはわざと助詞を崩して使うのだと、そういうことだった。サガラという人の助詞の使い方はでたらめだが誤解しないように配慮されている。サガラという人の助詞の狂いは誤解や混乱が目的ではなかった。総合精神安定剤は普通の日本語を話すうちに自動的に感情が抑制されるように作用するらしいし、感情を受けもつ辺縁系と統合を受けもつ前頭前野を切り離す効果も持つらしい。だからこのグループでは崩した助詞を使い、意識を研ぎ澄ますために名前も変えるのだ。

いずれ名前を変えるのはだいじょうぶなのですが今はそれをできません、とぼくは言った。サガラという人の影響で助詞が変な具合になりそうになって修正しながら話さなければならなかった。話し言葉はすぐに他人に影響されてしまう。その他人が自分の生死を左右できるような力を持っている場合はなおさらだ。グループの男たち全員と、起き上がって下着とシャツを着ているアンという女もいっしょにこちらを見ていて、みんな失望し怒っている表情だった。眉間に皺を寄せ顎を突き出し問いただすような顔でじっと睨んでいる。名前を変えるのを拒んだので仲間になる気がないと思われたのだ。不凍液と還元剤の取引に敬語が必要らしいので殺されることはないだろうが雰囲気が不穏なものに変わった。ミコリという人が、そいつがわかってないのだし指と一本ずつ切り落とすんだよ、と言って、サガラという人がうなずきながら足首のケースからナイフを取り出した。アンという女が、爪が剝がすだけでいいんじゃないの、と言ったが、サガラという人はぼくの左手首をつかんで金属の棚の上に手のひらを押しつけナイフの刃を人差し指に当てようとした。

わたしの父親は三日前に医学的刑罰を受けたために今ごろはもう早期老人症で死んでいるはずです、と話し始めた。しっかりとした口調で話すように心がけた。幼女との性的行為という冤罪でわたしの父親は処刑されました、ぼくがそう言うと、みんなが不愉快そうな表情をした。彼らを不愉快にしたのが、幼女との性的行為なのか冤罪なのかはわからなかった。SW遺伝子に関する重大な秘密を老人施設にいるある人物に届けなければならないのですが、ここで名前を変えてしまうとその使命を忘れてしまうでしょう、ぼくはそう説明した。ミクバという人が、携帯用スキャナーを放り投げサガラという人が受け取ってぼくのからだを探り、足首に埋め込んだベリチップが反応してオレンジ色の灯りがモニタに点滅した。足を削ってチップは取り出せば高く売れるぞ、とミコリという人が言った。SW遺伝子の秘密が隠されたベリチップを奪われたら父親の死は無駄になる。

どうかご理解下さい、とぼくは一つ一つの言葉を句切りみんなの顔を見回しながら、できるだけ良い声で言った。このチップの情報は社会全体が転覆してしまうような非常に重要なものなので、大きな権力を持ち、かつリベラルな考え方の人物に渡さないと意味がありません。そのような人物は老人施設にいるヨシマツという人しかいないと思われます。メディアやネットで公表しても効果がありませんし情報の重大さに恐れをなして誰も買い手は現れないはずです。老人施設の人びとは仲介者を通じて秘密裏に島から少年や少女を性的行為の奴隷として買います。わたしも他の少年少女たちといっしょに仲介者に製剤の総合精神安定剤を飲まされて車に乗せられ老人施設に行きサツキという老人女性の性的行為の相手をしましたが、ヨシマツという人物の話を聞きました。ヨシマツは三十番台でSW遺伝子を組み込まれた権力者ですがこの社会に残った数少ないリベラルの闘士だと聞いています。それがテロメアを切断されて処刑された父親から託された使命であり、みなさまのグループの一員となるための改名に抵抗があるわけではなく、老人症で殺された父親の遺言を忘れたくないというただそれだけの理由なのです。確かになんの意味もないのでしょうが、タナカアキラというつまらない名前をとりあえず今だけは持ち続けることを許していただきたいと思います。

ヨシマツという名前にヤガラという人が驚いたような顔をして、何か言おうとしたが、性的行為の奴隷の話題が出たとたんに不快な表情になり口をつぐんだ。話が終わるころにサガラという人はぼくの腕を放した。椅子に坐っているぼくの膝にからだが触れるくらい近づいていたのだが、一歩退き手にしていたナイフを足首のケースに戻した。ヨシマツで移民反乱に終止符に打たれた、ヨシマツでニッポンとわれわれを結びつけることはできる人物だ、唯一を希望をヨシマツだ、こいつをヨシマツで訪ねていくらしい、役で立つをも知れないじゃないか。ヤガラという人は、独り言のようにそう言って、今から仲間にするまで文句をないか、と他の仲間を見回した。そいつだから仲間だ、冗談ほどじゃないよ、とサガラという人が言って目を大きく見開いてぼくのほうを見て、残り全員がうなずいた。ヤガラという人がぼくの顔を覗き込み、おれたちがお前は信頼するから絶対おれたちを嘘が言うな、と真剣な表情になった。わかりました、とぼくは答えたあと、窓から外を見てもいいですかと聞いて、許可された。

5

汎用車はほとんど音を立てない。空調と電子器機のファンの音だけが車内に静かに響いているだけだ。こっちは来ればいいのに、とアンという女が操縦席の脇にあるA4判ほどの大きさの長方形の窓を示してぼくを呼んだ。操縦席のまわりでは他に窓は見当たらない。汎用車は軍用として作られたので操縦席前方には窓がない。オグラという人は車体前部に取り付けられた複数のカメラセンサーが映し出す三次元のモニタを見ながらタッチパネルを叩きジェット機の操縦桿に似た操作レバーを操作している。モニタには前方と左右と後方の映像の他に道路の勾配や形状、同レーンを走る車と対向車の速度と位置と挙動、それに刻々と変わる天候、路面のグリップ力などが独立したブラウザで表示される。自動車専用道路にはカーブ半径を示す発信装置が完備されているから操縦は半自動だ。レーン移行や急加減速、追い抜きや追い越しの際には手動で補助操作を行う。完全手動のときはスコープゴーグルを通してカメラセンサーから直接視界を得て操縦する。もうすぐ山あい高速道路は入る、とコズミという人が言う。道路の勾配がきつくなった。ぼくは窓に近いシートに坐ってシートベルトをした。アンという女が、あなたがアキラだけれど名前がアキラと呼んでいい？　と聞いて、うなずくと、あなたをわたしのことはアンと呼んでもいいからね、と隣のシートに移ってきて坐った。

外は白いふわふわしたもので霞んでいて水滴が窓ガラスを伝い後方に飛ばされていく。霧が道路を被って動いていた。ひとかたまりになって漂い、街灯に照らされ乳白色に煙り、山や森や林や草原と霧との境界は曖昧で、濃い緑色の水に溶かし込んだ白い絵の具のようだと思った。汎用車が霧に吸い込まれると景色が消え乳白色の世界になるがその濃淡は微妙に変化する。厚い雲に似た重い質感がしばらく続いたかと思うと次の瞬間霧は再び繊細な薄さを取り戻し暗い山々を透かしてまるでレースのカーテンのように夜の中で揺れる。窓のガラスに額を押し当て変化し続ける乳白色のグラデーションに目と心を奪われ、自分がどこにいるのかわからなくなった。霧は山々を幾重にも取り巻きゆらゆらと動いて途切れたりつながったりする。

その不思議なリズムでどこかに誘われているような気がして、ふいに父親のイメージが目の前の景色に重なった。一日に十五年が経過するように処置された父親の皮膚は見るたびにひび割れながら乾いていき、微生物が増殖するように枝分かれしながら皺が伸びていった。視界を覆い、また突然途切れる乳白色の霧は、きっと父親の死を告げているのだと思った。父親が寂しく美しい別の世界へ旅だったことを、この風景が教えてくれているのだと確信した。深い悲しみにとらわれたが涙は出なかった。もう老人症が進行する父親を哀れむ必要はないのだと、心のどこかに安堵感が生まれている。医学的処置としての老化ほど残酷な刑罰はない。親しい者から生命が恐ろしい速さで摩滅していく。まるで早送りの映像を見るように老いと死が人を被っていく。それをただ見つめる。無力感と徒労感で身動きできなくなった。父親の死は悲しいが、もう老化することはない。

6

どうしたの、とアンが聞いて、父親が死んだ、とぼくは言った。どうしてわかったのかとアンは聞かなかった。実の父親を死んだときわたしへ今の父がこう言ったのよ、とアンは囁くように話しはじめた。本当の父親が死んだときに今の父親がこう言った、そういう意味だった。英語の主語と述語、たとえばIとhaveの間には何もないが、日本語には何種類もの助詞がある。わたし、持つ、では意味が通じない。わたしは持つ、わたしが持つ、わたしを持つ、わたしで持つ、わたしより持つ、わたしから持つ、全部意味が違う。助詞は一世紀も前から移民の日本語力の判定に使われてきた。助詞は覚えにくいので日本語習熟の度合いを測るのに便利なのだ。日本語の動詞と名詞では助詞の使い方が違う。行くからね、と動詞のときは、からね、を使うが、ピアノだからね、と名詞のときは、だからね、を使う。行くだからね、という風に間違う移民が多いのだと父親は言った。移民たちが日本の象徴として日本語の助詞をターゲットにし、反抗の意思表示として故意に崩し始めたのは第一次内乱のあとだった。

アンの声は窓外の霧に似合う。女としては低い声で少しかすれている。おれたちがお前は信頼するから絶対おれたちを嘘が言うなってさっき父は言ったでしょう、父にわたしが娘にするときにこういうことが言われたのよ、誰よりお前と信頼する、どんなときでさえお前を助けるから、おれは対しては絶対で嘘はつくな、そう父を言ったの、それが感動して、父と娘になることで決めたのよ、わたしを名前がマリコという名前だったただけど、ニッポンが与えられた名前なのでどうでもよかったの、それが名前が魂を宿るところだからね、わたしの魂が父が名づけて、それはわたしを救うことでわたしを生まれ変わることだからね、それで、なぜアキラは自分を気に入られたのかわかる?

わからないと答えた。自分が気に入られたということを知らなかったし、気に入られるという意味もよくわからなかった。気に入られるという言葉は父親のデータを見ていたので知っている。ポジティブなニュアンスの言葉だが具体的にどういうことなのかわからない。気に入られるという表現を島で聞いたことがない。お前たちは生きる価値が低いと幼いころから教えられてきた人間なのでそういう種類の言葉は無縁だ。だからあのときはサガラという人に指を切られなくてよかったと思っただけだった。ぼくはこのグループの人たちに気に入られたらしい。気に入られるという意味は、ここにいてもいいということだとぼくは理解した。アキラをわたしたちに気に入られたのはね、とアンは言った。父が必要以上のお金で欲しくないからアキラが体内チップなんか関係ない、わたしたちを何が大切にしているのか考えてみているをいいを思うのよ、その人をどのくらいニッポンに反抗しているか、反乱に加わっているか、抵抗と示しているか、それだけが信頼を基準になっているの、それだけは信頼を基準なのよ、わかるでしょう、アキラを自分が抵抗しているのがちゃんと話して、わたしたちをそれが聞いたでしょう、だからわたしたちがアキラが気に入られたの。

アンはからだにぴったり貼りついた赤いシャツを着ている。裾が尻を全部隠すくらい長い。プリオンが作るタンパク繊維のシャツで、映像広告や写真で見たことはあるが実際に見るのは初めてだった。それはプリオンのシャツですか、と聞くと、アキラがわかるね、とアンは微笑んだ。ヤコブ病の原因のタンパク質プリオンが特定されたときにナノサイズの繊維が培養液だけで作れることを研究者が偶然に発見した。プリオンのタンパク繊維は羊毛よりもはるかに質がよくて大きさが分子レベルなのでセミや蟹の脱皮後の抜け殻のようにしてその人のからだに合った服を作ることができた。このプリオンシャツで下着をいらないの。胸のふくらみの頂点に小さな突起がある。穀物の粒のような突起を見ていると、本当に小さな女の子をセックスするのは好きなの？　とアンが聞いて、年寄りの女としか性的行為はしたことはありませんと答えた。どんなことばかりしたの？　アンはシャツと同じ色の棒食を食べながら聞いて、棒食からはイチゴの匂いが漂ってくる。性的行為の説明を始めると、その年寄りを女を名前を何なの？　と聞かれて、サツキだったと答えると、それがサツキと呼ぶ女をお尻がまっ白だった？　と興味深そうに聞いてきた。サツキという年寄りの女は百歳を大きく超えていたのですがお尻はまっ白で赤い斑点も紫色の染みもなかったような気がします、とぼくは答えた。それの女を会ってみたいな、とアンは赤い棒食を舌で舐めながら言った。

7

街灯が少なくなり道路の両側が切り立った斜面と断崖に変わった。前後にも対向レーンにも他の車が見えない。検問所であと十キロ、とミコリという人が言って、汎用車はゆっくりとスピードを落とし自動車専用道路から道幅の狭い一般道路に降りる。周囲に廃墟のような景色が広がっている。工場か倉庫のような建物が並んでいるが、ガラスが割れ窓枠だけが残っていて、あちこちで屋根が抜け壁が崩れかかっている。コンクリートや鉄骨やビニールシートなどの残骸が道端に転がって、有害廃棄物を示す映像看板がそこら中に立てられている。映像看板以外には明かりがない。道路脇にスキャナーを備えた監視カメラがあって、警察にスキャンされてもだいじょうぶなんですか、と聞いたが、このあたりがロボットから入ってこない、とミクバという人が通信器機のモニタを見ながら言った。あちこちに放射能廃棄物が埋められているから電子器機部分のコーティングが薄い警備・攻撃ロボットは誤作動を起こして使えなくなってしまうのだそうだ。

折れた尖塔のある建物を過ぎたところで脇道に入った。汎用車のスピードがさらに遅くなる。オグラという人がヘルメット型のスコープゴーグルを被り、操縦が完全手動に切り替えられた。ミクバという人がタッチパネルを叩き、ヤガラという人がレシーバでそれを確認しながら操縦席のモニタを見て数字と文字の組み合わせをキーボードで打っている。ゆるやかなカーブが始まったとき、突然軋んだモータ音が外から聞こえてきた。映像看板の規則的な点滅の明かりで奇妙なものが浮かび上がった。まるで地面深く埋められた怪物が起き上がるかのように、左斜め前方の地面が盛り上がっている。震動が伝わってきて汎用車が細かく揺れ、思わずシートベルトを握りしめた。カーブを曲がり終わると汎用車のライトが隆起する地面のほうを照らして、そこには地面の下への入り口が開いていた。

滑り降りるように坂を下る。背後で金属が軋む音が聞こえてきて、鉄とコンクリートの開閉装置が閉じていく。油圧とモータで巨大なコンクリート板が開閉する仕組みだそうだ。周囲と前方に青白いライトが灯った。センサーによって車が入るときだけ一定の範囲で蛍光管が点灯されるらしい。しばらく急傾斜の坂を下るとやがて水平になり細長い空間に出る。大型車がすれ違えるほどの幅がある。第二次移民内乱で日本政府は戦術核兵器を使うと脅したのだと父親に聞いた。国連の介入があって結局使われなかったが、反乱移民軍は岡山北部の本拠地周辺に核攻撃に耐えられる防空壕を造った。数百人が避難できて一年分の食糧や水や医薬品を保管できるスペースを持つトンネル型防空壕だった。そのあとも山口から岡山にかけての山間部、それに沿岸部の一部にはここと同じようなトンネル型防空壕が何十ヵ所も造られた。トンネル型防空壕は長いもので一キロほど、短いものは数十メートルで、それらは必ず一般道路に接続している。何ヵ所かの出入り口付近は実際にさまざまな放射能廃棄物でガードされているので、自衛軍と警察は反乱移民軍の子孫がトンネル型防空壕へ逃げ込んでも追跡したり攻撃するのを止めた。岡山から広島にかけての山間部と沿岸部の一部に反乱者たちを封じ込め、日本の他の地域への侵入を防ぐと方針を変えたのだ。

このトンネル型防空壕は規模としては中程度で、獲物を呑み込んだ蛇のような形をしている。真ん中の膨らんだ部分にパーキングエリアがある。中央に丸く小さな広場があり、その周囲に五つの木のベンチが置かれ、その外側に大型車を十台ほど駐車できるスペースがあった。駐車スペースの脇に、四方を囲っただけの細長い建物がある。雨が降ることはないので建物に屋根はない。換気のためのパイプが天井に向かって伸びている。ここで取引をするのかとアンに聞いたが違った。ピーチボーイまで行くための中継所のようなところで、警察の警備や道路状況など最新の情報を得ることができて、簡易ベッドのある休憩所や簡単な食事ができる食堂や便所がある。燃料も補給できる。汎用車は広場の駐車スペースの一つに乗り入れて止まった。ここで何をするんですか、と聞くと、交替して二時間仮眠して燃料電池が補充する、とヤガラという人が答えた。汎用車のドアが開く。コズミという人とミクバという人は車内に残った。この地下スペースを利用するのは反乱移民の子孫だけだが、中には反抗の意志を放棄して単なる犯罪グループに堕落した連中もいるので警戒が必要なのだそうだ。

ステップを降りて外に出る。空気は湿ってひんやりしている。汎用車の形は外から見ると亀の甲羅というよりゴキブリに近かった。光沢のない灰色の車体にはあちこちに傷があって窓のないフロント部には小虫の死骸がびっしりとこびりついている。左右六つずつ十二の車輪がありリニアモーターカーの軌道用鉄輪は取り外されていた。フロント部の両側にロケット弾の発射口がある。ロケット弾を撃ったことがあるのかと聞くと、オグラという人が、武器と使うときが誰かは死ぬときだ、と答えた。三ヵ月くらい前に警察と交戦になってグループの一人が犠牲になったらしい。その一人が敬語遣いだったのかと聞くと、そうでがない、とヤガラという人が言った。敬語遣いに死んだのを老衰だ、敬語遣いの戦闘を参加することがない。

8

石畳の広場には四組の先客がいた。ベンチに坐っている老人の男女、抱き合っている若い男女、ボールを蹴っている三人の少年、それにベンチの横に坐っている物乞いの親子だ。広場といっても三十秒もあれば端から端まで歩けるほど狭く天井も低い。だが放射状の石畳になっていて歩くのが気持ちよかった。わたしがここに入るときいつも欲望に募るばかり、アキラどう？　そういう気分がならない？　広場を横切りながらアンがそう聞く。アンによると、この中には放射能を遮断する装置と触媒があって、それがどういうわけか人間のさまざまな欲望を刺激するのだそうだ。ここがわたしはみんながとにかく欲望が大きくなるの、それを聞いて、そうなんですかとぼくが真剣に驚くと、みんな笑いだした。アキラでは素直だ、アキラが何にも信じるんだな、そんなことを言いながら大声で笑った。ぼくはそんな笑い声を聞いたことがなかった。何かが破裂したような笑いだと思った。島にはそんな笑いはない。アキラ騙されたんだ、冗談ほどじゃないよ、放射能に遮断する装置と触媒が本当だけど、異性を裸を、接吻やセックスに考えるわけは、この中が解放区なんだよ、冗談ほどじゃないよ、このトンネルの中に日本じゃないんだよ、だから欲望を解放されるんだ、とサガラという人が言った。

ベンチに坐っている老人の男女は手をお互いの膝に置いて微笑みを浮かべて静かに話していたが、ぼくたちが通り過ぎるときに、何を食べるのだったら今夜にメキシコ料理で辛いナチョスで勧めるね、と手を振って挨拶した。抱き合っている若い男女は、これから別れてそれぞれが違う場所に行かなくてはならないらしい。おれを母に行かなければならないのは君もわかっているはずだよ、男がそう言って、お家の屋根が修理するんでしょうってわかっているから寂しいわよ、と女が大げさに寂しそうな表情を見せて、またからだを寄せ合って唇を重ねる。通り過ぎるときにサガラという人が、屋根の修理を大事だ、そう二人に声をかけ、うるさいけど黙ってよ、と女のほうが唇の隙間から舌を出して見せた。そんな仕草をぼくははじめて見た。決して上品とは言えないが魅力的な仕草だった。ぼくは真似しようとして舌を噛んでしまった。何がしているの？　とアンに聞かれ、唇から舌を出す仕草をしたいんですと言うと、化粧のない唇とピンクの舌で見本を示してくれた。アンは口を大きく開いて思い切り舌をこちらに向けて突き出したが、そのときぼくは何か自分の中で大きな変化が起こっていると気づいた。何か壊れたようでもあったし生まれたようでもあった。心のひだのような部分がざわざわと騒いで心臓の鼓動が速く激しくなったがそれが何なのかわからなかった。

少年たちはボールの扱いがうまい。低い天井に当たらないように上手にコントロールしてボールを蹴る。少年たちがどの国からの移民の子孫なのかはわからない。三人とも同じくらいの年齢で、一人は顔つきは東洋系だが目が青く、もう一人は細面で鼻が高く目が東アジア人のように細くて、三人目は髪の毛が縮れているが肌は透き通るように白い。おれはナチョスは食べる、そう言いながらミコリという人が駆け足で強化プラスチックで四方を囲った建物に走っていく。わたしたちでも行こうよ、そう言ってアンはぼくの腕をとり建物のほうに引っ張っていく。ぼくは混乱していた。自分の中で何かが起こっていてそれは恐いことのような気がした。お前、自分をミスするな、と青い目の少年が広場の真ん中で叫んでいる。ぼくたちが近づいてくるのを見て、膝をついて土下座をした物乞いの女が地面にこすりつけるように何度も頭を下げながらすぐ脇にいる子どもに合図をした。七、八歳だと思われる女の子はうなずき母親らしい女と同じ動作を始めた。

ぼくはその女の子を見て、背中と首と肘の裏側がふいに冷たくなり違和感を感じて、袖をまくって確かめると小さなブツブツがいっぱいできていた。鳥肌に気づいたアンに、寒いの？　と聞かれて、少し、と嘘をついた。食堂が入れば暖かいよ、アンはそう呟いて、建物のほうに歩いていく。ぼくは自分の肘の裏側にできた小さな突起に触れ、また物乞いの親子のほうを見た。女の子は微笑んでいる。何度も何度も頭を下げ、周囲の人に向かって笑顔を示している。思わず立ちすくんでしまうほど異様に可愛い顔だった。女の子に比べると母親のほうは吐き気がするほど醜かった。物乞いの親子にこれまで感じたことのない感情を持った。あの二人の年齢の違う女に関与したい、何かをしたいという強い感情だった。アンが舌を出したときに感じた心の中の変化が続いているのだろうと思った。何かが生まれたようでもあるし壊れたようでもあり、心臓の鼓動が速く激しくなる。これが性欲なのだろうか、だとしたらぼくはあの醜い母親と可愛らしい女の子のどちらに、あるいは両方に性欲を感じたのだろうか。

9

建物の中は人でいっぱいで話し声と煙草の煙と湯気とバターや香辛料の匂いで充ちていた。テーブルや椅子はなくて客はカウンターで食べたり飲んだりする。厚い木でできたカウンターは、料理や飲み物を注文するところと、それに中央と壁沿いに三つあった。サガラという人がビールを頼んで唇に泡をつけながら少しずつ飲んでいる。アキラがコーラが飲む？とアンが聞いた。コーラは島でも本土でも健康に悪いからと禁止されている。中央のカウンターではビールを飲みながら最初の移民の反乱がどうやって始まったかをえんえんと話している老人たちがいた。おれのじいさんたちを動かしたのが外国からやって来た世界企業の工作員だったんだ、最初移民たちを強盗に勧めて、金が奪ったあとを山の中で集落で隠れさせて、それが工作員は警察まで通報して、そのあと工作員は警察より先まわりして集落まで行って、今から警察は来るからだが、わたしを武器がお前らに与えてやる、お前ら、戦うのか、それとも逮捕されるのか、今ここは決めるんだ、そう言って大量からの武器が渡した、移民たちが長い間ひどい差別で苦しんでいたから、みんなのしょうがなく武器が持って、みんなの五〇〇人くらいで、逮捕に来た警察は八人くらいに、移民たちが警察は皆殺しにした、それをそもそも内乱が始まりだった。

老人たちの話を聞き、アンが渡してくれた不思議な食べ物を食べる。硬くて薄い乳白色のせんべいのようなもので緑色の豆を潰したものをすくい取って食べるのだが、舌が痺れ脳に突き抜けるように辛く、ぼくはコーラを飲んだ。プチプチと弾けるような刺激がこめかみまで上ってくる。大きな声で、これを、と言った。これを辛いです、それを聞いてアンが笑い、ヤガラという人もサガラという人も、他の二人も笑った。これをとても辛い、これが食べるけどひどく辛い、これを辛いけどおいしいけどぼくを好きだ、これを本当よりおいしいからこんなでおいしいものがぼくが食べたことをない、これがぼくが好きにさせる、これをぼくが辛いけどおいしいけど好きだ、そういうことを心の中で呟いていると、不安が喜びに変わるのがわかった。この中を自由なんだ、とぼくはまた声に出さずにつぶやいた。ここを自由だ、そうつぶやくと羽が生えたように心が軽くなった。ねえ、ワッフルが食べたことある？　とアンがヤガラという人に聞いている。老人たちは、世界企業の工作員が最初の反乱者を選ぶ際に移民たちをわざと怒らせるようなことを言って殴りかかってきた者を選んだのだという話をしている。わたしの母親は娼婦だ、工作員がそう言わせて移民たちを怒らせて殴りかかってくるかどうか確かめてそいつらは反乱軍として選んだんだ、アドレナリンを逃亡で作用するか攻撃で作用するか確かめたんだ。アン、とぼくは名前を呼んだ。アンがこちらに振り向く。ぼくはアンの耳元に口を寄せて言った。アン、ぼくを自由だ。

中南米のナチョスという辛い料理のせいでずっと唇と喉が熱い。ヤガラという人とその仲間はビールを飲みながら大声で話をした。ぼくは話をしながら食事をしたことがない。島では誰も食べながら話をしない。いけないことだと教えられる。ヤガラという人とその仲間はぼくがこれまで一度も耳にしたことがないことを話し、中には性的なことも含まれていた。たとえばサガラという人は、ピーチボーイの周囲には性的行為を金で売る女や男のいるアパートがあって、そこで出会った二十三歳の女はブルドッグという種類の犬を抱いていて左手が逆さまに付いている、そういう話をするが、隣にいる人とか、特定の誰かに向かって話すわけではなかった。人に話しかけるのではなく空間に言葉を放り投げるような感じだ。ある人からある人へと情報を伝えるのではなく、バケツの水をぶちまけるように建物全体に声が響き、その飛沫を浴びるようにそのあとみんなで笑い合う。ブルドッグという犬を思い出そうとするがうまくいかない。刺激が多すぎて脳が働かない。だが食堂にいるのが苦痛かというとそうではなかった。ぼくのすぐ横にはアンがいる。

ブルドッグという犬の種類には聞き覚えがあるが姿を思い出せない。知っている種類の犬を思い描こうとするがいろいろなことが同時に目や耳に入ってくるのでできない。四組の客がいるようだ。老人たちと若い女たちだけのグループとそれから家族連れか青年たちのグループがいるような気がするが人影が重なっているのではっきりしなくなった。老人の一人がミコリという人と知り合いらしくてこちらにやって来て話に加わっている。ビールの泡と食べ物のカスがカウンターにこぼれる。いろいろな食べ物やソースやコショウなどの匂いが混じり合っていて煙草を吸っている者もいる。透明な炭素繊維の壁に仕切られた食堂内は調理や煙草の煙と音と匂いと話し声と笑いが充満して息が詰まりそうだったが不快ではなかった。ただこんな環境は初めてなので胸がザワザワしてきた。サガラという人は、事故で左手首から先を切断し焦って復元しようとして手のひらの表裏を逆にくっつけてしまった女の話をずっとしていて、老人の一人がその女がいるアパートの住所をしつこく聞き、三人連れの若い女たちが、何かを上げてくれと言い続け、上げてやれよ、とオグラという人が大声を出して、次の瞬間大きな音が鳴り出し、中南米の食べ物を口に入れたままのアンがからだをのけぞらすようにして甲高くて意味のない声を上げた。
視界の端で若い女三人がカウンターに手をやり腰を突き出すようにして左右に振り出した。サガラという人がブルドッグを飼っている女の話を続けていて、ぼくは壁の四隅に取り付けられたモニタに目をやった。モニタには反乱移民軍新兵募集という銀色の文字が点滅し四肢にロボットが装着された昔の戦闘スーツ姿の若い男が三連装のロケットランチャーを模擬戦車目がけて連続して撃つところが映し出され、それが終わると熱帯の島の砂浜を走る水着姿の外国人の女たちの映像になった。茫然としてモニタを眺めていると誰かが肩を叩き振り返るとアンが下から覗き込むようにぼくを見て三人連れの若い女と同じ動きで腰を左右に振っているところだった。

食堂内にいる人たちはときどき音量が上がった音に合わせるように足を奇妙な形に開いたり閉じたり軽く跳びはねたりする。音楽の一種だとわかるのに時間がかかった。文化経済効率化運動が始まってから西欧の古典音楽や流行歌や童謡など心を揺さぶる音楽は原則的に禁止された。きれいな旋律の繰り返しとか、鳥のさえずりと波音と笛のような簡単な楽器を組み合わせた優しい音楽だけが許されている。非合法の音楽ダウンロードサービスがあると聞いたことがあるが利用したことがわかると重い罰を受ける。ナチョスという中南米の食べ物を食べ終わったアンが右手にコーラの瓶を持ったまま三人連れの若い女のグループに近づいていきしばらく同じように腰を振って、またぼくの横に戻ってきた。音楽には通信ノイズを大きくしたような耳障りな音と、その他に強くドアをノックし続けるような規則的な音が混じっていてそれが下腹部に響き頭が割れそうに感じられたが、やがて音楽の拍子なのだとわかった。暴力的な音だった。隣の部屋で誰かが殴られているような音だと思ったが、アンから肩をつかまれて拍子に合わせるように揺すられるとまるで蒸し暑いときに衣服を脱いだみたいに何か頭にこびりついていたものが剥がれ落ちる気がしていつの間にか不快感が消えていた。

ナチョスという中南米の食べ物はこれまで経験したことのない味で歯触りや舌や歯茎や口の粘膜の感触も棒食とは違った。棒食は口に入れても噛んでも呑み込んでも感覚が刺激されない。単に燃料を補給している感じだ。文化経済効率化運動では食事は元来余計なものだと教えられる。近年の解釈で食事を楽しむのは悪いことではないとされているが、それでも感慨を持ってはいけない。中南米の食べ物は口腔内が熱く刺激される。穀物で作られたと思われるうすべったい皮で、細かく切った野菜などを包んで食べるのだが、棒食と違ってそれぞれの食感や歯触りが違うので噛んだり呑み込んだりするうちに感慨が生まれるのだろうと思った。口に入れて舌で奥歯のほうに転がすだけでどこかが刺激され何かが分泌されるのがわかる。単に空腹が満たされるのではなく自分と周囲を肯定したくなるような感情が生まれそれが感慨となる。肯定的な感慨のせいもあるのだろうか、食堂に入ってから何度もあの物乞いの親子が頭に浮かんできて動悸が激しくなってぼくは勃起した。

物乞いの親と子のどちらに性的欲求を感じたのだろうか。異様に可愛かった女の子は八歳くらいで醜かった母親は年齢が不明だったがぼくはあの二人のどちらかに何らかの形で関わりたいという強い欲求を持った。醜い成人の女だろうが可愛い幼女だろうがこれまで誰か他の人に関わりたいという感情などとは無縁だったし、それが何であれ他人への欲求を持ったことはいっさいない。だがあの親子と具体的にどう関わりたいのかはわからなかった。あの母親の垢だらけであちこち破れかかったシャツを引き裂きたかったのか、髪の毛に触れたかったのか、黙って見つめ合いたかったのか、あの女の子の手を握りたかったのか、唇を合わせてお互いの舌を舐め合いたかったのか、首を絞めたかったのか、そういうことを硬くなった性器がズボンでこすれるのを感じながら考えていたのだが、アンに肩をつかまれてからだを揺さぶられるうちにいつの間にか物乞いの親子のイメージが消えた。これをダンスだよ、とアンが笑う。ダンスはうまくできなかったがぼくは不快ではなかった。

第五章　制限区域

1

車に戻ったときサブロウさんはまだ意識が戻っていなかった。頬に空いた穴には再生用の人工皮膚である培養真皮が貼りつけられている。このままトンネルで出口付近から捨てていこうとサガラという人が言ったが、ヤガラという人の判断で一時間だけ待つことになった。サブロウさんの傍らにしゃがみ込んで見守っていると、アンが近づいてきて、声で出さず話しかけるがすればいいよ、と言った。アンによると、意識が戻らないときは脳以外の臓器や筋肉の細胞の蘇生しようとする力が問題になるらしくて、植物でも話しかけられると反応して元気になるのと同じように、声というか信号を送ってあげるのがいいということだった。どういう信号は送るをいいんだろうか、と聞いた。トンネルの休憩施設の食堂からずっとぼくは助詞を狂わせて話している。言葉遣いでこんな感じをなってしまって敬語で必要なときだいじょうぶでしょうか、とヤガラという人に聞くと、スイッチはオンをオフを変えるようですからだいじょうぶだと教えてくれた。外国語を話す人は外国人と対するときには単語や文法をいちいち思い出すのではなく別の場所に光を当てるようにスイッチを切り替えるのだそうだ。

汎用車はトンネルを出てしばらく山間部を縫うように走り、そのあと南に向かう自動車専用道路に入った。眠ったままのサブロウさんに向かって、元気となって欲しい、そう声に出さずにぼくは呟き続けた。同じ文句をずっと呟いていると言葉が単なる音の組み合わせになってしまう。意味が崩れた言葉の繰り返しは外国の宗教の祈りに似ていて心が落ち着いた。トンネルの休憩施設の食堂であれほど騒いでいたのにヤガラという人もその他の人もアンも汎用車に戻ると態度と会話がすぐに元に戻ったが、ぼくは違った。興奮や感慨が残っていて動悸が速いままだった。だからサブロウさんの筋肉の細胞に向けた信号はぼく自身が落ちつきを取り戻すのに役立った。

2

県境が制限区域が入る、ミコリという人の声がどこか遠くで聞こえて、窓の外の景色が流れている。いつの間にか少し眠ったようだ。ぼくはサブロウさんの隣で壁にもたれている。唇の端から涎が垂れていてシャツの袖で拭い立ち上がろうとしたときに操縦席のほうで呻き声がしてサガラという人が助手席のコズミという人のところに駆け寄るのが見えた。心臓発作か？　とヤガラという人が聞いている。さっきトンネルがコズミを食事は呑み込みにくそうだった、とミクバという人が言う。ヤガラという人が、前かがみになっているコズミという人の両肩を支え、からだをそっと起こそうとする。コズミという人はしきりに何度も首を振って前かがみの姿勢を崩そうとしない。ヤガラという人はゆっくりとコズミという人の上体を助手席の背もたれに近づけ、操縦席に坐っているオグラという人に、薬だ、と言った。オグラという人はコズミという人のシャツの下からネックレスを引っ張り出しコイン型の首飾りの蓋を開けて薬だと思われるものを探していたが、一錠だけだ、とつぶやいた。サガラという人が急いでこちらにやって来て壁に取り付けられたハッチのような正方形の穴から透明なガラス樹脂の箱の中を確かめ、ニトロ製剤がストックをない、と言って、ぼくは足元のサブロウさんが目を開けているのに気づいた。

ヤガラという人が指示を出して汎用車は自動車専用道路を降りた。同じ形と大きさのビルが道路の両側に整然と並んでいる。文化経済効率化運動で建てられた集合住宅だ。デザインも大きさも全部同じで外観に装飾性がなく部屋数もその広さも備え付けの家具も統一されている。入居資格は子どもを一人以上持つ成人男女で国籍は問われないがＩＤに社会保険番号が入力されていなければならない。移民は半世紀以上前にすでに四百万人を越えさまざまな問題が起こった。政府は犯罪歴のない良質な労働者に対して社会保険番号を与えることで差別化を図った。しかし社会保険番号を得た移民労働者は全体の十パーセントで、結果的には病気やケガをしても治療を受けられない移民の不安が内乱につながったのだ。規格化された集合住宅は文化経済住宅と呼ばれ全国で約六十万棟が建てられたが、どこも立地条件が悪く、外気温が冬に摂氏四度以下、夏には三十三度以上にならないと冷暖房が作動しないように制御されていて、十二階の高層ビルなのにエレベーターがなく、文化経済企業群と名づけられた国営会社の一つが建設工事と保全を行ったために十年でコンクリートが腐食し始め、やがて大半が廃墟同然の状態になった。

サブロウさんが口を開いて何か言おうとするが声は出ない。聞こえますかと耳元で言うと、顎がかすかに動いた。もうすぐ感覚が戻るので安心してくださいと言って、ぼくはアンに化粧用のスポンジを借り水で湿して口に水滴を垂らした。意識が戻ったときに異常に喉が渇いていたのでサブロウさんも水が欲しいだろうと思ったのだ。こんなときへ限ってクチチュを意識へ戻った。サガラという人が苛立ちながらそう言ってぼくたちの前を通り過ぎた。クチチュでやっぱりトンネルが捨てればよかったんだ、オグラという人がそう言いながらぼくとサブロウさんを交互に見ている。気をしないで、とアンが声をかけた。わたしたちを制限区域が入るからだよ。文化経済住宅周辺を制限区域と呼ぶらしい。廃墟同然になり治安が悪化して行政組織が移転し民間の警備会社が残って治安を担当するようになった。公的な医療や教育の施設もなくて警察も消防もない。警備会社は逮捕や起訴や刑の執行にも裁量権がある。警備会社は警察から無償でロボットを引き取った。ロボットによる警備や監視や逮捕は経費がかからず効率的だった。当時政府の文化・経済諮問委員だったヨシマツらが中心となって推し進めた文化経済効率化運動は伝統や歴史や文化より効率を優先するムーブメントだった。食糧危機や内乱で社会が脆弱になり人びとはあらゆる主義主張に拒否反応を持つようになっていたので効率化という考え方は広く受け入れられた。制限区域の人口は増え続けている。

3

等間隔で並ぶ文化経済住宅の彼方に銀色の巨大な円柱が見えてきた。ガスタンクかと思ったが違った。二年前に完成した新しいガスケットの競技場だとアンが教えてくれる。島ではガスケットを見ることはできなかったが、そういう名称のスポーツゲームがあるのはたいていの住民が知っていた。しかし具体的にどんなゲームなのかは誰も知らなかった。プロのリーグがあって三次元の空間でボールを奪い合うゲームだという以外ぼくも知らない。ガスケットは国民的スポーツだった。だからどんなスポーツかは不明でも、島の子どもたちはそういうゲームがあるのを知っていたのだ。ただし特別な競技場と装備が必要なガスケットは島の住民には無縁だ。あの競技場が作ったのはパクスだよ。頬を触れ合わせるようにしてぼくとアンは汎用車の窓外を見ている。パクスというのは昔の欧州の言葉で平和という意味で、この制限区域を統治運営する警備会社の名称だった。パクスがあの銀色の競技場を造ったのだ。ガスケットのプロリーグには十チームが参加しているがパクスはそのうちの一つのチームオーナーだ。パクスは制限区域内で無限の力を持っている。

コズミという人は心臓が悪い。ニトログリセリン製剤がなくなって汎用車は自動車専用道路を降りた。ミクバという人によるとコズミという人は棒食を嚥下するときに苦しそうだったという。狭心症の発作の前兆だろうとヤガラという人は判断した。医薬品は厳重に管理されている。政府が管理する医療システムは前世紀初めに破綻し認可を受けた医療複合企業がビジネスとして再建した。医療複合企業の成功にはSW遺伝子の発見が関係しているのだと父親に聞いた。平等が善だという常識がSW遺伝子によって崩れた。不老不死のSW遺伝子は人間の等級の頂点と最底辺を明らかにした。頂点の一つがノーベル賞受賞者で、最底辺は幼児を犯して殺す犯罪者だった。医療や教育の平等なサービスという原則を破棄するには、頂点と最底辺の人間のタイプを示すだけで充分だった。医療や教育がビジネスとして認められ支払い能力の違いによる格差は当然だということになった。医療複合企業は流通や警備会社などと連携して医療サービスと医薬品を管理していて秩序と治安面でも役立っていると自画自賛する。経済力を持つ層は良質で最新の医薬品を無制限に購入できるから人びとの向上心と労働意欲を高めるし、治療カルテと医薬品の売買は厳しく管理されているので反社会的組織の摘発に役立つというのだ。

ヤガラという人が電話している。薬を買いたい、と相手に告げ、値段の交渉をする。舌下錠とニトロテープとスプレーのそれぞれの商品名を上げる。電話を切ったあと、二〇〇倍だと言いながらヤガラという人は首を振った。薬の値段は定価の二〇〇倍らしかった。コズミという人は背もたれにしがみつくようにして助手席に坐っている。汎用車は文化経済住宅群を抜けて商店街のようなところに入った。街並みは車も人通りも少なく寂れているように見える。パクスは利益と成功を隠しているとアンが教える。文化経済住宅の老朽化で住民が退去し人口が急激に減って工場や商店が閉鎖され失業者と犯罪が急増して街は荒れ果てたが、パクスはまず過酷なやり方で犯罪者を摘発し、経済活動の規制を緩めて移住者を迎え入れ街を再生させた。最初に移住と事業の許可を得たのはある養蜂業者だった。沿岸部から数キロ離れたところに養蜂に適した土地があり昔ながらのやり方で蜂蜜を作りたいという業者が移住してくるのを許した。文化経済効率化運動は高価で希少なものの生産を規制していたから名目的には手作りの高価な商品は製造できない。食肉加工業者や農家や畜産業や菓子メーカーなどが移り住んできてひっそりと高級品を作った。ガラス器や漆器や家具や照明器具や服飾品や装身具や車や健康器具などのデザイナーと職人、先端医療や光学器機や化粧品などの研究者も移住してきたが、目立ってしまうと政府も黙認できなくなるという理由からパクスは経済活動の成果を徹底して隠した。街を走る古めかしい電車はその象徴で文化経済住宅が建てられたころのものを今でも走らせている。

4

汎用車は街の一角で止まった。すぐ前に黄色い建物がある。ヤガラという人が車のハッチを開けぼくとアンに付いてくるように言った。制限区域ではＩＤをチェックするセンサーがない。ＩＤではなく言動や行為を摘発して治安を守る。パクスは違法行為への対応に慣れていて警告なしで連行され過酷な刑罰を科す。ヤガラという人は反乱移民の子孫で不法薬剤を売る犯罪組織のリーダーだが区域内で違法行為をしない限り逮捕されることはない。ヤガラという人はこの街のどこかでニトログリセリン製剤を通常より高い値段で買うだけだ。どうしてぼくを行くんですか、汎用車を降りながら聞くと、何も話すなとヤガラという人は緊張した表情で言った。文化経済住宅が建てられた当時の街並みがそのまま残されている。オランダかドイツの道路と街並みを真似て造られたらしくて歩道には菱形の煉瓦が敷きつめられている。ヤガラという人は建物の入り口に続く階段を上り始めた。石造りの階段にも黄色く塗られた壁にも落書きがある。生きるのは狼で死ぬのは豚、という落書きが目に入った。他に性的行為について、ある女の名前とその女がどういう種類の性的行為を受け入れるかを卑猥で幼稚な絵といっしょに描いたものもある。あまりに露骨でどうして消さないのだろうと思ったが何も話すなと言われていたので無言で階段を上がった。

扉は厚い木材でできていてぼくの背の二倍ほどもあった。ヤガラという人は扉の前で止まった。アンがすぐ後方で同じように立ち止まり、ぼくもその横で足を止めた。ぼくの右足は落書きの女の尻を踏んでいる。どうして扉の前で止まるのかわからないが質問はできない。ヤガラという人は扉をノックするわけでも言葉を発するわけでもなくただ直立不動で玄関前の狭いスペースに立ちつくしている。建物の脇に、風の向きを示す鳥の飾りが先端に付いた大昔のスタイルの時計台がある。時計の文字盤には針が一本しかなく、しかも途中で折れ曲がっていて短針なのか長針かわからない。上空ではかすかな風があるのだろうか、鳥の飾りがゆっくりと回転している。自分の腕時計を見た。午後一時だった。アンは顔を上げて無表情で扉を見つめているがプリオンタンパク繊維の赤いシャツに包まれた胸の動きが大きい。緊張している。突然甲高い動物の鳴き声のような音が遠くから聞こえてからだがビクンと震えた。足元が細かく震動している気がする。音は近づくにつれて金属的になった。ふと左のほうに顔を向けると規則的に横に並んだ四角いガラス窓が流れるように移動しているのが見えた。四角いガラス窓は右から左へと背後を移動した。

いくつかのガラス窓の向こうに人の顔が並んでいて、それが何なのかわからずに恐慌状態に陥りそうになる。気配を察したのかアンがぼくの脇腹を軽く突き、声に出さずに唇の形で、でんしゃ、と教えてくれた。路面電車はかなりの速さで動いていたが何人かの顔がはっきりと見えた。一人の女は耳にイヤフォンをして唇の化粧を直していて、ある子どもは小さな本を読んでいて、一人の男はじっとこちらを見ていた。路面電車を初めて見て、また乗客の顔がはっきりと見えたことでぼくは興奮した。電車には不思議な形のアンテナのようなものが上部に取り付けられていて車体はくすんだ緑色だった。やはり車体全体に落書きがあって、静まりかえった通りに金属音が響き、ガラス窓の向こうに見えた乗客はフラッシュバックでよみがえる記憶や情景の断片に似ていた。毎日ああいう乗り物に乗る子どもはどんな気持ちになるのだろうと考えていると、玄関横の窓から男が顔を出しているのが目に入ってドキッとした。男は顎を振って、入れと扉を示し、ヤガラという人がうなずいてノブを回した。

建物の中は薄暗い。玄関ホールの高い天井から花束を逆さにしたような形の照明器具が吊り下げられているが明かりは点いていない。複雑な模様の絨毯《じゅうたん》が床全体に敷かれて壁には人物を描いた絵が何枚も掛けてあり、奥には踊り場で左右に分かれる階段がある。男はホールの窓際の机の後ろにいて、低い声を出した。言葉ではなく合図のような声だ。するとホールの左手から二人の若い男が現れ金属の枠を運んできた。縦に細長い幅五センチほどの枠でちょうど大人が身をかがめずにくぐり抜けられるくらいの大きさだった。若い男たちは支柱を枠に取り付けたあとすぐに下がった。光沢がなく薄い金属製の枠を前にしてヤガラという人が緊張するのがわかった。前方で木の椅子に坐った男が、こちらに来いと指を動かした。表情のないツルンとした顔をしていて茶色の背広上下を着ている。ヤガラという人が意を決したように少しだけ身を屈めて枠をくぐって向こう側に出た。音や光が出るわけではなく何も起こらない。次に男がぼくを指差した。アンが不安そうにぼくを見ている。枠が何なのか聞きたかったが何も話してはいけないと言われていたのでそのまま前に進んだ。

5

枠をくぐり抜けたあと、しばらくして絨毯の上に変なものがあるのに気づいた。最初は絨毯の模様の一部かと思ったが違った。絨毯には、ねじれて折れ曲がりながら重なり合っている何種類かの木の枝と葉の模様が織り込まれている。地の色は濃い青で木の枝と葉っぱが赤で金色の縁取りがあった。それは、二メートルほど離れたところに転がっていた。よく見るとくねくねと動いている。細長いゼンマイに似ていた。そして、それが何かわかったときぼくは叫び声を上げそうになった。くねくねと動いているものは黒と白の毛で被われている。猫の尻尾だ。叫び出しそうになるのを必死で押さえた。尻尾の根元には血がこびりついていて、そのすぐ向こうに血だらけの尻でうなり声を上げる黒と白のまだらの猫が寝そべっていた。一瞬周囲に出島の子どもたちが現れ彼らは猫の脚や尻尾を首飾りのように首に下げていた。その中に子どものころのぼくもいた。あの枠はメモリアックだった。記憶再生装置だ。脇の下から汗が噴き出しているのがわかる。枠になったメモリアックは見たことがない。どうやって記憶を喚起させたのかわからない。島の自治会館に置いてあったメモリアックはかなり大きな箱型の器機で専用のゴーグルを使って目から信号を入力して記憶ニューロンを刺激するものだった。枠型のメモリアックは島で猫の尻尾や足を切断して遊んだ記憶を喚起した。

なぜ薬を買うのに二〇〇倍の値段なのかわかるか。男の声が聞こえてきて記憶の映像が薄くなっていきヤガラという人の後ろ姿が見えた。ヤガラという人は背筋を伸ばして両手をぴったりと太ももに当ててツルンとした顔の男の前に立っている。わたしは君にわかるかと尋ねているんだ。ヤガラという人は、はい、と返事をした。君たちはこの日本でもっとも卑しい人間だから必要な薬にも定価の二〇〇倍という金を出さなくてはいけないんだが、君たち自身そのことをわかっているのかな。ヤガラという人の肩のあたりが震えている。猫の尻尾の映像が消え、隣でアンが泣き出しそうな顔をしている。アンはどういう記憶を喚起させられたのだろう。わかっている、とヤガラという人が答え、ツルンとした顔の男が言ったことを三回復唱した。わたしたちはこの日本でもっとも卑しい人間なので二〇〇倍の金を支払う。男は机の引き出しから細長い紙切れを三枚取り出しヤガラという人に渡して、いつものことではあるが君たちを薬屋に案内するわけにはいかない、と言った。

今回の薬の受け渡しだが、ガスケットスタジアムであるパクスジャポニカで行いたい。興奮した大観衆の中なので目立たないというのがその理由だ。このチケットを買ってもらいたい。ゲームチケットだ。パクスジャポニカにガスケットのゲームを見に行って欲しいが、このチケットがなければ入場できない。君たちは今三人いるわけだからチケットは三枚買うべきだ。君のリクエストの薬を持った男がとなりの席にいる。その男に八十万共通円を払って欲しい。試合はホリーズ対ラスカルズだ。チケット代金はやはり定価の二〇〇倍で三枚分で六十万共通円だ。今ここで払って欲しい。

第六章　スタジアム　その1

1

汎用車に戻ったとき、サブロウさんが寝ていた場所にコズミという人がうずくまるように横向きになっていて発作が出たらすぐ対応できるようにサガラという人がその傍の座席に坐っていた。サブロウさんはみんなから離れたところで壁にもたれて右手に棒食を持っている。だがまだ目がうつろで食欲もないようだった。ただ培養真皮のおかげで頬の穴はふさがり、傷口も乾きはじめていた。クチチュの免疫力は強いと父親に聞いた。汎用車の中は、雰囲気がよくなかった。受け渡しがどこへなったんだ、とオグラという人が聞いて、ヤガラという人はしばらく下を向いて黙っていたが、スタジアムを向かえ、と低い声で指示を出した。棒食を持ったままぐったりとしているサブロウさんに近づき、食べないと回復できないですよ、とぼくは伝える。何か言おうとしたので、まだ話さないほうがいいですと耳元で言った。

枠型のメモリアックでどういう記憶が再現されたかアンに聞こうとして止めた。あのメモリアックは喚起されたくない記憶を掘り起こすようにセットされていた。来客の意欲と活力を奪い交渉を有利に進めるためらしいが、あのツルンとした顔の男は単にいやな思いをさせたかったのだろうとぼくは思った。あのときアンは泣き出しそうな顔をしていた。思い出したくないことを映像で見てしまったのだ。そういう悪夢のような記憶は意識レベルと無意識の中間に映像として分布していてスキャンして検索するのはそれほどむずかしくないと父親に聞いた。外国語の単語とか固有名詞とかある特定の数字などの情報記憶のほうがはるかにやっかいだということだった。オオヤマで会ったのか、とサガラという人がアンに聞いている。あのツルンとした顔の男はオオヤマという名前らしい。パクスを下級幹部をオオヤマだったのか、サガラという人がもう一度聞いて、そうだよ、とアンは表情を変えずに返事をした。オオヤマのような男はパクスの中に大勢いるのだそうだ。逮捕したり拷問したり処刑したりするより反政府組織の経済力を奪ったほうが合理的で効率的だとパクスは考えている。反乱移民の子孫たちがいつもあのようにして医薬品を入手しているわけではなかった。岡山から九州北部にかけての山間部に反乱移民の子孫たちの拠点が何ヵ所かあって、そこには薬のストックがあるらしい。だがピーチボーイでの取引があるので戻ることはできないのだと、サガラという人が、ぼくとアンの顔を交互に見ながら独り言のようにつぶやいた。

2

彼方に見える銀色の競技場がなかなか近づいてこない。あまりに巨大だからだ。混雑や渋滞を避けるために道路は渦巻き状に造られている。渦巻きの中心に位置するスタジアムの収容人数は十万人で、パクスジャポニカと呼ばれているらしい。日本の平和という意味でパクスが命名した。しだいに道路は混雑しはじめた。車の大半は大型のバスだ。サブロウさんがほんの少し棒食をかじって口に入れ、まだ痛むのか顔をしかめる。ヤガラという人は紙幣を数えている。オオヤマという男の部屋で、ぼくははじめて共通円を見た。島にはなかった。流通していたのは九州円だけだ。もうずいぶん昔だが、日本を八つのブロックに分けて経済的な独立性を持たせることになりそれぞれの地域が九州円や山陽円などと呼ばれる通貨を発行した。第一次食糧危機で各地域間の利害が対立し米や乳製品や飼料穀物を巡って北海道と東北、それに近畿と東海では自衛軍が出動する事態になってブロック制は破綻した。そのあと新しく共通円が発行されたあとも地域円は流通している。企業が地域円で賃金を払いたがるからだ。九州円はもっともレートが低く共通円の五分の一の価値しかない。ぼくの財布には手垢にまみれて汚れ今にも千切れそうでサイゴウタカモリという大昔の鹿児島の政治家が描かれた九州円の一万円札が四枚、オオクマシゲノブという同じく九州の政治家が描かれた一千円札が八枚入っている。父親の全財産で、没収前に渡された。

一万共通円札は日本で最初のSW遺伝子注入者となったトウゴウセイキチという名前のノーベル物理学賞受賞者が描かれサイズは九州円よりわずかに小さいがデザインや印刷技術が比べものにならないほど優れている。ガスケットの入場券は正価が一千共通円だがヤガラという人は三枚分で六十万共通円を支払った。薬を買うためにさらに八十万共通円が必要だ。トンネル内の食堂でヤガラという人は飲食代で一万共通円札を二枚出してお釣りをもらっていた。データベース管理は教養がなければできない仕事で父親の肩書きは公務員だったが一ヵ月の賃金は八千九州円だった。ヤガラという人は一万共通円札を十枚ずつ束ねるようにして封筒に入れている。八十万共通円という金額はぼくにとって想像を絶する大金だ。

額から汗が出てきてシャツの袖で拭った。車内の温度が上がったようだ。思いがけず大金が必要になって燃料を倹約しているのか、それとも冷房は心臓に悪影響があるのかも知れない。さっきコズミという人は胸の痛みに襲われて最後の錠剤を舌の下に入れた。さらに車内の雰囲気がとげとげしくなった。コズミという人の症状が思わしくなく余分な時間と金を使わなくてはいけなくなりその代わりにサブロウさんという余計者が蘇生し、リーダーのヤガラという人は薬を手に入れるためにパクスの下級幹部に会っていやな思いをして車はノロノロ運転を強いられている。ところで誰をガスケットが見に行くんだ、とサガラという人が聞いて、おれをアキラをアンだ、とヤガラという人が答え、オグラという人が露骨に不愉快な表情になって大きな音で舌打ちをした。一枚二十万をガスケットのゲームがあんたを娘を島のあいつで見るとけっこうなことだな、オグラという人はそう言って鼻で笑った。お前らで他の観衆がケンカとなる、ヤガラという人は、ぼくとアンを連れていくのは騒動を起こさないためだと説明した。ぼくは島の人間で攻撃性がなくアンは若い女で警戒されない。ガスケットの試合には大勢の人が集まる。地下農場や工場で単純作業に従事する労働者の中で無欠勤の模範労働者に招待券が与えられ、またさまざまな商品に招待状が当たる抽選券が付いている。

自分を娘だから連れていくんじゃないのか、とオグラという人が言って、ヤガラという人の顔色が変わった。操縦席に近づき印象材で尖らせたオグラという人の髪をつかんで、お前をおれは味わった屈辱はわかるのか、と黄色い建物で何があったかを話した。メモリアックで両親の内臓が飛び散るところを見たあとにもっとも卑しい人間だと三回言わせられたのだとヤガラという人が言うと、オグラという人はすまなかったと謝った。アンが涙を浮かべている。サブロウさんはいったい何が起こっているのかわからずに気怠《けだる》そうな顔で棒食を口に押し込んでいる。もう争いが止めるべきだとサガラという人が言った。屈辱という言葉は知っているが意味がわからない。もっとも卑しい人間だと自ら認めたり口に出したりするのは島では善だ。日常的なことでもある。屈辱を与えて怒りだしたら逮捕し屈辱に耐えたら反抗心が薄まるからそれがパクスの狙いでこれまで成功しているとアンが涙を浮かべたまま教えてくれたが屈辱の意味がわからないので理解できない。周囲を見回しながらサブロウさんが顔を上げてこちらに来てくれというように首を振った。ここは何だ、サブロウさんはかすれた声で聞く。助けられたんです、と教えた。そうか、と言ってサブロウさんはまた棒食を少しずつかじり始める。

ミクバという人がガスケットの試合のチケットをスキャンして所持者認証の磁性信号がないことを確認しながら、サブロウさんを顎で示して、こいつが売り飛ばそうと言った。クチチュが毒は欲しがってる製薬会社まで売るんだ、ミクバという人はそういうことを言ったが、最初をコズミだ、とヤガラという人が眉の間に皺を寄せて言って、こういう場合をひとつずつ片付けていくんだ、そうつけ加えると全員がうなずいた。アンに屈辱の意味を尋ねると、誰かに屈服して辱めを受けることだと教えてくれた。屈辱が知らないのとアンはしばらくぼくを興味深そうな表情で眺めていたが、辱めがわからなかった。恥が知ってる？　と聞かれうなずいた。恥は良くないことを言ったり悪いことをしたときに自分の心に対して抱く感情で島でも教えられた。恥を犬のクソをようなもので辱めというのは誰かにそのクソがからだ中へ塗りたくられることよ。アンは辱めの説明に比喩を使い、あんたたちを屈辱でも辱めから知らないの？　と棒食をかじりながら壁にもたれかかっているサブロウさんに聞いた。サブロウさんは、何のことかわからないという顔をしただけで、あんたたちを動物を同じなんだね、とアンが悲しそうな目つきでぼくたちを交互に見た。痛いかと痛くないかと寒いかと暑いかと空腹かと満腹かと恐いかと恐くないかとそれだけなんだね、あんたたちは、とアンがつぶやくのをサブロウさんがじっと見て、違う、と弱々しい声を出した。おれたちは悲しみと喜びがわかる、そう言った。だがその声が届いたかどうかわからない。アンはすでに窓外に視線を移していたからだ。

悲しみや喜びという感情は何が起こるかわからない未来に対するために人間が手に入れたものだと父親に聞いた。未来が不確実であることこそ絶対の事実だと学ぶために、感情が必要だった。天変地異や災害が起こり思いがけない幸運や悲劇が起こることが当たり前のことだと太古の人類が学んだときに、喜びや悲しみという感情が必要となった。動物は喜びや悲しみを表現することはあるが自覚はできないのだと、島の人間であっても動物とは違うと父親から教えられた。だが父親から屈辱や辱めという言葉を聞いたことはない。屈辱が犬のクソを誰かに塗りたくられることだとしたら島には屈辱はない。屈辱という概念には前提があるような気がした。対等とか平等とか、幻想的で郷愁を誘う言葉が前提にある。もっとも卑しい人間と復唱させられたときヤガラという人はからだを震わせていてぼくはこの人はいったい何をしているのだろうと不思議だった。卑しいというのは単なる言葉だからパクスのような力のある階層から言えと命じられたら、ぼくもサブロウさんも何万回だって言うだろう。たとえ犬のクソを塗りたくられても、テロメアを切られて殺されるよりはるかにましだ。殺されないようにしなければいけない。それが最優先だ。島では幼児でもそれを知っている。

3

警棒を持った若い男が側道を指して汎用車を駐車場に誘導する。ヤガラという人が紙幣の束を入れた封筒をシャツの内側のポケットに厳重にしまってから汎用車の扉を開けた。島の運動場の何百倍というスペースがあって見渡す限り車の列が続いている。上空には警備ロボットがゆっくりと旋回する。食品モールを思い出して不安になるが、だいじょうぶ、IDがチェックしないで暴れる人間がチェックするんだから、とアンが言う。信じられない数の人間が周囲を歩いていて目眩《めまい》を覚える。ハッチから外にジャンプして、やはりここでも話さないほうはいいんですかとヤガラという人に聞いた。好きへしろ、と言われた。さっき何を話すなと言ったのが仲間内へ会話すると危機感と緊張は薄れて相手に対抗する力を弱まるんだよ。背後で誰かがハッチを閉める音が聞こえ、アンの横顔に光が当たり灰色がかって見えて、ふと顔を上げると木立の向こう側が銀色に染まっていた。競技場はまだ五百メートル以上離れているが、風景を圧していてまるで空気が銀色に変わったかのようだった。

すぐに人の流れに呑み込まれる。ゲートに向かう直線の並木道を歩く。人に埋もれてまわりが見えなくなる。ヤガラという人が前を歩いていてその後ろにアンが続く。印象材で固められたアンの尖った髪を見上げながら、風に乗って漂ってくる木の芽や花の匂いを嗅いだ。アンはぼくより背が高くヤガラという人はさらに頭一つ背が高い。ひとかたまりになってスタジアムを目指す人たちもほとんどがぼくより背が高いので周囲の景色はとぎれとぎれにしか見えない。道は舗装されていなくて土埃が上がり空気が茶色に濁っている。道の幅がどのくらいかはっきりしないが周囲には少なくとも数千人の群衆が広がっている。樹木はこれまで見たことがない種類だ。丸い実が枝から下がっていて埃で煙る視界で樹木全体がシルエットになっている。ローターの回転音が響き上空の警備ロボットが旋回しながらときどき人の波に近づいてくる。

スタジアムが目の前に迫ってくるがなかなかゲートには辿り着けない。スタジアムの壁は何層にも分かれていて屋根は丸味を帯び四隅を太いパイプのような円柱が支えている。しかしあまりに巨大だからだろうか、人工の建造物に見えない。山々とか島とか雲とかそういう自然のものに向かって進んでいるような感じだ。右横にいる男たちはマレー熊を擬人化したラスカルズの帽子を被っていて青いユニフォームを着ている。左横のグループはやはりラスカルズの帽子を被りガラス繊維でできた紺色の粗末な作業着を着て、どうして自分がゲームチケットを抽選で手に入れることができたのかいまだにわからないとさっきからずっと同じことをお互いに言い合いながら笑い声を上げる。アンのまわりの人たちはストローを差したプラスチックの容器から飲みものを飲み、手にした棒食をかじっている。群衆の頭や肩や背中や腕が重なって動いていて抽象的な模様のように見えるときがある。こんなに大勢の人間を見たのは初めてだ。どこからこんなに大勢の人が現れたのかわからない。あの食品モール内のメインレストランにも大勢の人がいたが、この人の波と比べると水たまりと海ほども違う。

渋滞する群衆を避けようと並木道の脇の土手を降りて灌木の間を走り出した数人の男たちに対し警備ロボットが降下してきて甲高い警告音を発しチップ弾の発射口を向けて威嚇した。男たちはへらへら笑いながら道路に戻っていく。スタジアムの中央部から、透明なチューブが延びているのが目に入った。チューブ内を何かが移動している。飲みものに突き刺したストローの中を液体が上っていくような感じだ。動いているのは箱型の乗り物で、その内部で黒い点が動いている。人間の頭だった。重要だとされる特別な人間を運んでいるのだろうと思った。あの透明なチューブは特別な人間たちが、スタジアムまで波となって歩いていく人間の群れを見ながら移動するために作られたのだ。単に混雑の中を歩くのが苦痛だったら地下通路でスタジアムまで行けばいい。あのパクスの下級幹部らしいオオヤマという男は、椅子に坐ってじっとヤガラという人を見ていた。トンネル内の解放区にいた物乞いの親子に性的な妄想を抱いたのはぼくが彼女たちをじっと見たからだ。見ることに何かがある。

ゲート前でラスカルズを応援する人たちが集まって肩を組み帽子を振りながら単調な旋律で同じ文句を繰り返す呪文のような歌をうたいプラスチックの筒で膝を打ちながら拍子をとっている。負けないラスカルズ、勝利だラスカルズ、まーけーなーい、と音節を伸ばして、ラスカルズ、と一息に吐き出すように叫ぶ。彼らに呼応するように人の波も同じ文句を唱え始め、大型の警備ロボットがずらりと並んでいるのが目に入ってきて、ヤガラという人が窮屈そうに振り向いてゲームチケットをアンとぼくに手渡した。島の自治会館のそばに歴史的建造物モデルとして本土から寄贈された神社という建物がありその敷地内に鳥居と呼ばれる変わった形の門があったが、スタジアムのゲートはそれに似ていた。ゲートはスタジアムのまわりに等間隔でいくつもあって、大型ロボットによって監視されている。

大型ロボットはもともと戦闘用に作られたもので蜘蛛とサソリを合わせたような奇怪な形をしていて工事用の車両ほどの大きさがある。キャタピラーのある胴体を無数の節を持つ六本の脚が支えていて、お椀型の全方位センサーを装備した戦車の砲塔のような頭部がその上にあり、触手のようなアームのいくつかの節と尖端にも大小のセンサーが付いていた。人々がゲームチケットを顔の前に掲げる。アンも同じ動作をしてぼくもならった。ゲームチケットを持ってない者が何人か特定され拘束された。ゲームチケットを持たずに入場しようとしたわけではなく紛失したのだ。慌ててしゃがみ込みポケットを探っている人の真上に中型の警備ロボットが降りてきてアームを伸ばし男の耳のあたりを刺激しながら人の波から引き離して地面に膝をつかせた。何人かが両腕と頭を垂れ同じようにゲート脇の砂利の上に膝をついているが誰も彼らを見ようとしない。細かな砂埃の中で膝をついている人たちは置物のようだった。

ゲートではゲームチケットだけがチェックされる。IDは調べない。十万人のIDを調べると入場に時間がかかりすぎるからだ。ブロック制が敷かれていたころに財政破綻法によって各ブロック間の移動は禁止された。財政が破綻した地域から他に移り住もうとする者を規制するためだが、制限区域周辺にはそのころのIDを持っている人が大勢いて、確認して逮捕しようとするとそれだけでおそろしく時間がかかる。偽造が蔓延したためにIDの仕様が数えきれないほど更新され多くの地区で混乱が生じたと父親に聞いた。本土の体内埋め込み型のナノチップIDには数万項目の情報が書き込まれているので仕様が変わるたびにさまざまな混乱が起こる。警備ロボットに全データをダウンロードするだけで莫大なコストがかかる。だいじょうぶ、IDが調べない、とアンが振り向いて言った。スタジアム内にはゲームの興奮を高めるためにメモリアックが備えてあるらしい。興奮して騒ぎを起こす者がいるから警備ロボットはそれを警戒しているのだそうだ。

4

ゲートをくぐり抜け、WESTと記された巨大な円柱の足元に出た。円柱は鉄骨と強化アクリル板とコンクリートを組み合わせて作られていて、全貌を現したスタジアムは空の半分を覆い隠すようにそびえている。円柱は、螺旋階段だった。中央に支柱があって渦を巻くように上に向かっている。採光のために幅三十センチほどの窓が切ってある。島のどんな建物よりも広く数十人が横に並んでいっしょに上がる。階段の壁にWEST 1Fと記してある。観客席は一階から九階まであってぼくたちの席は八階らしい。コンクリートの階段は段差がとても低い。しかし奥行きが深いので背があまり高くないぼくは大きく脚を伸ばさないと上がることができない。

汎用車を降りて歩き出してから、ぼくは周囲の光景について考えないようにしている。何万という人の群れを見て思考が止まった。砂煙と足音と人いきれに打ちのめされた。何万という群衆を虫のようだと思い、それらを呑み込むスタジアムが虫の巣のようだと思ったが、数歩進んだところでそういった比喩を放棄した。群衆やスタジアムと自分の関係を考えると気を失ってしまいそうだった。自分が小さすぎた。ヤガラという人もアンも無言で歩いている。群衆の中に女は少ない。アンに注目する男はあまりいない。アンは赤いプリオンタンパク繊維のジャケットと尻にぴったりと貼りつく灰色のパンツをはいていて、その脚や整った顔立ちや上手に印象材で固めた髪の毛をチラリと見る男は何人もいたが注目はされなかった。さっき学んだが欲望は見ることから始まる。違う興味に男たちは支配されている。

半分まで上がったところでヤガラという人は大きく息を吐いて歩く速度を緩めた。えんえんと階段を歩いて息が切れ足が疲れたのだ。多くの人が壁にもたれて休んでいる。アンは呼吸が荒くなって頬が赤くなり額と鼻の頭に汗をかいている。いつの間にかぼくはヤガラという人とアンと三人で横に並んで階段を上がっている。ヤガラという人が驚いたような顔でぼくを見る。ぼくは疲れを感じていないし汗もかいていなかった。島の人間が本土の人間より体力があるわけがない。体力でも知力でも精神でもあらゆる面で普通より劣る人間がいると島で繰り返し教えられた。人間に差があるのは当然で悪ではないと言われて育った。劣った人間だからといって悲しいという感情を持つ必要はないのだと刷り込まれているが、島の子どもたちは本土の子どもたちと体力や知力を比べることがない。ぼくはあらゆる面で本土の人間に比べて劣っているはずだ。呼吸が乱れず足に疲労を感じないのは人の波に混じってから感覚が鈍くなっただけだ。どこかが麻痺している。誰かに操られているかのように足を交互に運んでいるだけだった。

5

WEST　8Fと記されたところで螺旋階段から出て高架橋のような連絡路を渡る。連絡路は透明な強化アクリルで被われているが端に寄って下を見るとあまりの高さに目眩がする。スタジアムの周囲の人の波が巣穴に入ろうとする蟻のように小さく見える。音楽と歓声が聞こえてきてふと顔をそちらに向けると連絡路の向こう側にゆるやかにカーブを描いた廊下があり、壁面の一部がパックリと割れたように開けていて、長方形に切り取られた視界からスタジアムの観客席とゲームフィールドが見えた。ぼくは息を呑んだ。遠近感がおかしくなる。何に飲むか、とヤガラという人が聞くが、観客席とゲームフィールドに心を奪われて質問の意味がわからない。便所が試合をはじまる前から今がいいよ、とアンが言って、髪の長い女のシルエットのマークがついた女専用の便所らしいところに行った。廊下には便所の他に、ラスカルズとホリーズや他のいろいろなチームの帽子やユニフォームや写真データなどを売る店や、飲みものと棒食を売る店や救護センターがあって、天井には小型ロボットがびっしりと張りついている。

ヤガラという人が長い列に並んで紙容器に入った炭酸の甘くて冷たい飲みものを買いぼくのところまで持ってきてくれた。ぼくは各層の中間にあるドーム型の休憩施設に見入っていた。9Fと8F、それに8Fと7Fの間の空間にまるで宙に浮くように作られたその施設は透明な半円形でその中にいる人たちは紙の容器ではなくガラスのグラスで何か飲んでいた。手にしたグラスが光を反射していたのでガラスだとわかった。注意して見ると休憩施設からスタジアム本体まで透明なチューブが延びている。そのチューブは休憩施設を支えていてスタジアムまでの連絡路にもなっている。あの小型のドーム内にはガラスのグラスで飲みものを飲んでいる特別な人たちがいる。だが外を眺めるためのものではない。あれは自分たちが特別だと示すための施設なのだ。

ヤガラという人から飲みものを渡してもらい便所から戻ったアンを伴って観客席のほうに進む。アンは歩きながらガスケットのルールについて話す。チェックゲートにWEST 8

F SECTION 45－46という表示があり、ヤガラという人からの指示でゲームチケットを掲げて通り過ぎるがここでもIDは検査されなかった。ゲームチケットに記された座席番号と観客席のセクションが一致しているかどうかをチェックしているだけだと言われた。観客席は人でほぼ埋まっている。一人一人の顔や服装に焦点を合わせたあとに全体を見回すと目眩がして自分が消えていくような感覚があった。ゲームフィールドと緑の芝生とフェンスと九層の観客席はどこまでもどこまでも続くような錯覚を生み、逆に天井の鉄骨や照明やパイプや強化アクリルは確実に外部から隔てられていることを示している。ヤガラという人の隣にはまだ誰も坐っていない。ヤガラという人は隣に坐る男からコズミという人の心臓の薬を買わなければならない。

6

選手たちが整列しはじめている。ぴったりとしたユニフォームと短いパンツで裸足《はだし》だ。場内アナウンスで選手の紹介が始まる。歓声がひときわ大きな選手がいる。ぼくは選手を誰も知らない。一チーム九人で試合が行われるらしい。選手たちから少し離れたところで三人の審判が空中に浮かんでいる。フィールドには重力を極端に弱めてあるスペースが三ヵ所あるとアンが言った。赤と白の縞模様の衣装を着た主審がボールを持っている。副審は黒と白だ。ボールは夏みかんほどの大きさで発光する糸で縫い合わせてあり審判の手の中でゆっくりと点滅している。ゲームフィールドの形は花弁か、あるいはアメーバのような原生動物に似ていた。中央に直径が三十メートルほどのサークルがあり、その外側に不規則な波形の曲線が描かれていて、それが花びらに見える。花びらは全部で十数枚あるがそれぞれ大きさが違う。ぼくたちの座席はWESTだが、反対側のEASTの観客席に面している花びらがもっとも大きく、司令部を意味する英語で、headquarterと呼ばれる。ひときわ大きな花びらには、HQという略語が立体映像で浮かび上がっている。WEST、NORTH、SOUTHにも比較的大きな花びらがあり、その部分はDMZ、非武装地帯と呼ばれる。

ガスケットは九人ずつ二組に分かれて戦われるゲームだ。攻撃側のチームはHQからスタートし、外側の花びらの部分をサークルに沿って進む。キーマンと呼ばれる選手がボールをキープしてサークルを一周し、再びHQまで戻れば得点となり、さらに攻撃を続けることができる。守備側の選手は全員がサークルの内側にいて、外側の花びらの部分を移動する敵を阻止する。攻撃側の選手は、サークルの中に引きずり込まれたり、花びらの外側に弾き飛ばされたりすると、dead、死と呼ばれる状態になって退場となる。また、サークルを一周する前にキーマンがボールを奪われるとそこで攻守が入れ替わる。EASTからSOUTHにかけて、またWESTからNORTHに至る部分に、非常に小さい花びらが四枚並んでいる区域が三つある。front line、前線という名前がついていて、サークルとの距離がほとんどないために、サークル内の守備側の選手が腕を突き出せば狭い花びらを渡る攻撃側の選手を弾き飛ばすことができる。

守備側は基本的にサークルを出ることができないが、前線区域の花びらの外側に、remote island、離れ小島と呼ばれるスペースがやはり三ヵ所設けられている。守備側の選手は離れ小島に限ってサークル内を離れることが許されている。離れ小島のある前線区域では守備側は有利に戦う。サークル内と離れ小島の両方から攻撃側の選手に挟み撃ちの形でアタックをかけることができるからだ。離れ小島はちょうどボクシングのリングと同じくらいの面積があって、楕円形をしている。前線と離れ小島は重力が弱められていて選手たちは数十メートルの高さまでジャンプする。攻撃側も守備側も離れ小島に入れるのは二人までで、また十秒を超えてとどまることはできない。守備側の選手はサークル内から引きずり出されたり、離れ小島で外側に弾き出されると死を迎えて退場する。

一回の攻撃に与えられる時間は二分でキーマンが二分以内にサークルを一周してボールとともにHQに戻れない場合にも攻守が入れ替わる。ゲームは九十分間途切れることなく続く。キーマンは足先で蹴ったり頭や肩で弾ませながらボールを運ぶ。手は使えない。キーマン以外の選手は手を使ってキーマンとボールのやりとりができる。だがボールは二秒以内に手放さなければならない。得点できるのはキーマンだけだ。守備側はキーマンに対して身体的な接触を伴うアタックができない。ボールに向かってボールを奪うためのアタックだけが許される。背番号10をつけたキーマンはゲーム戦略も担当する。チームは、先行してボールを受ける小柄で敏捷な四人の選手と、守備側のアタックからキーマンを守る四人の大柄な選手に分かれる。小柄な四人は背番号が奇数で弾頭という意味の英語であるwarheadを略してWHと呼ばれ、守備に回ったときはキーマンからボールを奪う役割を持つ。偶数の背番号をつけた大柄な四人は防御壁という英語fire wallの略でFWと呼ばれ、守備では接触プレーによるアタックを担当する。ラスカルズのキーマンはストウバックという愛称を持つ国民的な英雄で二年前にSW遺伝子を注入されたのだそうだ。

7

ストウバックがスタジアムに手を振って大歓声に応え、観客席の照明が落ちてフィールドが数え切れないスポットライトで浮かび上がり、ラスカルズの先行でゲームが始まった。三人のWHがゲーム開始のブザーと同時にHQを飛び出して一つ目の前線を走り抜けようとする。前線のスペースは重力が少ないのでWHの動きは目で追えないほど速い。ホリーズのアタッカーが助走をつけて離れ小島に向かってジャンプして敵の背番号11のWHの腕をつかみ引きずり回しながら腹を蹴って花びらの外に突き飛ばした。だが他の二人のWHが最初の前線を駆け抜け、続いてストウバックが二人のFWにガードされて太腿と足先と肩でボールを蹴り上げながらHQを出る。それだけでスタジアムに歓声が上がった。ストウバックは、FWが敵のアタッカーと前線で接触したときに、数個先のDMZの花びらにいるWHに向け急激に右に曲がるボールを蹴った。守備側のWHが離れ小島に移りそれを奪おうとしたが予測した軌跡と違っていて、ボールは伸ばした腕の先を抜けてラスカルズの背番号7のWHに渡った。その間FWにガードされながらストウバックは離れ小島に渡り背番号7のWHが投げて戻したボールを肩で受け止めたあと上に蹴り上げ、ボールは一瞬視界から消えた。観客も選手たちもストウバックの視線の先を追い、はるか頭上できらきらと光を発しながら上昇するボールを捉えた。

ストウバックが足を振り抜いてボールが歪み弾丸のような速さで頭上に跳び上がる残像と、天井近くでしだいに速度を緩めながら青白く点滅して回転するボールの映像が重なり、ひとかたまりになった観客のため息がスタジアムに充ちた。見事なキックだという声が観客席のあちこちから聞こえる。ストウバックは単に真上に蹴り上げたわけではなかった。ボールは三十メートル近い高さまで上昇したあと頂点に達して落下し始めたがどのポイントに落ちてくるのかわからない。すでにラスカルズのWHとFWが二人ずつ二ヵ所の離れ小島でホリーズのアタックを牽制しながらボールをつかむ体勢をとっている。だが離れ小島自身が落下してくるとは限らない。DMZ内のあるポイントに落ちてきてそれをストウバック自身がとらえて一気にサークルを駆け抜けてしまうかも知れない。守備側は考えられるすべてのオプションに対処しなければならないから離れ小島にいるラスカルズのWHだけにアタックを集中するわけにはいかない。微妙な角度で蹴り上げられたボールは落下の途中で弱重力のスペースから外れたり別の弱重力のスペースに入り込んだりして落下速度が一定しない。

ストウバックは最初の離れ小島にとどまっていて、落下してくるボールを身体で受け止める姿勢をとった。それを見た守備側のWHが離れ小島にジャンプしようとしたが、空中でラスカルズのFWから首をつかまれてフィールドに押し倒された。WHは首が不自然にねじれていて倒れたまま動こうとしない。WHの選手には犯罪者が多いらしい。重傷を負ってもかまわないという契約を交わして刑を免除され選手登録されるのだとアンに聞いた。ストウバックは離れ小島から斜め上にジャンプした。弱重力のスペースからわずかに外れたポイントでボールを右肩でとらえ、そのまま空中でWESTとSOUTHの中間にあるDMZの花びらにいるFWにヘディングでパスする。観客から歓声が上がる。ストウバックは正確なキックによってサークルの外周の約三分の一のポイントまで進入した。

ストウバックのキックが30秒経過ゲイン22という表示とともに立体映像で再現される。22という数字はサークルを時計に見立ててキーマンの位置を秒数で示したものだ。ストウバックは秒針が22秒を指す位置まで進んだ。ストウバックのパスを受けた背番号8のFWは腹のあたりでボールを抱え敵のアタックを防ごうと身体を折るような格好をしてそのすぐ前を背番号5と7の二人のWHがほぼ同時に駆け抜ける。FWは素速く手を差し出して二人のWHのどちらかにボールを渡す動きをした。二人ともボールを抱える体勢で花びらから花びらへと走っている。ホリーズのFWが、倒せ、二人とも倒せ、と怒鳴っているのが集音マイクを通して聞こえてくる。走る二人のどちらかが再びストウバックにパスを投げるのか、それとも走り続けて周回距離を稼ぐのか、あるいは背番号8のFWはどちらにもボールを渡していないでいまだに隠し持っているのか、守備側はそれらすべてのオプションに対応するには微妙に人数が足りない。ボールを抱える格好をした二人と離れ小島にいる背番号8のFWにアタックをかけると、ストウバックや他の攻撃側の選手を自由にしてしまうのだ。

ホリーズがアタックの対象を決められないまま数秒が過ぎてストウバックがWESTとNORTHの間にある離れ小島に移りながら右手をさっと掲げて合図を送ると背番号5のWHがホリーズのアタックをすり抜け、隠し持っていたボールを放り投げストウバックはそのボールを蹴るような動きを見せたあとにそのままフィールドに落として二メートルほど転がし追いついてふわりと浮かしたパスを前方を走る背番号3のWHに出した。ラスカルズのWHのうち背番号7がWESTとNORTHの間の前線でホリーズのFWにつかまりサークルの中に引きずり込まれて死を迎えた。サークルの中に引きずり込まれた攻撃側の選手は反撃が許されていない。退場者として這いながらサークルを出なければならない。守備側の選手たちは退出しようとするWHを容赦なく痛めつけようとする。レフェリーは選手たちがラインを越えたかどうかを判定するだけで肉体的な接触には関与しない。屈辱的な姿勢でサークルから退場する攻撃側の選手はムカデと呼ばれていて観客から軽蔑され罵られる。這いながら必死でサークルを出ようとする背番号7のWHは手足を速く動かすので本当にムカデのように見える。観客はのけぞったり腹を抱えたり隣に坐る人の肩を叩いたりしながら笑い合う。ヤガラという人とアンは笑わない。ぼくも笑うことができなかった。這ってサークルを出ようとする背番号7の前に必ずFWが立ちふさがる。背中や頭を踏みつけ顔や足を蹴る。

ストウバックの山なりのパスを受けた背番号3のWHはWESTとNORTHの間の前線を駆け抜けようとした。ホリーズのFW二人から腕をつかまれそうになったが、振り切るようにフィールドに倒れ込み、前のめりになって股の間から斜め後方を走ってきた背番号5に放り投げる。背番号3と5のWHに振り回される形になって、ストウバックを警戒するホリーズの各選手の動きが一瞬止まってしまいキーマンは自由になった。ストウバックは離れ小島から出て前線を走り出し背番号5は振り向きざまにサークルの外にボールを投げた。ホリーズの選手も観客もそのプレーは失敗だと思った。敵のFWに背後から追われていた背番号5が自暴自棄になっているように見えて、ボールは花びらや離れ小島を越えてフィールドの外まで飛んでいくような勢いだったからだ。だが離れ小島の弱重力のスペースに入って加速されたボールはスペースを外れるときに減速した。そして、正確にそのポイントにジャンプしたストウバックが大きく伸ばした足先でボールに触れ、勢いを殺して足元に落としたあと、ボールがフィールドに落ちる直前にWESTのDMZの花びらで待機していたFWにいったんボールを戻し、自身は体勢を整えてHQのほうに走り出した。

死を宣告され退場しようと這い続ける背番号7はまだサークル内にいて立体映像でその姿が拡大されている。顔が血だらけで片方の膝から先がグニャグニャになった背番号7は、ホリーズを応援する観客からはもちろんラスカルズを応援する観客からもずっと嘲笑されている。アンは複雑な表情で立体映像を眺める。ふと、横を向いたときに、ヤガラという人の隣に若い男が坐っているのが目に入った。

第七章　スタジアム　その2

1

ホリーズのディフェンスはHQに向かうストウバックの動きを追いながらボールを奪おうとする。指示を出しているのはホリーズのキーマンで彼は三十代後半のベテラン選手だった。東欧からの移民の子孫だが高い運動能力と戦術眼で十年以上人気チームのキーマンとして活躍している。ホリーズの選手全員がストウバックへのパスを警戒して激しく動き回るために、死を宣告されサークル内で痛めつけられていた背番号7はやっと解放されたが、残り時間が少なくなり観衆の興味はラスカルズが得点できるかどうかに移り、敗残者はまるで最初からそこにいなかったかのように無視されていて、片足を引きずりながらフィールドの照明の外側の闇の中に這い出ようとしている。背番号7を目で追い続けているのはぼくだけかも知れなかった。ラスカルズに許された時間は十数秒で、アンは両手を握りしめてフィールドに見入っているが、ヤガラという人は隣に坐った若い男に話しかけようとしている。WESTのDMZの花びらでボールを受けたラスカルズのFWはストウバックにパスを投げる動作をして、そのあと足元にボールを転がし、前方にいた背番号3のWHがふいに向きを変えて逆方向に走ってきてそれを拾い、すぐにホリーズのFWがアタックをかけ、のしかかるようにして押し倒した。だが背番号3は倒れるのと同時にボールをさらに前方に転がしラスカルズの背番号4のFWがその上に覆い被さった。

背番号4は倒れ込んだまま虫を追い払うような動作で片手でボールを浮かせた。ラスカルズの一連のプレーは、ホリーズのディフェンスの圧迫を受け苦し紛れにその場の思いつきでなされているように見えた。戦術に基づくものだとは思えなかった。すでにラスカルズは攻撃の最終局面でWHとFWが花びらの外に突き飛ばされたりフィールドに押し潰されたりして死を宣告され、残っている選手はストウバックを含めて四人だ。109秒経過ゲイン39という立体映像の表示が出て、あと10秒では得点は不可能だと失望のため息がスタジアムに充ちた。だがそのとき、ストウバックがNORTHとEASTの前線からふわりと斜めに飛び込んできて、そのままフィールドを蹴って後ろ向きに倒れるような格好のあと、後方に宙返りをするように身体を回転させ、逆立ちの姿勢になり、足先で空中のボールに触れてHQのほうにふわりと浮かせた。どんな動物にも鳥にも昆虫にも似ていない舞踏のような動きで非常に美しく、ぼくは目を奪われ感情を揺さぶられて身体のどこかが発火したようになり、気づくと叫び声を上げていた。

背番号5が宙に浮いたボールに走り込む動きを見せ、ホリーズのキーマンが、そいつはおとりだと叫んだが、ストウバックは宙返りのあとＮＯＲＴＨにある四つ目の離れ小島に着地してホリーズのアタッカーより一瞬早くボールに追いついて肩で受け止め、そのまま胸のあたりに乗せるようにしてＨＱに走り込んだ。１１４秒経過ゲイン60という表示のあとに、survival、生還という立体映像の文字がフィールドいっぱいに浮かび上がる。ラスカルズは初回の攻撃で得点を上げＷＥＳＴとＳＯＵＴＨとＮＯＲＴＨを埋め尽くした応援の人たちがいっせいに跳びはねていてスタジアム全体が揺れはじめた。揺れが動悸に同調して、ぼくは再び叫び声を上げそうになる。しかし、ヤガラという人と若い男の交渉をアンが心配そうに眺めているのが目に入り、飲みこむようにして叫び声を押しとどめた。

あの男を物理紙幣が受け取らないよ、アンがぼくにそう言うが意味がわからない。フィールドではストウバックが観衆に手を振り両チームの負傷者が退場して交替選手が花びらの周囲に集まり始めている。ヤガラという人がしきりに話しかけるが隣の若い男は首を振るだけだった。コズミという人のためのニトログリセリン製剤の代金は電子通貨以外ダメだと若い男は言っているらしい。電子通貨は、銀行がなく個人口座も許されない島には存在していなかったからどんなものなのかぼくは想像がつかない。ＩＤ認証と銀行口座がつながった信用取引だとアンが教えてくれる。反乱移民の子孫にはＩＤがないから公的には電子通貨など使えるわけがない。そんなことは取引相手の若い男も知っているはずだが、薬の値段をさらに吊り上げようとしているのだとアンが教えてくれた。ヤガラという人はオオヤマというパクスの下級幹部の提示額よりはるかに多い額を支払わないと薬を手に入れられないかも知れないと悲しそうな表情でアンは言った。ヤガラという人は余分な額の現金を持っていない。若い男は肩が丸く太っていて草色の労働服を着て長い髪をまるで女のように撫でつけ、流線型のレンズの眼鏡をかけている。非常に古いデザインの眼鏡だ。

2

何かがフィールド内で光った気がした。ストウバックというラスカルズのキーマンが高く蹴り上げたボールの縫い目が照明を反射して光ったときに似ていた。誰かが小型カメラのストロボを焚いたのかと思ったが撮影機の持ち込みは許されていない。スタジアムはフィールドの花びらとその周囲だけが明るい。光が見えたとすればその外側の薄暗い部分だが、探してもどこにも光源はない。光の残像が目の裏側で何度か点滅する。ある感覚が忍び寄ってくるのにぼくは気づく。探しものをしていて別のものを偶然発見したときのような、驚きと喜び、それにかすかな不安を伴うとまどいが混じり合った感覚が起こる。メモリアックが脳に作用してくるときの独特の感覚だった。メモリアックからの脳への刺激が感覚器と意識にフィードバックされ、とまどいと喜びと期待とかすかな不安が入り交じった感覚が生まれるのだ。メモリアックは試合の興奮を増すために作動したのだろうか。皮膚を尖った針で突かれるように、脳が電子の波で刺激されているのがわかる。島の入り江の映像が断続的に浮かんでくる。島は周囲をコンクリートの堤防で囲まれていたが、生態系を守るということで二ヵ所だけ砂浜と岩場の入り江が造られていた。

アンがぼくの手を握る。アンは手に汗をかいている。入り江の記憶が途切れそうになる。入り江には子どもたちが集まってその周囲の岩場には無数のフナムシがいる。メモリアックによって観衆の感情を探知し、集計して次の攻撃に登場する選手を決めるのだとアンが言った。メモリアックの刺激が弱い。入り江の映像は途切れがちになる。現実の風景も消えていない。刺激が弱く記憶の再生が途切れるのは、感情と意識を喚起させるというメモリアックの本来の機能とは違う目的のために使われているせいだった。スタジアムに設置されているメモリアックは、記憶を再生するのではなく観衆の感情を集計してラスカルズの次の攻撃に出場する選手を決めるためのものだった。観衆の嗜好に検索をかけてデータ化し、編集して出場選手の選定に反映させる。スポットライトがフィールド内を移動し、横に整列した三十人ほどの選手たちの中からそれぞれ四人ずつWHとFWが選ばれようとしていた。ぼくはどんな選手がいるのか知らないから感情を収集されることがない。単に弱い刺激によって途切れがちに記憶が再生されているだけだった。

長期保存される記憶の一つ一つが脳のどこに保管されているのかピンポイントでわかっているわけではないと父親に聞いた。だが検索はできる。検索された膨大な神経細胞がデータとして整理され、脳における記憶部位がある程度特定されたとき、メモリアックが製品化された。このメモリアックを弱いとぼくはアンの耳元で囁いた。アンがうなずいている。入り江の記憶は現実を消すこともなく途切れ途切れに続く。フナムシがいっせいに移動し子どもたちは声を上げて手にした石で叩き潰そうとする。懐かしい風景だった。

3

突然、違うのだ、という男の声が聞こえ、誰かが話しかけてきたのだとぼくは周囲を見回した。ヤガラという人はずっと眼鏡をかけた若い男と交渉している。違うのだ、とまたその声は繰り返された。わたしはお前が会いに来ることを、お前が父親だと思っている男から連絡を受けたが、わたしが指示したことなので当然知っていた。わたしは完全なアクセス権を持っているので島を出てからずっと映像と音でお前を追っていたのだが、クチチュの年上の友人と屹立した髪の毛を持つその女とともにお前が灰色の車に乗り込んでから見失った。パクスの制限区域の監視装置でお前の映像を見つけたときはうれしかった。実際に会ったことはないが、わたしはお前の名前も知っているし、その名前というのはアキラだが、わたしは、わたしの友人の女性とお前との性行為を、映像として眺めたこともある。その性行為はわたしにとって地獄であり久しぶりの悦楽であった。

お前はわたしの唯一の希望であり、また希望の反対の概念を身体で象徴しながら生命機能を未だ維持できているただ一人の人間だ。パクスジャポニカのメモリアックを通してお前に話しかけているがお前がちゃんと聞いているのをわたしは知っている。わたしはその他にもいろいろな知識があるがわたしの話す言葉は奇妙だろう。それはわたしが他の言葉を知っていてさまざまな表現も知っているから多少の混乱があるのだが、お前が敬語を習得できるように多方面に指示を出しお前が父親だと思っている男を島で唯一人データにアクセスできるようにしたのもわたしだと、そのことだけでもわかるかも知れない。この通信はお前が今いるパクスジャポニカでメモリアックが作動している間だけお前に届けることが可能だ。だからその間になるべく多くの情報を与えるが、お前を見失ったあと、初めてお前に話しかけることができてわたしが興奮していてさらにあまりにも多くの情報を有しているのでうまく整理して話せないのもわかるだろう。

島にあった旧式のメモリアックで、お前が幼児のころからわたしはお前の無意識に知識を植えたがお前にはその自覚はない。しかし、お前はわたしの作品なのだ。そして作品というのは革新的であればあるほど当初は美しさから隔てられ禁忌事項の範疇《はんちゅう》でひっそりとたたずんでいるものだ。警備や監視や攻撃ロボット、それにあるタイプの映像看板、それに監視装置さえあればお前をトレースできるのだがお前を見失ってしまい、それからずっとあらゆる端末に検索をかけ続けてパクスの街でお前を発見したときは喜びがひとしおだった。パクスの連中はビジネスには優れているが政治には疎いのでお前がパクスジャポニカまで来るように手配するのは容易だった。複雑な政治工作は不要だった。簡単なネットワークでそのくらいのことはできる。

パクスジャポニカのゲームは衛星映像でわたしも見ていてそのメモリアックが作動している間にこうやってわたしはお前に約五千語から一万語の信号を送るつもりだが、すべてを伝えられるかどうかは不明だし、お前には理解できないことが多いだろうが、お前はわたしの言うことを聞かなければならない。なぜか。このことは重要なので繰り返すがお前が唯一の希望であり、また唯一の、希望とは反対の概念を表す言葉の生ける象徴で、またそれを体現するおそらくただ一人の生きた人間だからだ。お前の友人になった反乱移民の子孫らしい大人の男のほうを見て、次にその横にいるパクスの職員が紹介した男を見るといい。その小太りの男が屹立した髪の娘との性行為を要求しているのがわかるだろう。むろん公共の場で性行為ができないので小太りの男は屹立した髪の女の手をまず握ろうとするだろう。わたしはそれらを予測するのではない。演出しているのでもない。知っているのだ。小太りの男はわたしのシナリオによってパクスジャポニカにいるが、そのことは知らないしニトロ製剤の値を吊り上げて性的欲望を満たそうとするとは、このわたしも思いも寄らなかった。皮肉だ。だが皮肉な現象には常に真実が隠れている。

わたしを知ってもらいたいという欲求がある。だが後回しにしよう。より重要なことが多くある。わたしの年齢だけは知っておいてもらわなければならない。一七六歳だ。わたしは二十世紀中葉に関東地方の海の傍の街で生まれた。だから前世紀に起こった生物学的、遺伝学的、脳神経学的の知識を持ちその恩恵と懲罰を併せて享受している。わたしは日本とカナダの大学で精神医学を学んだあと文学と哲学を独学し、あるときから政治の世界に身を投じ、国家的規範を作る作業を担当して、その功績を認められ比較的早期にSW遺伝子の注入を受ける栄誉を担った。もちろんそんなものは栄誉ではなくポロポロと垂れる山羊のクソに過ぎないが、当時のわたしには戦略があった。国家は危険な道を歩んでいた。価値観の固定化と精神の閉塞が進み、洗練が花開く代償として経済が縮小し国家的希望が失われて、中央政府も地方自治体も財政が危機的になり同時に合衆国経済の衰退がきっかけとなった世界的な経済恐慌の中で円への信頼が揺らぎ、急速に外貨準備が目減りし輸入食物や燃料が足りなくなり、当時の政府は外交的な安全保障と国内の治安維持のために次々と警察国家的な法律を作った。もうあまり時間がない。もうすぐメモリアックはオフになってしまう。

わたしはヒトの攻撃性と性的欲求についてずっと考えていた。当時この国では成人男子の性犯罪が急増して移民の急増とともに社会不安が高まっていた。ある男の話をしよう。その男は感覚器と身体の一部の機能に若干の障害があり社会的弱者として国家から保護を受けていたのだが、居住する区域のショッピングモールでは異常者として有名な存在だった。年齢は二十代後半で事件が発覚したときは三十歳になっていたが、最初その男はショッピングモールの女性用下着売り場にひんぱんに現れ、女性の友人にプレゼントをするので適当な下着を選んでくれと担当の販売員に依頼した。女性用の下着を手に取って、それがどんな下着かを説明してくれと言って、色や材質はもちろんその下着がどの程度肌を隠すかなど、詳細を知りたがった。二時間も三時間もその男は下着についての説明を求め、それを聞いているときに快感を露わに示したのだという。しばらく経つとその男は、実は女性用の下着はプレゼント用ではなく自分が使うのだと告白したが、女性用の下着を男が着用してはいけないという法律はなかったし、奇妙なことに今もないから、販売員たちは客を大事にするようにという画一的な指導しか受けていなかったので、似合うかどうか教えてくれと言って、その男が試着室でいろいろな女性用の下着をつけて論評を求めてくるのを拒めなかった。

その男は、店内は障害物が多く歩くのが大変なので両脇を支えてくれと販売員たちに要求し、二名の販売員と身体を接触して歩行しながら店を出るまで、男女を問わず販売員の下腹部や尻、それに露出した腕などをずっと触り続けた。いつもその役目を命じられていた最年少の女の販売員がいて、女はある日その若い異常者のあとをつけ行動を監視して上司や同僚に報告しようとしたが、異常犯罪が発覚したのはそのときだった。その男は中間層住宅に住んでいて、ショッピングモールと同じようなやり方で、近くを歩いていた女に道案内を頼み、自宅に連れ込んでひどい性的な拷問を加えた上で殺害し死体を切り刻んで指や耳や鼻や性器など特徴のある部位や器官をアルコール漬けにしてガラス瓶に保管していた。あとをつけた女の販売員はその男が下層の女に案内を頼み、家にはおいしいチョコがあるからお礼に君に食べさせたいんだよと言って家の中に誘い込むのを目撃し、そのあとその女が行方不明になっているのを報道で知って同僚と上司に相談したあと警察に届け出て、その男の自宅が捜索され、十四人分の切り刻まれた女や子どもの死体が地下室で発見された。脳磁計でその男の脳神経細胞の活動を走査しても扁桃体と前頭葉の遮断が見られなかった。つまりその男は脳機能や代謝に異常があるわけではなかった。

その男はテロメアを切断されて処刑されたが統計的にその男に似た犯罪者が前世紀後半から急増し始め、多くの幼児や子どもが犠牲になった。わたしは子どもへの暴力と性的欲求を理解する。だがわたしはそのような傾向を許すわけにはいかないし実際に断罪してきた。お前への実験はそういったわたしの疑問に相応の回答を与えてくれるものになる。わたしの考えが間違っていたりお前がわたしが思うような人間ではなかったらわたしたちの双方に死が訪れる。わたしたち人間には根本的な矛盾がある。今のお前には理解できない問題だろうがわたしはこのことをお前の精神に刷り込んでおかなければならない。わたしたち人間には他の動物と違う重要な二点があるのだ。一つは不鮮明になった発情期で、二つ目は長期の未熟性だ。それらはそれぞれ強い繁殖力と、言語および社会性を学ぶ時間を獲得するための進化の淘汰圧になり得たがその代償が社会化だった。わたしたち人間が言語を中心とする複雑な文化を生み出した背景には、発情期の喪失、そして長期の未熟性という犠牲が伴っていて、その補完には社会化しかなかったということになる。おもに言語による社会化の過程で、わたしたち人間は性的想像および行為を制御する必要に迫られ、精神の発達に応じた禁忌のスケジュールを作成して宗教や道徳などを利用し、個体に性的想像や行為の倒錯を禁じるという装置を考案したが、社会の成熟が飽和に達したときに、そのシステムそのものに制度疲労が生まれることを知らなかった。

時間がなくなった。あと十数秒だ。メモリアックがオフになってしばらくするとこのわたしの信号はお前の意識の下に滑り込んでしまう。お前はそのデータを検索したり改ざん編集したり置換したりできないが、データ自体がふいにお前の意識を捉えることは可能だ。いずれにしろもう少し話しておかなければならないのだ。お前は葛藤を知り苦しむだろう。お前の無意識には他のすべての人間と同じように攻撃性と異常性欲が眠っている。お前はその情動の奴隷になってもいけないし主人になってもいけない。髪が屹立した女が隣の若い男に性的暴力を受ける。お前は反応するだろう。お前はまず女が性的に辱めを受けているのを見て興奮し、さらに男を攻撃して男が傷つくのを見て興奮するだろう。

それらを解釈してはいけない。あらゆるものから逃げのびるのだ。この、素晴らしい汚辱に充ちた世界を旅せよ。そして生きのびて必ずわたしの元にやってこなければならない。

第八章　スタジアム　その3

1

今わたしが見ている光景がわかるか。わたしは宇宙の中で完全に密閉された部屋にいて地球の夜明けを見ているのだが、お前にぜひ見せたい。お前はここまで来ることができるだろうか。ここまで到達できるわけがないという思いと、ぜひ来て欲しいという思いが、昼と夜に完全に切り離された眼前の地球の夜明けに重なっているようにわたしには感じられる。そのようにわたしには感じられる。わたしには感じられる。感じられる。誰かの声が聞こえているが、しだいに遠くなっていく。何か光景を見せたいというようなことだったが、誰に見せたいのかわからない。誰が話しかけていたのかもわからない。大歓声が湧き起こり、八人のメンバーが決定してラスカルズの二回目の攻撃が始まろうとしている。キーマンのストウバックだけがそのまま残っていて彼のユニフォームはフィールドに倒れ込んだときに草でこすれて薄く緑色に汚れていて、それがとても誇らしげに見える。

左肩がアンに触れた。アンが立ち上がろうとしてヤガラという人がそれを制止した。アンの表情が変わっている。ヤガラという人とアンが前かがみになって顔を近づけて話している。ヤガラという人とアンの間に、まるで二人の隙間から生えた植物のような感じで眼鏡をかけた若い男が坐っていて長い髪をしきりに掻き上げていた。流線型の眼鏡は光を反射し角度によってスペクトルのように色が変わる。若い男は太っていて頰のあたりの皮膚が盛り上がっているので七色に変わる細長いモニタが顔の中心付近に埋め込まれているように見える。スタジアムは暑いわけではないのに若い男は額に汗をかいていて、盛り上がった頰の上辺の肉に溜まったあと汗は一気に顎まで流れ落ちる。しばらくこちらが見ないほうでいいよ、とアンが不思議な表情で言う。アンのそんな表情は初めてだ。不安がっているようにも、驚いているようにも見える。ヤガラという人はあの制限区域内の石造りの建物の中と同じ目をして下を向いた。ヤガラという人は屈辱を感じている。若い男が背中を丸めて手を下に伸ばし何かを拾うようにしてアンの足首を自分のほうに引き寄せた。革の靴に包まれたアンの足を自分の太腿の上に乗せる。

ラスカルズの二回目の攻撃が始まり観客席の照明が落ちて周囲が薄暗くなりアンの足が見えにくい。アンは右の足を若い男の太腿に置いている。アンの靴は黒と灰色の革が交互に織り込まれた短ブーツだ。足の甲の部分に紐を通す穴が両側それぞれに数個ずつ空いていて、若い男はフィールドを見ながらその部分を触り始めた。フィールドではストウバックがボールを蹴り上げ両チームの選手たちが花びらに沿って複雑な動きを始める。花に群がって蜜を集めようとする虫のようだった。島の矯正施設で子どもたちと近くの公園の花壇に植えられていた紫色の花とそこに集まる虫を観察したことがあってそのことを突然思い出した。虫はぎざぎざのある脚で薄い花の外周につかまり花びらの内側に入り込もうとしていた。アンが声を上げるのが聞こえる。ストウバックが三十メートル近くジャンプして大歓声が上がるが、アンはぼくのほうに顔を向けて声を出したのでよく聞こえた。ラスカルズの15番のWHが、HQ近くの離れ小島に走り込もうとしてディフェンスのFWに倒される。ライトに照らされた花びらの縁を二匹の虫が這っているようだった。

2

島の公園の花壇の紫色の花に集まる虫は薄い花弁の外周に沿って這い回りながら内側に進んだ。虫たちは折り重なった複数の花弁をめくっているようにも見えた。アンがまた声を上げる。薄暗い照明の中で若い男がアンの靴を脱がせようとしているのがわかる。短ブーツの紐の結び目を解いている。ねじれたアンの肩の向こうに若い男の顔が見え隠れする。ぼくはかすかに震えるアンの肩とヤガラという人の横顔と若い男の唇から突き出ている舌を交互に見ながら紫色の花弁に群がる虫を思い出し、息苦しくなると視線をまっ白に浮かび上がるフィールドの花びらに移した。視線を移しながら、自分の内部で膜が剝がれていくような感覚を味わう。あの島の公園の花壇の紫色の花弁が虫たちにめくられるのを見たときのように、光沢のあるストッキングを破ろうとしている若い男の爪を見ている。若い男は左手でアンの足をつかみ右手の人差し指の爪でストッキングの繊維に裂け目を作ろうとする。さやが割れて産毛に包まれきれいに並んだ豆が現れるようにしてアンの足の指が露わになり、若い男は口を近づける。足をさらに高く持ち上げられてアンはぼくにもたれかかるようにして身体を支えた。若い男の唾液がアンの足の指に垂れるのが見えた。

フィールドではストウバックがほぼ真上にジャンプして頂点に達し落下を始めるボールを肩のあたりで受け止めようとしていてスタジアムには大歓声が渦を巻き、ストッキングから露出させたアンの足を口に含もうとしている若い男に気づく者は誰もいない。ヤガラという人は下を向いたままだ。ストウバックが落下しながらボールを右肩で軽く弾きそのまま後方に回転するようにしてさらに高く蹴り上げる。巨大な雑音のような歓声の隙間からアンの声がぼくの耳に届く。フィールドの花びらに沿って走り離れ小島に駆け込む両チームの選手たちが虫を連想させ、虫のギザギザした脚でめくれ上がる紫色の花びらが喚起されて、頭に描いた花弁の中心からふいにサツキという女の顔と身体と声が浮かび上がった。

3

サツキという女との性的行為を覆い隠していた意識の膜のようなものが、アンのストッキングが若い男の爪で裂かれるのに似た感じで破れる。メモリアックの記憶喚起とは違う。神経細胞が刺激されるのではなく、脳の奥に埋められ膜で覆われていた記憶がドロリとしたかたまりになって溶け流れ出すような感覚だった。サツキという女の部屋は老人施設の中の個人用住居で隅に天蓋《てんがい》付きのベッドがあり、巨大な映像モニタと本棚と大理石のテーブルと革とキャンバス地と白木を組み合わせた現代的なデザインの椅子やソファがあり、中央に細長い人工の池があった。水路のような池で、水草が浮いて内部にも照明があり、全身がピンクで大きなウロコで被われた南米の観賞魚や水棲の爬虫類が飼われていた。サツキという女の身体は皮膚が薄く針で突くと破裂しそうだった。ぼくは大画面のモニタに繰り返し流れる映像を見るのを強制されサツキという女の身体の一部を常に口に含むように命令されていた。それは乳房だったり性器の一部だったり耳や唇や舌や足の指だったりした。部屋の一方の壁全体にモニタが埋め込まれていて三分割された画面には観客を前にして肉を食べたあとで服を脱いでいく女の映像がそれぞれ繰り返し映し出されていた。

笑ってはいけないと、サツキという女は何十回とぼくに命令した。ぼくは一度も笑っていないのに、笑いは真剣さを奪うのだと何十回となく言いながらサツキという女は異様にツルツルした肌を押しつけてきた。火傷の痕のような肌だと思った。毛穴がなかった。ベッドには他に二人の男の子どもがいてぼくと同様に裸で、二人ともゴムのベルトで固定され性器が勃起するような薬と、感覚を混乱させて興奮させるための薬を打たれサツキという女はこれから十二時間かけて男の子二人を射精させ彼らが生まれて最初に出す精液を一滴残らず飲むか身体に塗るかするのだとうれしそうに耳元で囁いた。サツキという女は性的行為にもっとも適した音楽を自ら選んでいて画面やベッドでの状況に合わせて編集していた。とてもきれいで切実な感じがする曲で、誰の作曲なんですかとぼくが聞いて、十八世紀のイタリアの音楽家が作ったアダージョだとサツキという女は答え、感情があふれて心から涙が搾り取られると言いながら本当に涙を流していた。

あの女は笑えないように口輪をはめられているのよとサツキという女は九歳の男の子のすべすべしてまっ白な性器と睾丸の袋を舐めながら言った。真ん中のモニタ画面に映っている女のことだった。女は歯科医が使う拡張器で口を大きく長方形に開いたまま舞台のような大理石の大きな台の上に立っていて、その手前にある人工の池の周囲に十数人の男女の観客がいて、細長いグラスで発泡性の酒を飲んでいた。同じように発泡性の酒を飲み匂いのきつい煙草をひっきりなしに吸いながら、ああいう風に大勢の人の晒しものになることで恥ずかしいという概念をあの女は学んでいるの、と口輪の女が映るモニタ画面を示しサツキという女は言った。画面の十数人の男女の中には今よりも若い時代のサツキという女の姿もあった。女がその上に立っている大理石の台に特徴があり、池もあることから、画面の部屋がサツキという女の個人用住居なのだとわかった。あれは四十年以上前の映像でわたし以外の観客は作り物の立体映像なの、それもわたし自身が作った映像なの、とサツキという女は発泡性の酒をぼくに飲ませながら言った。

4

でも本当は全部作り物でリアルな映像なんかもう世界中探してもどこにもないんだけど、でもだからと言って画面に映る人間たちが現実ではないということでもないの、サツキという女はそういうことを言って、ずっと以前の社会では無知が横行して公共のテレビ放送でも人間がモノを食べるところが当たり前のように映像として流されていたのだと教えてくれた。公共の食堂以外でモノを食べるところを他人に見せるのはもっとも恥ずかしいことの一つなのだと今では誰でも知っているから、今からあの女は晒しものになってものを食べるところを他人に見せなければならないの、サツキという女がそう言って、正装した年輩の男が楕円形のトレイを持って大理石の台に上がり、女の口輪を外した。正装した男は女を椅子に坐らせ、目の前のテーブルに楕円形のトレイを置いた。トレイにはあぶった鶏肉だと思われるものが皿に盛られていて、それを食べることを命じられ、しかし口に運ぶことを躊躇する女を、正装した男は罵った。声がくぐもっていてはっきりとは聞き取れなかったが、罵っているのは間違いなかった。女は鉛筆大の先が尖った一本の金属の棒を与えられ、それで肉を突き刺そうとして、正装した男から顎を上げてよく顔が見えるような姿勢を要求された。

半世紀前の映像で、腰が細く見える茶色のスカートと濃紺のシャツとベージュのジャケットという古臭い衣装だったが、顔つきや化粧は普通の女だった。アジアや中東からの移民ではなかったしその子孫でもなかった。女は震える手で金属の棒を肉に突き刺し口に運ぼうとした。かなり長い間口輪をはめられていたのだろう、口の端から涎があふれて顎のほうに垂れていた。唇がめくれ上がり上下の歯が露出して舌が焦茶色の肉を支え女は下顎を下向きに開いて口腔内に肉を差し入れるためのスペースを空けた。唾液が下顎の尖端からスカートに向かって糸を引くように垂れていて、全身が細かく震えている女は、それが細い棒状になって揺れるのが自分でもわかったのだろう、肉を口に入れる前に舌で下唇を舐め、わたしの口のまわりの肉が溶けているところを見て、とほとんど聞き取れない小さな声で言って、周囲の男女がそれを聞いて笑い声を上げ、ゼリー状の食べ物をすするような音を立てて男の子の性器を口で吸いながら画面を眺めていたサツキという女も、白くて細い野菜のような性器から口を離して楽しそうに大声で笑いだし、唾液を垂らしたり、口の中に射精された精液を唇からあふれさせたり、食べ物や飲みものを口からこぼしたりしたときには、必ずああいう風に、口のまわりのお肉が溶けているところを見てと悲しそうな声で訴えかけなければならないの、とぼくに言った。

肉が溶けるという表現を考えた人物は誰かわかっていないが、口のまわりを汚した者を侮蔑するのに最適な言葉だからこうやって定型として残っていくの、と言って、サツキという女はまた九歳の男の子の性器を舐め、見ててね、あの女はものを食べるところを今からみんなに見られるのよ、とぼくがモニタをちゃんと見ているかどうかを確かめようとした。焦茶色の肉が女の下唇をこすり上げるように滑りながら上下の歯の隙間に入り込んでいき、生きものが生きものの肉を自分の肉の隙間に入れるのを見なさい、とサツキという女がつぶやいた。脂分が光っている鳥の肉を女は上下の前歯で嚙み切ろうとしたが皮の部分だけが剝《は》がれ、それは細かい突起のある小さくていびつな形の茶色の皮膚のようだった。舌と唇を使って女は鳥の皮を口の中に滑り込ませようとする。身体の皮膚が剝がされていく様子をリバースで再生しているように見えて、そのことを言うと、あなたはやっぱり他の子と違っているわねとサツキという女がうれしそうに言って、そのあとにぼくを引き寄せて髪の毛の匂いを嗅いだ。他の子はわらで作った人形みたいで初めて外気に触れる精液以外何の魅力もないのよ、サツキという女はそういうことを繰り返し呟き、それがぼくを殺さない理由なのだと囁いてモニタ画面に視線を戻した。

5

女が鳥の皮を奥歯のほうに押し込むようにしながら唇をすぼめて肉に吸いつき上下各四本の前歯を使って噛みちぎっている。台形をした女の前歯四本が肉に食い込み裂け目が広がっていき、やがて歯列と同じ曲線の断面が現れたあと肉が唇から離れていって、前歯四本の隙間に肉の繊維が引っかかり、それは歯茎から生えた柔らかな棘か触手のように揺れていた。女は舌を使って肉の繊維を歯の隙間から抜き取りながら左右の奥歯で交互に肉を噛み砕いていて、どろどろした流動物になりつつある肉が皮膚を透かして見えるような気がした。女は顎を動かしている。人間の顎には昔の化石燃料機関のクランクのように二ヵ所の可動部分があるのだと、サツキという女が長く伸ばした爪で画面の女の顎を指して教えてくれた。原始時代ナイフやフォークがなかったときのなごりで肉のかたまりを口の中に入れるために顎が大きく開くような構造になったらしい。女は喉を波打たせて流動物を嚥下しながら、金属の棒で突き刺した平べったい肉を口腔の粘膜の内側に差し入れて右側の歯で噛み切り、唇の端に付いた脂分を舌で拭いとった。

女は口を閉じたまま噛んでいるが、唾液にまみれ流動物になりかけた半固形の肉が唇の隙間からときおり見えた。三口目に金属の棒から肉が外れてしまい肉のかたまりが口からはみ出た。女はもう一度肉を突き刺し直して棒に戻そうとしたがうまくいかなかった。口の中に幼児の手のひらほどの大きさの鶏肉が押し込まれ、女は口をいっぱいに開き全部の歯を使っていくつかのピースに切り分けようとしている。左の前歯で切り分けた残りが口から突き出てそのまま滑り落ちそうになったが女は舌を差し出して受け止め唇の内側に戻した。肉の量が多くて頬がふくらんでいる。女は口を閉じることができない。噛み砕かれる肉が粘膜や歯茎に付着したり舌で剥がされたりしながら口腔内を移動しているのがよく見えた。一部を嚥下するわけにはいかない。全部を流動物にしないと喉に流し込めない。肉のかたまりを切断し、切断したかけらに唾液を加え細かい繊維状に砕いて舌で前歯の裏側に運んだあと別のかけらを奥歯のほうに押しやる。女は両方の奥歯を使っている。繊維状の肉が何度も口からあふれそうになった。正装した男が水の入ったグラスを女に渡している。グラスの縁が女の下唇に触れる。グラスが傾き水が半固形の肉を喉に押し流していく。女が唇から離したグラスの縁は流動物の脂分で白く汚れている。テーブルが脇に片付けられ、正装した男が口輪を示すと女は立ち上がって顎を大きく開き、歯の隙間に付着した肉の残骸が見えて、唇が歪み長方形に広がって固定された。長方形の穴から尖った舌先がのぞいている。女が下を向こうとすると正装した男が顎をつかんで顔を上に向ける。女が靴を脱いだ。ストッキングは穿いていない。芋虫みたいな足の指ね、とサツキという女が画面からの音声に合わせて同じ台詞を言う。女が左右の足を重ね合わせるようにして指を隠そうとして観客から笑い声が起こる。

6

若い男はアンの足の指をずっと舐めている。晒しものになっている女は服を脱ぎ始める。アンがぼくのほうを向いて、助けて、と言った。眉間に皺をよせて鼻の頭に汗をかき右足の先は若い男の口の中に隠れてしまっている。女はジャケットとスカートを脱いで脇に置かれていたテーブルの上に置いたあと下着も脱いで全裸になり、その背中と乳房を正装の男がムチで打ち始める。女は口輪をはめたまま自ら性的行為を観客に要求しなければならない。からだをくねらせて男性器が欲しいと声に出そうとするが口輪で言葉にならない。ぼくはアンが裸になってムチで打たれ自ら性的行為を求めるところを想像して精液のかたまりが性器から噴き出しそうになった。ぼくはアンの尻をムチで打って性器を挿入したいと思い、同時に若い男を殺したいと思った。性欲と殺意は同じものだと、九歳の男の子の精液を指ですくって舐めるときにサツキという女は言った。

周囲の景色が意味を失い味わったことのない感情が湧き出てくる。心臓と性器から感情が噴出して脳に集まり頭の内側が腫れ上がっているような不安定な状態で、しかし不安も不快もなかった。助けて、というアンの言葉が内部で鳴り響く。性欲と攻撃性と殺意が同じものかどうかわからないが神経に火をつけるのは視線と言葉だ。アンの脚は不自然な形に折れ曲がり尖端が若い男の口に入っている。若い男の口のまわりが唾液で汚れ、アンの白い足を食べているように見える。アンの喘ぎと若い男の荒い息が聞こえる。だが本当に聞こえているのか不明だ。ぼくの妄想が音声になっているだけかも知れない。スタジアムは歓声に包まれ周囲では拍手や口笛や声援が渦を巻いてまるで音の壁のように感じられる。そんな中でアンのかすかな喘ぎ声が聞こえるものだろうか。何か取り返しのつかないことが起こっているのだ。九歳の男の子が射精する直前の顔を見ていてそう思い、そのことをサツキという女に言うと、表現力があるとほめられ、そのあとでぼくとサツキという女はお互いに性器を接触させ下半身でつながった。ぼくはサツキという女に、あの男の子は自分が死ぬところを鏡で見ているような表情をしました、と言ったのだった。安堵感と絶望が混じり合った表情だと思ったからだ。ときどき首を回すような仕草をして、ある瞬間にシルエットになったアンの顔が見えるが、射精する直前の男の子と同じ表情なのかどうかわからない。

反社会性人格障害の犯罪者は自分の攻撃性を自覚しているらしい。この数年間に千人を越える反社会性人格障害者がテロメアを切られた。ぼくは若い男を殺すところを想像し、想像する自分を意識している。反社会性人格障害は他人の気持ちを理解するが同情はしない。島の人間たちも同情を知らない。同情したりされたりすることが理解できない。父親のデータベースでぼくは同情という言葉を知った。その意味も父親に何度か教えてもらった。他人の悲しみや苦しみを自分のことのように感じて可哀相だと思うことだ。島にはそんな概念がない。他人の悲しみや苦しみは長続きしない娯楽だ。自分の悲しみや苦しみを見て誰か他人が似たような思いを抱くという想像は冗談であり娯楽だ。親子でも同情はない。そんなものがあったら島では生きていけない。非常に豊かな知識を持ち尊敬されている本土の知識人の多くが島の人間は全部反社会性人格障害だと指摘するそうだ。ぼくは父親が処刑されるときに悲しかった。だが同情かどうかわからない。反社会性人格障害は脳内で感情を担当する部分と判断や思考を担当する部分の連絡が足りない人間のことだ。

まるで山火事のように身体のあちこちの神経が発火しているのを感じ、どこからか甘くて鼻につくいやな匂いが漂ってくる。誰かが糖蜜入りの棒食を食べているのだろうと最初思ったが違った。糖蜜の匂いは単に甘いだけで、こめかみがしびれるようないやな刺激臭はない。匂いはぼくの身体から出ているようだった。指先であちこちをこすって嗅いでみた。顔でも首筋でもなく脇の下からの匂いだった。島に羊や牛の肉をパイナップルの果汁に漬けて柔らかくしてから焼いて食べる管理官がいた。夏にはパイナップル漬けの肉が腐ったが、ぼくの脇の下の匂いはそれにそっくりだ。ぼくはシャツの襟元から右の手をさし込み脇の窪みに溜まっている汗をそっとすくった。鼻先に持ってくると肉が腐ったような匂いがする。アンの背後にそっと移動して、若い男の顔の前に右手の指を突き出した。ぼくの指のすぐ下にアンの白い足がある。若い男は匂いに気づいて口をアンの脚の指から離し無表情でぼくを見た。ヤガラという人が肩のあたりをつかんでぼくを制止しようとする。何だ、お前は、と若い男は唾液だらけの口を開いた。わたしは新出島から来ました、とぼくは若い男にできるだけ近づいて耳元で言った。

7

わたしは、新出島から来た者です。新出島です。そして、わたしは、クチチュです。クチチュという存在をご存じですか。クチチュを存じてますか。きっと知っていることでしょうね。わたしのこの指の先についた液体の匂いを嗅いでくださいますか。甘い匂いがするでしょうか。腐った肉の匂いもすることと思います。今からですね。わたしの指についているこのねばねばした液をあなたの顔にこすりつけようと思いますよ。あなたは神経を犯されて手足をけいれんさせながら死んでいくことになるんです。敬語を聞いて、若い男は呆気にとられた表情になりからだを反らすようにしてぼくから離れようとした。敬語は何よりも不吉なもので、新出島という固有名詞とクチチュという名詞は禁忌の象徴だった。本土の人間にとって新出島は口にするのも汚らわしい場所で、その中でもクチチュはもっとも忌み嫌われている。本土の人間が決して関わってはならないものだ。若い男の顔が変化していく。若い男は怯えている。若い男の顔が歪み、アンの足を離し、顔を上げてさらに天井を見上げ警備ロボットを顎で示した。警備ロボットが攻撃すると言いたいのだろうが、ぼくは頬の筋肉が小刻みにけいれんしてついに奇妙な形に口が開いて頭を前後にゆすりながら声を出した。笑い声だった。警備ロボットはクチチュなんか知らないのではないですか。ぼくはそう言いながら、足の指を何度もハンカチで拭っているアンの身体を横切るようにして若い男に近づいた。誰もが知っているのに存在しないことになっているので本土にはクチチュのデータそのものがありませんから。したがって警備ロボットはクチチュの毒には反応できないのです。若い男が逃げだそうとしてヤガラという人が腕を押さえる。叫び声を上げると本当にあなたの顔にわたしの分泌物をこすりつけなければなりません。ぼくの口は奇妙な形に開いたままだ。アンが驚いた顔でぼくを見ている。長方形の口輪をはめられ裸になってムチで打たれる女の顔が頭に浮かんですぐに消えた。薬が寄こすんだ、とヤガラという人が言って若い男は草色の労働服の内ポケットを探る。薬は白い紙の袋に入っていて、ヤガラという人がニトロ製剤のシートの数を確かめ、八十万共通円の紙幣の束を若い男の労働着の中に押し込める。

8

おれたちを出るぞ。ヤガラという人は席を立とうとする。アンがブーツを履いて紐を結び終えようとしている。喉の奥から同じ間隔で破裂音がせり上がってきて口から漏れている。舌を出した犬の呼吸音に似ている。ぼくは破裂音の笑い声を上げながら、若い男に右の手のひらを差し出す。眼鏡です。こちらにください。そう言うと、若い男は叫び声を上げそうになって口元を手で押さえる。ヤガラという人が、出るぞと耳元で囁く。靴紐を結び終えたアンが若い男から眼鏡を奪いぼくの手のひらに載せる。若い男の盛り上がった下の目蓋には汗が溜まっていて眼鏡が外されるときにそれが一気に頬を垂れる。ぼくは眼鏡をコンクリートの床に落とし、アンに踏んでレンズを割るように促した。アンはしばらくぼくの顔を見つめたあと、ブーツの底でレンズを割った。若い男の表情を確かめたが、自分の死を鏡で見ているような顔になっているのかどうかわからなかった。

第九章　歓楽街　その1

1

だいじょうぶか。駐車場に戻り汎用車が走り出してから、ヤガラという人から聞かれてぼくはうなずく。スタジアムを出て汎用車に戻るときもなかなか笑い声が止まらなかった。サガラという人が精神が安定するという薬をくれた。アンが若い男に足の指を舐められたことを除いて、ヤガラという人がスタジアムで何があったかを話し、コズミという人の薬が手に入ったこともあって、汎用車は明るい笑い声に包まれたが、そのときはまだぼくは興奮が続いていて呼吸と動悸が激しかった。駐車場に戻る途中で脇の下の汗の匂いが消えた。指先にまだ匂いが残っていてサブロウさんに確かめてもらったがクチチュではなかった。肉の匂いだとサブロウさんは教えてくれた。羊や山羊の肉を食べ続けると脇の下から甘い匂いの汗が出るようになるらしい。ぼくはそんなものを食べていない。まれに大人になるときにそういう匂いの分泌物を脇の下から出すようになる人間がいるのだそうだ。サブロウさんは殺されたり捨てられたりせずに汎用車に残った。同行が許可されたわけではなく、コズミという人の薬を入手するのが先決だったので、処置が後回しになっているだけだ。歓楽街に着いたらクチチュとして売られるかも知れないが、冷凍保存用の不凍液と還元剤の商売が今は優先されている。コズミという人の薬の入手で回り道をしたために、予定が大きく狂ったらしい。

笑い声を止めるためにヤガラという人に深呼吸という技術を教えてもらった。短く吸ったり吐いたり止めたりせずに息を大きく深く吸い込んで吐き出すのだ。スタジアムを出て何度か立ち止まって深呼吸をしてやっと笑い声は収まって、ぼくは興奮を経験したのだと知った。ヤガラという人からその言葉を聞いた。感情が高まって意識でコントロールするのがむずかしくなる状態のことで、その言葉は父親のデータベースで知っていたが実感と結びついたのは初めてだった。

汎用車は時速三五〇キロで自動車専用高架道路を走りピーチボーイというところへ向かっていてあと三時間で到着の予定らしい。ピーチボーイでヤガラという人は脳や人体の冷凍保存用の不凍液と還元剤を売る。アンは窓際のシートに坐っていて新しいストッキングをはくときにぼくと目が合い、すぼめた唇を突き出すような仕草をした。そのときぼくはまだ興奮という状態が完全には冷めていなくて口の中と眼球とこめかみが熱くてアンの足が半透明のストッキングに包まれていくところを見た。ストッキングに包まれた足首や甲や指、それにふくらはぎは動物的でもありまた植物的な印象もあった。手に取って舐めたり切り落として眺めたり調理して食べたり保存したりするのに適している気がした。

ありがと。そのあとアンに言われた。感謝を示すありがとうをアレンジした、移民風の言い方だった。敬語や方言が禁じられるずっと前、移民法と国籍法が改正されて移民が急増するとすぐにその言葉は広く流通した。どの国であれ移民が最初に覚えなければいけないのは感謝を表す言葉だ。自動車修理工からプロ格闘技のスターになったイラン人移民がわざと間違ってありがとと言い始めてから、日本社会への反感を象徴する言葉として移民たちの間で流行し、定着した。島ではその言い方は禁じられていて、ありがとうという正統な言葉を一日に何度も言うようにという自治会の運動もあった。

ありがと。何かお礼はしたいんだけどキスをいい？　とストッキングをはき終えたアンが近づいてきて、ぼくの頬にすぼめた唇を触れさせた。ほっぺたを燃えているみたいは熱いね、とアンが微笑みながらそう言う。ぼくの父親が埋め込んだチップをみんなに気づかれないようにスキャンしてくれと頼むと、アンジョウという元管理官がトモナリという偽名で歓楽街の西の外れにある羊バスの一つに住んでいると情報端末で読み取ってくれた。羊バスというのはかつてシビルアーミーが使った軽装甲のトレーラーハウスで何十台という規模で移動しながら内乱を鎮圧したことから、大群で移動して牧草を食べ尽くしてしまう羊にたとえられその名称がついた。内乱後に国内避難民の仮住宅用に海岸沿いの丘陵地に集められたが老朽化が激しくなると犯罪者や反乱移民の子孫が住みつくようになり、今では下層の人々の住居になっている。老人施設にはいつ行くんだとさっきサブロウさんが窓から外を眺めながら聞いた。サブロウさんは頬の傷が培養真皮で覆われ、ほぼ完治している。クチチュが異常に強い免疫力を持つというのは本当なのかも知れない。老人施設には簡単には行けるものではなくまず元管理官と会わなければならない。アンジョウという名前の元管理官で、アンジョウが島の子どもたちを老人施設に斡旋していたのだ。そのことを言うと、サブロウさんはつまらなさそうにうなずく。

2

もうすぐ海に見るよ、とアンが言うが、まだ窓からは樹木が密生した山しか見えない。歓楽街には警備ロボットがいるんだろう、とサブロウさんがぼくのほうを見た。あれはやっかいだ、とうつむいてつぶやく。食品モールで警備ロボットに襲撃されたことを思い出しているのだろう。警備ロボットからをいないんだよ、とニトログリセリン製剤で顔色が戻ったコズミという人が言う。でも歓楽街には犯罪者と反政府移民とその子孫が大勢住んでいて出入り口を封鎖するのは簡単なのにどうして多くの車が出入りするのを許しているんだ、サブロウさんがそう聞いて、交通や物流を止めると経済全体が破綻するからですよとぼくは答え、ミコリという人が、知識にあるんだな、と驚いたような顔をしてこちらを見る。

政府は内乱の前後に道路や通信をあちこちで封鎖した。だがそれは爆撃や砲撃による破壊よりもはるかに大きな経済的損失を引き起こした。資本や商品や情報の移動が止まった国の経済はしだいに活発さを失ってしまい、そのうちに必ず犯罪者や反乱者や警察や軍が通行料や賄賂を取るようになって腐敗が蔓延し治安も失われる。そういったことを喋っている途中、なぜ自分がそんな知識を持っているのだろうという疑問が湧き上がってきて話すのを中断した。父親に聞いたことはなかったしデータベースにもなかった。興奮状態が収まっていくときに奇妙な感覚がよみがえってきた。まるでぼくの身体に非常に小さいサイズの別の人間が住んでいて話しかけてくるような、不安定な感覚だった。記憶がよみがえるのではなく、薬液を注射されるかのように情報を注入されたような感じだった。

興奮という状態の残骸が全身に散って広がっているのがわかる。若い男に足の指を舐められているときのアンの表情を見てサツキという女の記憶がよみがえった。性欲と攻撃性を自覚した。流線型の眼鏡をかけた若い男が怯えるのを見てぼくは味わったことのない喜びを覚えた。表情を作る筋肉が制御を失ってしまい生まれて初めて声を上げて笑った。どういうわけか、ぼくにはわかっている。ぼくはいつか声を上げて笑いながらサツキという女の部屋で見た映像と同じことをするだろう。ぼくは変な形に口を開いて破裂音で笑い声を上げながら誰かを傷つけ誰かを殺すだろう。ぼくはいつかきっとアンを犯してそのあと殺すだろう。性欲と攻撃性が混じり合った歓喜には抵抗できないし、その光景は既視感とともにすでにインプットされていて、まるで他の誰かにイメージを植えつけられたようだと思った。

3

前方に夕日を反射する海が見えたとき、汎用車内に歓声が充ちた。サブロウさんとぼくは海は見飽きているので感慨はなく、どうしてヤガラという人やアンたちが喜ぶのか理解できなかった。地下やトンネルでの生活がおもだから海を見ると解放感があってうれしいのだとアンが教えてくれた。不法投棄のトラックに乗って島に行ったのも、海が見たかったのだという。やがて道路は上り坂になり、海はいったん視界から消えてオレンジ色の日差しが車内に差し込む。岡広特別区の登録ＩＤをつけて岡広特別区の街並みをドライブしよう、という巨大な映像看板が道路脇の山の斜面にある。岡広特別区というのは旧岡山広島特別自治区域の略称で、歓楽街ピーチボーイは俗称ということになる。映像看板には微笑みながら食卓を囲む五人の家族が映し出されているが五人は人種が違う。父親は中東系で、母親はラテンアメリカ系、長男はブラックアフリカ系で、長女は東アジア系、次女は赤ん坊でインド・パキスタン系だった。バルコニーは木とタイル張りの石で造られていてアラビア風のデザインで、南国の植物と色鮮やかなパラソルが周囲に配置され、家族は棒食ではなく串に刺した肉を食べていて、傍らには長い白い毛の小さな犬と全体が黒い大きな犬が尻尾を振りながら寝そべっている。

巨大な映像看板のとなりに並木のある側道があり、その奥に円錐を四つ組み合わせた形の、中世の欧州の城を思わせる建物があった。建物の屋上には細長い映像看板があって岡広特別区相互利益共有ユニオンセントラル総合病院という装飾文字が横方向に流れながら点滅しているのが遠くからでもはっきりと見える。側道の入り口にはコンクリート造りの小型要塞のような詰所があり中型ロボットと武装した数人の門衛が警備に当たっている。上層階級のための病院らしい。病院を過ぎると、道路は再び下りになって眼下に海とピーチボーイの街並みが広がった。ゆるやかにカーブを描く海岸線に沿って超高層ビルが建ち並び、その背後の傾斜地を中層のビルと住宅地がびっしりと埋めて、その向こうには内海に浮かぶ大小の島々がかすんでいた。意外に歓楽街は小規模だと思った。もっと巨大な街を想像していたのだが、あの銀色のスタジアムの印象が強烈だったせいかも知れない。

高速道路を降りて片側一車線の坂道を下っていく。汎用車内の動きが活発になる。道が狭くなり前後の車も増えてオグラという人が汎用車を街の中心へと走らせ、ミコリという人が密売の場所らしい建物をモニタで何度も確認し、ヤガラという人はサガラという人からメモを受け取りながらひっきりなしに電話をした。ピーチボーイへの到着が遅れたために、取引の場所が変更になったようだ。ビルや住宅が密集している地域の手前に使われていない鉄道線路と廃墟になった駅があり、車が渋滞している。焼けこげた古い車両が放置されている駅前の広場のような場所に、障害物を並べた検問所があって中型ロボットと武装した民兵による検問が行われていた。ヤガラという人が取引先だと思われる相手に認証コードを聞き情報端末に入力してから汎用車のドアを開け、中型ロボットの腹部にあるスキャナーに提示した。

迷彩戦闘服を着て小銃やロケットランチャーを抱えた民兵たちが開いたドアから汎用車の内部を覗いたが、ぼくやサブロウさんを見ても無表情で何も言わなかった。民兵たちには日本人の面影がどこにもなかった。汎用車内のヤガラという人たちは反乱移民の子孫だがどこかに日本人の面影がある。サブロウさんはクチチュ独特の異様に整った顔立ちで、ぼくもアンも本土の住人とは顔つきが違うが、それでも日本人の特徴はまだ残っている。ぼくの場合は黒い瞳と髪と眉、頬骨、それに切れ長の目などだ。しかし汎用車を無表情で覗き込んですぐにまた遠ざかっていった民兵たちは完全に外国人の顔つきだった。アンにそのことを言ったが、アキラを言うことにわからないと首を振った。還元剤と不凍液を入れた金属ケースを確認していたサガラという人が、半世紀前よりはここで外国なんだよ、と言った。国際市民軍と呼ばれる外国の軍隊が作った街なのだ。

逆光で民兵たちの顔の特徴が判別できなくなる。内海に浮かぶ島々が濃いシルエットになり、夕日が沈み始めているようだ。ブラックアフリカ系の民兵の目の白い部分だけが汎用車の車内灯で浮き上がり、彼は手榴弾発射装置が付いた自動小銃を胸のあたりに構え車内を見回す。民兵は全員が落ち着いている。よく統制がとれているように見える。戦闘服は迷彩の色が褪せ、あちこちが縫い直されているが清潔で、履き古されている炭素繊維の編み上げ靴もきれいに磨かれていた。車内を覗き込む東南アジア系の民兵と目が合った。赤黒い肌と長い髪とつぶれた鼻と吊り上がった目の小柄な男の民兵は、携帯端末を車内に向けてスキャンし、隣にいる東欧系の同僚と何か短い言葉を交わす。身のこなしや仕草や会話に無駄がない。自動小銃には口径が違う手榴弾発射管が二本付いている。彼らの任務は予防検束ではなく、商取引を保護しピーチボーイに金を落とさせるため秩序を確保することだ。商取引を行うという認証コードを確認し、武装検問で威圧すればことが足りる。やがて、民兵たちは汎用車から離れていって、鉄骨やコンクリートのかたまりを組み合わせた検問所に戻り、一人が携帯端末のキーを叩いて、大型コンテナほどの大きさの立方体のコンクリートのかたまり二つをそれぞれ左右にずれるように移動させた。コンクリートのかたまりの底にはキャタピラーが付いていて甲高い摩擦音が聞こえた。

4

曲がりくねった坂道を下るうちにあたりは暗くなった。傾斜地には住居と商店が密集し、入り組んだ路地がそれらをつないでいる。通りや路地には人があふれていた。仕事から戻る人や買い物をする人、それに他の地域から街を訪れた人などが足早に歩き、車の隙間をすり抜けて横切ろうとする。自転車とモーターバイクがひとかたまりになってお互いにぶつかりそうになりながら走り回る。汎用車はひどくゆっくりと進まなければならなかった。後部の荷台に大きな荷物を載せて運んでいる自転車が目立つ。ある自転車の荷台に積んだ袋がトラックのバンパーに接触して亀裂が入り、黒い豆のようなものがこぼれ落ちて道路に散乱している。自転車で袋を運んでいた若い男が悪態をつくがトラックの運転手は無視して動じる様子がない。通りを横切る中年の女がこぼれ落ちた豆で足を滑らせないようにと手を引いた幼児に注意している。どこからか灰色の鳥の一群が舞い降りてきて道路にこぼれた豆をついばみ始めた。トラックや乗用車が傍を通るたびに鳥たちは宙に舞い上がるが、またすぐに路上に戻って忙しく豆をついばむ。

モーターバイクはどれも構造が簡単で、両足を乗せる箱型の駆動部分に棒状のロッドハンドルがあり前後に幅広の車輪がついた一人用が目立つ。人やモーターバイクが無遠慮に近寄ってくるので汎用車は操縦を手動に切り替えていた。視界を確保するためドアを開け放ったまま走っている。坂道の両側は古い時代の建物ばかりだった。ピーチボーイの周辺地域は内乱時も戦闘地域ではなかったし、グローバル・シビルアーミーが駐屯していたこともあって治安が守られ、建物は破壊を免れていた。建物の多くは一世紀以上前のもので他の地域では見ることができない珍しいものが多かった。コンクリートの中層ビルとモルタルの低層ビル、それに瓦屋根の木造の家屋だ。街灯や照明も昔のものがそのまま使われていて、南国の果物のような形をした電球を天井から吊している商店もあった。干した魚を売る店、中東風のコーヒーや茶を提供することをネオンサインで示すカフェレストラン、衣服や装飾品を天井まで高く積み上げた店、手作りの棒食をその場で調理加工して食べさせる簡易食堂、朝鮮や中国など東アジアの食材屋、さまざまな国の人形や玩具を売る店、外国にいるようだと思った。サブロウさんも見たことのない街の風景に目を奪われている。

行き交う人々の人種は多様で、しかもそれぞれが互いに溶け込んでいる。検問所の民兵たちと同じだ。いろいろな人種が他の人種と手をつないだり談笑したりしながら歩いている。ブラックアフリカ系だけとか東欧系だけの集団やカップルがいない。道路や路地にあふれる人と、速度を落とさずに走る無数の自転車とモーターバイクのせいで汎用車は何度も立ち往生し、交差点ごとに長い時間停止する。だが汎用車を操縦するオグラという人はこれまでのように周囲に毒づいたりしない。ヤガラという人は取引先だと思われる相手とひっきりなしに連絡をとり続けていて、ピーチボーイの雰囲気に溶け込みルールに従おうと決めているように見える。ノロノロと坂道を下り、交差点で止まる。信号の指示とは関係なく自転車とモーターバイクの群れが集団で走り過ぎるので必ず停止せざるを得ないのだ。停留所にバスが停まってキャスター付きの旅行カバンを抱えた二人連れの男の乗客が降りてきた。角に野菜店と時計屋がある路地の奥に向かって歩いていく。大衆的なホテル街らしい。低層のホテルの瓦屋根にはシャワーや風呂や空調設備が備えてあることを示す小さな映像看板が垂れて風に揺れている。旧式の極薄モニタを使った旗布型の映像看板で、点滅し回転する文字はピンクや紫色などの原色だった。

二人連れはそれぞれ茶色と灰色のジャケットを着て奥に向かって路地を歩いていく。二人ともアジア人で一人は頭にターバンのようなものを巻いていた。食堂あり、という文字の映像看板が瓦屋根の下でめくれ上がっているホテルに二人は入っていき、しばらくするとまた表に出てきて、向かいにある木の長椅子に坐った。ホテルの従業員らしい女が湯気の立つ円錐形の食器を二人に運んでくる。二人は立ち上がって従業員に深々とお辞儀をして、ターバンを巻いた男は胸に両手をかざすような仕草で感謝の気持ちを示した。二人の頭上には黄色い光の電球が下がっている。ターバンを巻いていないほうの男が、片方の手に食器を持ったまま、旅行カバンを開けて書類のような紙の束を取り出そうとする。ターバンを巻いた男は食器を左手に持ち、右手にフォークを握っている。湯気の立つ食器にフォークを入れ、白く細い紐のように見える食べ物をクルクル巻きつけて、熱いのか唇をすぼめて息を吹きかけながら口に運び入れた。ターバンを巻いていないほうの男は食器をいったん長椅子に置き、書類の束を電球にかざし示しながら何か熱心に話し出した。だがターバンを巻いた男は、相手の話を遮るようにフォークを振って、長椅子の上の食器を示し、早く食べろ、というようにしきりに顎を動かす。白い紐のような食べ物に興味が涌いたが、汎用車の中では誰もが忙しそうで質問できる雰囲気ではなかった。

5

しだいに傾斜が緩くなり、大きなカーブを曲がったあと、四車線の広い道路に突き当たった。視界が開け、モーターバイクの群れと密集した建物がいつの間にか周囲から消えて、現代的なデザインの街灯が等間隔で立つ広大なスペースが前方に広がった。四車線の道路はときおり車が通りすぎるだけで歩いている人は誰もいない。その向こう側に金属とガラスの壁がそびえていて、それらは海岸線に沿って並んでいる超高層ホテルだ。無数の格子状の光がモザイクのように模様を作っていて、今通り過ぎてきた傾斜地の古い時代のホテルや住居や商店とは趣きが違った。無機的で冷たい。T字路付近にコンクリートで造られた半球型の防御詰所があり十数人の民兵と中型ロボットが警備に当たっていた。超高層ホテルの手前の広大なスペースには南国の樹木が植えられ花壇が整備されて、外周の縁石に沿って蛍光管が敷設してあり芝生の緑が鮮やかに浮き上がっている。芝生の緑と窓明かりは背後に広がる闇を際立たせる。窓からの風が心地よかった。ピーチボーイに入って、はじめて夜を実感した。にぎやかだった傾斜地は人や車が多すぎて季節や時間の感覚を持てなかった。

汎用車は四車線の道路の手前で停まった。道路脇にいたアラブ中東系の民兵が手のひらをこちらに向けて、止まれという指示を出したからだ。ヤガラという人が開いたままのドアから身を乗り出して、認証コードを送る。アラブ中東系の民兵は携帯端末でヤガラという人の信号を確かめていたが、ダメだというように小さく首を振って、手のひらで押し返す動作をする。進入は許可されない。超高層ホテルが並ぶ地域には特別な許可証明を持った人間と車両以外入れないらしい。ヤガラという人は、再度確認してくれと、モニタを示すが民兵はただ首を振るだけだ。もう一人がこちらに向かって走って近づいてくる。東欧系の白人の民兵だった。身を屈めて走りながら自動小銃の銃口をこちらに向けた。警告のポイントビームが銃身から伸びてヤガラという人の額に当たる。白人の民兵は汎用車の開いているドアに近づき、戻れ、と言って自動小銃の引き金に指をかけた。機械的な動作だったが、すぐに指示に従わない場合は再度の警告はなく自動的に撃つという意志が空気を通して伝わってきた。友人に日常的な挨拶を送るような感じで、あの民兵は顔色一つ変えないでヤガラという人の頭部を自動小銃の弾丸で削り取るだろうと車内の誰もがそう思った。

ホテルには行かない、ホテルに行かないんだ、とヤガラという人が両手を頭の後ろで組んで大声で言う。汎用車は緊張に包まれている。アンが息を呑んでヤガラという人と民兵のやりとりを眺めている。サブロウさんはグリースガンのバッグから手を放し両手を相手から見える位置に置いて抵抗を放棄していることを民兵たちに示している。自動小銃を構える民兵たちには表情がないが仮面を被っているような印象でもない。彼らはいつもやっていることを単に繰り返しているだけで、だから表情が変わらないのだ。ヤガラという人は、おれたちはTショーに行くんだ、と空に向かって大声で言いながらしきりに端末をかざす。それを聞いたアラブ中東系の民兵が端末を再度確認して、道路を走る車を制しながら白人の民兵のところに近づく。東欧系の民兵と何か言葉を交わしたあと、自動小銃を下ろして、行け、というように腕を何度か振り、Tショーならホテル・カサブランカとアンバサダー・ホテルの先でやっている、と道路の先を指して教えた。ヤガラという人はそこで取引の仲介者と会うらしい。人体超低温保存用の不凍液と還元剤の買い手は西地区の傾斜地にある建物を取引の場所に指定したのだとサガラという人が言う。さっき通ってきた人通りの多い傾斜地は中地区で、ピーチボーイには他に五つの地区がある。Tショーの会場で仲介者に会い西地区に行くためには超高層ホテルが並ぶ四車線の道路をしばらく走らなければならない。

道路には中央分離帯がある。舗道を歩いている人は誰もいない。すれ違う車も少ない。有名な歓楽街の割りには寂しい感じがしたが、まだ時間が早いからだとサガラという人に言われた。さっきの民兵がよく訓練されていて統制もとれていたので、この街では犯罪を犯す人はいないのですかとぼくが聞くと、サガラという人が笑いだして、他の何人かも笑った。ここを全体に犯罪者に街だよ、アンがそう言う。日本政府のルールは守られていないがここのルールを破る人間はいない、そういうことらしい。サブロウさんは開け放たれたドアから身を乗り出すようにして超高層ホテル群を眺めている。あるホテルは屋上が王冠状だった。照明で全体の色が刻々と変わるホテル、厚い本を開いたような形のホテル、体節のある虫に似た形のホテル、壁面を水が流れ落ちているホテル、ドーム型のホテルなどがある。どのホテルも、入り口らしい場所はうっそうとした樹木に遮られて見えなかった。あの大きな建物には誰か人が住んでいるのかとサブロウさんがぼくに聞いた。島の人間はホテルというものを知らない。お金を払って部屋に泊まったり住んだりできるんですと教えたが、首を傾げて、この街では家を持たない人が多いのかなとつぶやいた。

6

砂漠の石造りの城を模して設計されたと思われるホテルと、低層階に螺旋《らせん》状の回廊を巡らせたホテルの間の広場のようなところで、Tショー、つまり飛行自動車の展覧会が催されていた。飛行自動車は一世紀前に開発されたが商品化が遅れ、約半世紀前に大量生産を始めたものの全世界的に不評で、早い時期に製造が中止されたと父親のデータベースにあった。飛行自動車が普及しなかったのは操縦が煩雑で移動の快感が少なかったからだ。十機ほどの飛行自動車が展示してある。通路が広いので歩いても車でも眺めることができる。車で見物する場合は制限速度を十キロ以下に落とすようにという文章が点滅する旗布型の映像看板を掲げて、奇妙な服装の女が入り口付近を歩き回っている。つばが広い銀色の帽子を被り銀色のベストと短いパンツをはいて、銀色のブーツを履き、腰を揺らしながら行ったり来たりしているが、顔がずっと笑顔のままだ。会場のあちこちに似たような女たちがいる。どの女も背が高い。会場はガスケットのフィールドより広いが見物客は少なく、しかも年寄りばかりだった。飛行自動車のデザインはどれも似ている。ボディは流線型、二基または四基のプロペラ、折り畳み式か格納式の主翼、それに後方に尾翼がある。

汎用車をゆっくりと移動させてヤガラという人は仲介者を探す。直接仲介者に連絡を取ろうとするがホテル街一帯にはジャミングがかかっていて端末から信号を送れないらしい。あいつらに昔がTクィーンなんだよ、とサガラという人がずっと笑顔を作ったままの女たちを顎で示す。一世紀前最初に飛行自動車を開発したのはアメリカ東海岸の古い街の大学生たちで、一号機はトランスフォームと命名された。大量生産を始めた製造販売会社は大柄な女たちを雇って宣伝のためのショーを開催し、開発者に敬意を表してトランスフォームショー、略してTショーという俗称で呼ばれ、女たちはTクィーンと呼ばれた。それが再現されている。この会場の女たちは、かつてTショーに出演した女たちと同じ服装をして同じように笑顔を作っているのだ。真っ赤に塗られた四基タービンの飛行自動車の横に赤いレザーのボディスーツで全身を包んだ中年の女が立っていて赤い大きな傘を掲げ振り回し、一人の老婆がその様子を旧式の大型カメラで撮影していた。老婆がシャッターを切りストロボが焚かれるたびに、赤いレザースーツの女は傘の位置と顔の角度を変え唇をさらに大きく広げ笑顔を際立たせようとする。

その後ろにはオレンジ色の機体で主翼が前部と中央部にそれぞれ二枚ずつ付いている日本製の飛行自動車があった。中央部の主翼は尖端がグリッド状で、乱気流に対応するためだという説明が点滅する映像看板を、ほとんど半裸の女がからだに巻きつけている。赤いボディスーツの女も、映像看板を巻きつけた半裸の女も決して笑顔を絶やさなかった。裾がくるぶしまである寝間着のような服を着た女、ヒョウとか虎とか動物の毛皮で乳房と性器を隠した女、世界中の国旗を肌に貼りつけた女、童話の登場人物のように花束を入れた籠を抱えて乳房と性器の上に花を付けている女、二世紀前の飛行士の格好をした女、髪の毛や肩や腕や胸や腰にピンクのリボンを結んでいる女、皮膚に絵を描いているように見える極薄の炭素繊維の服を着ている女、尻と乳房を金属の棘の付いた皮革で覆っている女、彼女たちはずっと笑顔を見せていて、サブロウさんが興味深そうに眺めながら、あの女たちはどこを見ているのかな、とぼくに聞いた。おかしいことを見つけて笑顔を作っているとサブロウさんは思ったのだ。サブロウさんは笑顔を見せたことがない。ぼくは父親の笑顔を思い出せない。島の人間はほとんど一度も笑顔を見せないまま一生を終える。乳児や幼児は親の笑顔を見て笑顔を作ることを学習する。数世代に亘って笑顔がない人間は笑顔を作る頬の筋肉が退化するらしい。

昔はああやって何もおかしいことがないのに笑顔を作る人間がたくさんいたんですが、静かな微笑みを除いて、文化経済効率化運動によって、意味や根拠がなく笑顔を作るのが害悪だということになって禁止されたんです、とぼくはサブロウさんに言った。文化経済効率化運動の前は、おもに宣伝映像の中で大勢の人が理由も根拠も不明なまま笑顔を見せていた。大勢の人が笑顔を作っている乳製品の宣伝映像を父親のデータベースで初めて見たとき、目眩と吐き気を覚えた。害悪だと子どもにもわかった。笑顔は幸福の象徴だから笑顔がないのは不幸で、この商品やサービスを買えば誰もが笑顔を見せて幸福になれるという刷り込み意図は、害悪以外の何ものでもなかった。笑顔による宣伝の禁止は文化経済効率化運動の中心的なテーマで広く受け入れられ、最初は映像から、やがて社会からも無意味な笑顔が消えていった。お前どうしてそんなによく知っているんだ、とサブロウさんが言って、ぼくは父親が管理していた島で唯一のデータベースのことを話そうと思ったが、宣伝映像の笑顔が文化経済効率化運動によって禁止されたことを、本当に父親のデータベースで知ったのかどうかはっきりしなかった。乳製品の宣伝映像でいやな気分になったのは覚えているが、文化経済効率化運動と笑顔の禁止を父親のデータベースで調べた記憶はなかった。

父親のデータベースで得たものではないのなら、どうやって知識を獲得したのかわからない。スタジアムで若い男がアンの足の指を舐めるのを見て攻撃性と性欲に支配されサツキという女の部屋で起こったことを鮮明に思い出したが、関係があるのだろうか。昔、メモリアックができる前、電磁信号を脳に送ったり、脳から電磁信号を受信したりする研究が行われていた。神経を電磁信号で刺激して幻聴や幻視を引き起こす実験もあった。視覚皮質に送る信号は25ヘルツ、運動制御皮質は10ヘルツなどと電気共振周波数を特定して、脳神経を走る微弱な電流を言語や映像や音声に変換する実験も行われていた。だが、長期記憶をコードする神経細胞が前頭野に無秩序に分散して存在することが突き止められ、メモリアックが開発されて、それらの実験は意味を失った。メモリアックの仕組みを父親に聞いた。微粒子よりさらに小さな人間が脳に入り込んで記憶を植えつけたり記憶が眠る神経細胞を刺激したりしているところを想像してみなさいと、比喩を使って父親は説明した。まるで童話の世界だが、不思議な現実感を伴っていた。

アキラに異様で物知りなんだよ、アンがそう言って、黒い機体の飛行自動車の横にいるTクィーンをじっと見つめている。黒い網のボディスーツを着ていて、メッシュの隙間から乳首が飛び出ている。形成外科の手術の痕が変形して目蓋と頬の肉が瘤のように顔から垂れているが、唇を歪ませて笑顔を作ろうとしていた。文化経済効率化運動が始まってから笑顔と幸福を単純に結びつける習慣はなくなった。そしておかしいこともないのに笑顔を見せる人間はいなくなり、島では笑顔そのものも途絶えてしまった。仲介者をどこでいるんだ、とコズミという人が時計を見ながらヤガラという人に聞く。あらゆる通信手段からジャミングで使えないと文句を言いながら、ミクバという人が、これ以上おれたちを取引に遅れるので許されないぞ、とヤガラという人に向かって怒鳴った。

東アジア系の女がチタン製の灰色の飛行自動車の脇にいて、こちらに近づいてくるのが見える。太い糸を織り込んだジャケットを着てプリオン繊維の細身のパンツをはいているが、背が異様に低いのでTクィーンではない。それに笑ってもいない。動物の骨か魚の歯のようなもので作った首飾りをしてゴムで長い髪を左右で束ね、表面に飛行自動車が描いてある風船を持ち、煙草を吸っている。女は汎用車に近づき開けたままのドアに寄りかかっていたサブロウさんをじっと眺めて、何か聞け、と言って煙草の煙を車内に吐き出した。

ヤガラという人は呆気にとられて女を見たが、やがて女が言っていることが合言葉だと気づいたのか、あなたに質問していいんだな、と確かめるように聞いてから、どうして、Tショー、みたいな、下らない、催し物が、この街で、行われて、いるのかな、と区切るように質問した。東アジア系の中年の女は、この街の住人はバカげたことが本当に好きだからだ、と答え、ドアに寄りかかっていたサブロウさんを睨んで、どけ、と言った。サブロウさんがからだを横にずらすと、手摺りをつかみ踏み台を使わずにジャンプするようにふわりと軽快に汎用車に乗り込んで、西地区に行け、と操縦席のほうに向かって素っ気ない口調で命令した。女は非常に小柄で年齢の見当がつかない。細くて小さい目は皺と見分けがつかなかった。顔の他の器官も全部小さく、紐で操る人形のようだと思った。

女は汎用車の内部と乗っている人間を見回し、サブロウさんとアンとぼくに向かって奇妙な表情をした。最初笑顔かと思ったが違った。顔の皮膚を単に収縮させただけだった。そのあと女は手にしていた風船をアンに差し出した。アンは、あがりとと言いながら、風船を受け取ろうとする。仲介者の機嫌を損ねてはいけないと思ったようだ。女は、アンの顔の前に風船を持っていって、そのあと煙草の火で破裂させ、また顔を収縮させ、肩を震わせて笑い声に似た耳障りな声を上げげた。

第十章　歓楽街　その2

1

東アジア系の女は煙草の火を汎用車の床でもみ消し、破裂させた風船の破片のゴムを伸ばしたり指に絡めたりしながら、口をとがらせて小さな声を上げている。うなり声かあるいは囁きかハミングのようにも聞こえるが誰かに向かって話しているわけではない。女は決して一箇所に視線を止めない。女の体臭と吐く息の匂いが汎用車内に漂う。体臭と口臭はほぼ同じで固い殻を持つ昆虫の体液のような匂いだった。目の前で風船が破裂したときアンは驚いてからだを震わせ何か言おうとしたが止めた。東アジア系の女はすでにアンや風船のことを忘れているように見えた。あなたをどこは国を人なのか、とサガラという人が女に聞いた。お前らの言うのはまるでわからないがただ言えるのはおれがオスの猿とツングース・マンチュリアンの女の混血だってことだな、とサガラという人ではなくぼくのほうを見て女はそう言った。汎用車内の全員が女のほうを見た。サブロウさんが息を呑みながら、猿、とつぶやく。

猿に限らず他の動物種とヒトの遺伝子合成は昔も今も非合法だ。しかし猿とヒトとのDNAは99・9パーセント同じ配列で、半世紀ほど前に世界のいくつかの地域で遺伝子合成による交配実験が行われたのだと父親のデータベースにあった。遺伝子や臓器の売買のために東および中央アジアと西アフリカの低開発国の科学者が実験したが成功例は報告されていないということだった。東アジア系の女が本当に猿との混血なのかそれとも嘘をついているのかわからない。しかし体臭と口臭、体型や身のこなし、歯の形と大きさは独特で、ヒトとはかけ離れているように思える。サガラという人が、名前で何が言うんだ、と聞くと、女は歯を剝き出しにしてうなり声を上げるだけで何も答えない。歯の隙間から発せられる高音、それにネコ科の猛獣が喉を鳴らすような低音が交互に重なり合っている。不思議なうなり声だった。名前のないのか、それとも名前さえで言えないのか、ともう一度サガラという人はゆっくりとした口調で聞いたが、女はうなり声の音量を上げるだけで何も言葉を発しない。ひょっとしたらそのうなり声は言語なのかも知れないが、誰も解読できない。ツングース・マンチュリアンというのは現在の東北中国の一部の語族だ。

2

汎用車は海岸線に沿った道路を走り超高層のホテル街を抜けようとしている。超高層の建物が途切れるあたりに民兵がいる詰所があったが、ホテル街から出る車両に対しては検問がなかった。右に海と堤防を、左に鉄道線路と雑木林の斜面を見ながら走る。あちこちで道路のアスファルトが剝がれて汎用車は揺れる。東アジア系の女が床を這うようにしてサブロウさんに近づき顔を寄せて、お前がクチチュだってておれにはすぐわかるがおれの名前をお前にだったら教えてもいいんだがお前はおれが誰か知らないしきっとお前もおれの名前を知りたいだろうな、と言って上下の唇をめくり上げた。顔に比べると異様に大きな歯が全部見えた。独特の口臭がぼくのところまで漂ってくるが気にする者はいない。島の人間はもちろん、反乱移民の子孫たちも口の匂いなどどうでもいいと思っている。どんな悪臭にも慣れている。匂いを気にする人間は生きていけない。名前を知りたいだろうなと言われて、サブロウさんは首を傾げ、眼を細めて東アジア系の女の顔をじっと見つめうなずいた。

ネギダールというのがおれの最初の名前で二番目や三番目の名前もあるが今も一番目の名前を使っているからおれはネギダールだ、と女が言って、赤ん坊ほどの大きさしかない手のひらをサブロウさんの顔に近づけて頬を撫でる仕草をした。実際に頬に触れるのではなく、撫でるように手のひらを動かした。ネギダール、とサブロウさんがその名前をつぶやく。おれらツングース・マンチュリアンの人間は全員がネギダールという名前だがおれだけがその名前を実際に使っていて父親の猿も母親の人間もその名前だったがしかしおれの名前はネギダールでいいとずっと言われていていてお前もそう呼べばいいがいつもおれが返事をするとは限らないんだ、と女は床を這うように移動しながら言った。名前をサブロウさんに告げるとき女は一瞬恥ずかしそうな表情をした。色が黒いのでよくわからないが確かに恥じらいのような微笑みを浮かべたように見えた。

ネギダールと名乗った女がどうやって移動しているのかわからない。しゃがみ込んだまま手と足を素速く奇妙に動かしてまるで蜘蛛のように動く。開いたままのドアの脇にしゃがみ込んで汎用車の内部を落ちつきなく見回してからサブロウさんの顔をしばらく見つめ、また視線を他に移す。汎用車はかなりのスピードで走っていてカーブでは大きく傾き、ときどき路面の凹凸を拾って上下に揺れるがネギダールという女はどこかにつかまっているわけではないのにからだのバランスが崩れない。超高層のホテル街が途切れて明かりがなくなる。汎用車のヘッドライトの向こう側はところどころがひび割れた道路と雑草に覆われた鉄道線路と暗い海だ。海は一筋の帯になった月明かりを映していた。ネギダールという女がジャケットのポケットから煙草の箱を取り出し、吸うか、というようにサブロウさんに示した。サブロウさんは首を振りながら、父親だけどどんな猿だったんだ、と聞いた。ネギダールという女は動物の骨で作られた髪飾りでマッチを擦って煙草に火を点け、大きいが敏捷な猿だったらしいが精子と体細胞を採取されたあとにすぐに殺されたのでおれは父親の猿には会ったことがないが会いたいと思ったことも一度もないんだ、と答えた。

3

右側に広いスペースが見えて屋根と柱だけの建物があり付近一帯から魚の匂いがした。黄色い網が道路沿いの柵に干してある。長い触角を持つ大きなエビを取る網だろうと思ったが自分がどうしてそんなことを知っているのかわからなかった。そのエビは高級な食材だが今ではごく一部の選ばれた人しか口にできない。そういった知識が浮き上がってくるたびに知識を植えつける極小の人間がぼくの脳に住んでいるのを想像する。煙草の煙が車内に舞い上がり開いたままのドアから外に流れ出ていく。左側の斜面に点々と建物の明かりが見え始めた。西地区に入ったがどこへ行けばいいのか教えてくれないか、とヤガラという人がネギダールという女に聞いている。煙草の煙をサブロウさんに向かって吐き出しながらネギダールという女は左前方の映像看板を枯れ枝のような人差し指で指した。赤い光が点滅する提灯《ちょうちん》の外周を金色の豚と緑の唐辛子がクルクルと回っている映像看板だった。唐辛子が割れて種が飛び散って豚が踊り始めたら左に曲がれ、とネギダールという女が命令した。

汎用車は映像看板の手前で止まり、ネギダールという女が言った通りに唐辛子が赤くなって種が飛び散り豚が立ち上がって足を交差させ踊りのような動きをしたときにゆっくりと左折した。道では本当がここのなのか、とオグラという人が悲鳴に近い声を上げる。まるで垂直に屹立しているかと思うような急勾配の坂道だったからだ。しかもものすごく狭かった。両側には軒を接するように瓦屋根が並んでいて坂道を登り切ったあたりには原色の壁に囲まれた寺院のような建物がいくつか見えた。この道だけをあるのか、とオグラという人がネギダールという女に聞くがうなり声だけで返事はない。ぼくはうなり声がさっきとは違うのに気づく。やはり言語ではないかと思う。坂道はえんえんと続き、道幅がしだいに狭くなって、やがて段差が二十センチ近くある石の階段に変わってしまい汎用車は停止した。

前方は段差で阻まれ両側には瓦屋根と土壁が迫り背後はまるで崖のような急斜面で汎用車の床は大きく傾いて何かにつかまっていないと後方に転倒しそうになる。オグラという人は制動装置をすべて使って路面にグリップさせようとするが車輪がコンクリートを引っ搔く音がして車体全体が少しずつ後へ滑っている。この道路に違うということからないか、これまで普通に話していたヤガラという人が、他のみんなと同じように助詞を崩してネギダールという女に確かめている。取引の仲介人に対して仲間内の符牒を使うのは失礼だと思ったのか、今までヤガラという人は助詞を崩さずに話していたが、周囲の景色を見て思わずいつも使っている言葉づかいに戻ってしまった。顔色も青ざめ、放心したような表情でじっと汎用車の床を見つめている。

お前らが泣こうが笑おうが意味不明の言葉を使おうがこれは誰が見ても道路だし大きいだけで性能の悪いこんな車を使うほうが愚かなだけでおれはいつもこのあたりは走行ではなく飛行するので関係ないんだが約束の場所はすぐそこの近くの横のそばにある路地の中なんだから選択は他にない、それが何かと問われれば歩くしかないと答えるしかない、ネギダールという女はそう言って開いたままのドアから坂道にジャンプして降りて坂道を歩き出しすぐに脇道に入った。女の動きはガスケットのWHを思い起こさせるほど滑らかで素速かった。どうするをいいんだ、とサガラという人がヤガラという人に大声で聞き、オグラという人は、車輪が何かで差し入れないからこのまま坂は落ちていってしまうと、制動装置を握りしめたまま怒鳴っていて、ミコリという人が、このあたりでジャミングを異常が強くてセンサーを捉えられない、と表示が消えた計器を指差しながら言った。

アンは大きく傾いている汎用車の床に手足を伸ばして坐り気怠そうな顔をしている。状況に退屈しているように見えた。サブロウさんは無表情でネギダールという女の姿が消えた路地を眺めている。これを何かは変だ、とコズミという人が周囲を見回し、サガラという人が、冗談ほどじゃないよ、引き返したほうはいいよ、と脳や人体冷凍保存用の不凍液と還元剤の金属容器を何かから守るように両腕で抱えるようにしながらそう言うが、パニックに陥っているわけではない。ヤガラという人が、ここまで来て取引からできなくなるを帰りを汎用車の燃料代でさえ買えない、と静かに言った。大金を出してコズミという人の薬を買ったことについては触れず、とにかくこの西地区で不凍液と還元剤を売って金を手にしなければ戻るための燃料も買えないから結局どこかで立ち往生してしまい警備ロボットに探知され攻撃されて全滅するという現実をヤガラという人はみんなに確認させた。選択肢は他にないと誰もがわかっている。危険を察知しても他に選択肢がないから危険という概念は意味を失いやがてその概念そのものも消える。逮捕や死は河原の石のように常に傍にある現実で想像するものではなく、ふいにしかも確実にあるとき訪れるものだった。アンが退屈しているように見えるのもそれを知っているからだ。想像が不安や恐怖を生む。確実に訪れる逮捕や死は面倒で気怠いだけだ。

4

サブロウさんが路地のほうを指差した。ネギダールという女が壁と壁の隙間から顔を出して手招きしている。その横にはやはり東アジア系だと思われる小柄な老人がいた。動物の毛皮の帽子を被り白く長いあごひげを生やした老人は眼を細めて口を半月形に開け笑顔を作り手を軽く振りながら足元に置いていた四輪の手押し車といっしょにこちらに進んでくる。老人は襟と袖に動物の毛皮が付いたジャケットを着ている。首から胸と腹部にかけて無数のボタンで留めた変わったデザインのジャケットで光沢のある布地で織られていて色は赤だった。ズボンも同じ布地だが色は黒だ。老人の背後から同じようなからだつきで年齢がまちまちの男たちが大勢現れた。全員が四輪の手押し車を持っている。四輪の手押し車は立ち往生している汎用車と左右の瓦屋根の建物の隙間にちょうど計ったように入り込むことができる。着地面の形状や傾斜をセンサーでとらえ前後左右の車輪の高さを自動的に調節してどんな斜面でも水平を保つ仕組みになっていて、子どもが一人入れるくらいの容量の頑丈なバスケットが付いていた。老人が汎用車に近づいて不凍液と還元剤が入ったジュラルミンの缶を顎で示して手押し車のバスケットに積み込むように周囲の男たちに中国語だと思われる言語で指示を出した。

男たちはみな東アジア系で一様に小柄で背丈はサブロウさんやヤガラという人の胸までしかない。だが同じ東アジア系といってもネギダールという女よりは背が高く顔の作りも一般的だった。目と皺の区別がつかないとか口に比べて異様に歯が大きいとかそういうことはなかった。男たちはみな黒のシャツとズボンでゴム製のサンダルを履いて木製のケースに入った長いナイフを腰にぶら下げていて汎用車のドアの手摺りに足をかけ次々に乗り込み不凍液と還元剤が入っている缶に群がる。サガラという人が、商品を守るようにしてジュラルミンの缶の前にしゃがみ込んでいたが、黒いシャツの男たちに囲まれ腰のあたりで揺れるナイフを見て首を振って立ち上がり、場を明け渡した。老人がヤガラという人に話しかける。ネギダールという女が翻訳する。わたしがあなた方の新たな取引相手でお互いの協力の下に品物をちゃんとこうやって運び出すことができているわけだから取引は成功でともに幸福感に満たされるからわたしの店でお祝いをしたいがぜひ参加して欲しいしそこで支払いする決まりになっているのでお祝いの席に参加する以外にあなたがたに他にすることはこの西地区ではないはずだ。

ネギダールという女はまるで老人自身が話しているかのようなしわがれた声で翻訳する。東アジア系の男たちがまず車輪の下に適当な形の石を差し入れて汎用車が後ずさりするのを止め、次に車内に入ってきて不凍液と還元剤の缶を次々と運び出した。ヤガラという人をはじめ反乱移民の子孫たちは茫然と眺めるだけだった。サガラという人は力が抜けたように床に坐り込んでいる。目から光が消えていて、燃料が切れた機械のようだった。黒いシャツの男たちは二人一組になって手際よく働く。ジュラルミンの缶を二人で抱えサンダルの音を響かせて外の仲間に手渡し手押し車に入れて路地のほうに運ぶ。決して笑みを絶やさない老人が手招きして、路地の奥へと案内しようとする。中国語で何か言って、さあもうここにも車にも用はないわけだからぜひみなさんでわたしの店へとおいで願うことにしよう、とネギダールという女が訳す。

ヤガラという人が最初に汎用車を降りた。他の人もあとに続く。黒いシャツの男たちは腰に下げたナイフの柄に手をかけ威圧して反乱移民の子孫たちが車から何かを持ち出すのを禁じた。ヤガラという人も他の人も着の身着のままで車から降りなければならなかった。黒いシャツの男たちは不凍液と還元剤を運び続けた。アンが両腕をからだの前で組むようにして歩き、サブロウさんはショルダーバッグを肩に掛けてから汎用車を降りようとした。黒いシャツの男の一人がバッグに気づき、ナイフを抜いて刃先をサブロウさんの顔の前に突きつける。ナイフは長さが数十センチもあって尖端に向かうほど刃が太く幅も広い。ナイフではなくナタだった。サブロウさんを黒いシャツの男三人が囲みナタを突きつけてバッグに触れて中を調べる。グリースガンに気づいたのだろう、手振りを交えて何か怒鳴りナタを振り上げたが、ネギダールが指笛を鳴らし、老人が路地から顔を出して、そいつはいいんだ、というように黒いシャツの男たちに向かってうなずいて見せた。路地に入るときに、反乱移民の子孫たちは立ち止まって、商品が次々に運び出されている汎用車のほうを、何かをあきらめたような表情で眺めていた。

5

人がすれ違うにはからだを横向きにしなければならないほど路地は狭く、明かりがない。先導する老人がときおり振り返り手にした棒状の携帯型ライトで後続の足元を照らした。低い瓦屋根が両側から迫り、ところどころに崩れた壁の残骸があってつまずきそうになる。路地は十メートルほど進むたびに枝分かれした。まるで迷路だ。ぼくたちは暗い路地を歩き石段を上がったり下がったりした。途中壁が半壊している箇所で建物の内部が見えた。汎用車の半分もない狭い部屋で家族だと思われる十数人が身を寄せ合うようにして食事をしていた。丸いテーブルの上の大きな容器に穀物の粒のようなものが盛られ、それを各自がスプーンですくって自分が手に持つ小さな容器に移して口に運ぶ。白い肌着の中年の女がザルの横にある容器から黒い汁を穀物にかける。黒い汁は魚の臓物を煮詰めたものらしくて辺り一帯には生臭い匂いが漂っていてスタジアムで棒食を少しかじっただけでそのあと何も食べていないと思い出した。だが、空腹は感じない。ヤガラという人をはじめ反乱移民の子孫たちの様子が変だったからだ。彼らは全員が放心状態でフラフラしながら路地を歩いていた。

路地の瓦屋根の隙間から樹木がシルエットになって空に突き出ている。どこへ連れて行かれるんですか、歩きながらぼくはヤガラという人に聞いた。罠だった、あの中国人をはめられた、おれをしたことは、なんてざまだ、これでおれたちに終わりだ、ヤガラという人はそう言って、アンで頼む、とからだを寄せてきてぼくの耳元で囁いた。お前を敬語遣いなのでだいじょうぶだがアンで頼む、アンが助けてやってくれ。先導する老人が瓦屋根の向こう側に見える塔のような建物を示し、目的地はあそこだからもうすぐだとネギダールという女が訳し、やがてふいに視界が開け地面に白い石を並べていくつかの漢字を模様のように印してある正方形の庭に出た。まだ完成していないらしくて黄色いシャツを着た五歳から十歳くらいまでの子どもたちが二十人ほどしゃがみ込んで地面に大小の白い石を置く作業を続けている。庭は建物の窓から洩れる明かりと軒から吊された赤い提灯に照らされて、日的反乱分子是熱烈歓迎、接待如疾風怒濤、電脳是情知袋、というような漢字が読めた。制作中の最後の漢字が子どもたちで遮られて読めない。合掌という漢字だけが目に入った。庭を囲むようにして四階建てか五階建てのコの字型の建物がある。路地から眺めたとき塔に見えたのは、建物が上の階に行くにしたがって小さくなっているからだ。最上階は見張り台になっていて、武器を持った黒シャツの男二人がこちらを見下ろしていた。

老人が姿を見せると建物の中や庭の子どもたちから拍手が起こった。老人も立ち止まって拍手を始め、ぼくたちのほうを振り返って拍手するようにと身振りで示した。ヤガラという人をはじめ反乱移民の子孫も、アンもサブロウさんもぼくも拍手をしたがネギダールという女だけは老人の指示を無視してさっさと建物の中に入っていく。建物は中国風の食堂で入り口は正面にあり、老凱楼という映像看板が壁に取り付けられ、その奥は吹き抜けのロビーで二階に続く階段があってネギダールという女が跳ぶように上がっていくのが見える。ロビーには大きな机の受付があり旧式のロボットが坐っていて眼球を赤く点滅させながら、いらっしゃいと大昔の電子音で挨拶する。老人が先頭に立って階段を上がる。硬そうな木材で作られた階段はとても古くて足を運ぶたびにぎしぎしと音を立てる。壁には書の額が掛かっている。文字がうねっていて何と書いているのかわからないが映像化された書で誰かが筆を動かしているかのように文字が浮き出たりまた消えたりした。階段を上がる老人の動きは年齢を感じさせない。路地は暗かったのでそのことに気づかなかった。手摺りにつかまるわけでもなく、その周囲だけ重力が消えているのではないかと思うくらい軽々と階段を上がった。

二階は広い食堂だったが客も係員も誰もいなくて皿や壺や料理の残骸だけがテーブルや床に散らばっていた。まだ湯気の出ている壺もあった。客や係員が急いで逃げたような感じだった。老人はさらに階段を上がり三階の個室に案内した。すでにネギダールという女が椅子に坐っている。紐でつないだガラス玉と電球を組み合わせた照明器具が天井に吊されていて、朱色の大きな丸いテーブルの周囲に椅子が並べてある。入り口からもっとも遠い窓際の席を示し老人はヤガラという人に椅子を勧めた。ヤガラという人の隣にサガラという人が坐り、反乱移民の子孫たちは順番に席についた。コズミという人は心臓の発作が再発したのではないかと思うほど顔面が蒼白で、ミクバという人は肩のあたりが、ミコリという人は唇が小刻みに震えている。アンはヤガラという人の隣に坐ろうとしたがネギダールという女が自分の横に来いと手を振って椅子の背を叩いた。ネギダールという女はテーブルから顔だけを覗かせて入り口に近いところに坐り、アンを右隣に、サブロウさんを左隣に坐らせてうれしそうな低いうなり声を上げている。ぼくはサブロウさんと老人に挟まれる格好で席についた。ヤガラという人と老人はほぼ正面に向かい合っている。

老人の横顔が手が届きそうなくらい間近にある。老人は呼吸と同じリズムで顔の筋肉を調節し笑顔を保っていて、全員が席についたのを確かめると毛皮の帽子を脱いで椅子に深々と坐り、あごひげを撫でながら何か言って、ようこそどうもいらっしゃい、とネギダールという女が訳した。ここは食堂らしいが料理も容器も出ていない。老人が入り口に向かって大きな声を上げるとピンクのシャツを着た男が三人現れてテーブルクロスを広げた。部屋の片方の壁一面が映像看板になっていて漢字が浮き出たり消えたりする。窓際の壁には肖像写真と署名がある小さな正方形の映像看板がたくさん掛けられている。過去にこの食堂に食事をしに来た著名人や政治家など偉い人物が記念に残していったものだろう。そういった記念の肖像映像看板を父親のデータベースで見た。

6

その正方形の映像看板を見ていると、老人が何か話しかけてきて、お前は敬語遣いか、とネギダールという女が訳した。そうです、とぼくは答える。老人はそれを聞いて満足そうにうなずいたが、そのとき目の前の風景が真ん中からパックリと割れて消えて、眩しい光で目がくらんだと思うと、次の瞬間まったく別の光景が出現した。ヤガラという人も他の反乱移民の子孫もアンもサブロウさんも誰もいなくて、その代わりに中国人たちが大声で喋ったり笑ったりしながら皿一杯のご馳走を食べ、酒らしいものを飲んでいる。向かいに坐っているのは確かにあごひげを生やした老人だが年齢が若返っている。部屋の様子も違った。テーブルは朱色ではなく紫で壁には映像看板ではなく正方形の紙を入れた額が飾ってある。

メモリアックが作動しているときの感覚、何かを探していて別の印象深い何かを偶然発見してしまったときのような、とまどいと喜びと期待が脳と内臓から同時に湧き起こる。あの正方形の映像看板か、あるいはこの部屋全体にメモリアックの装置が隠されているのかも知れない。だいじょうぶだ、アキラ、お前は助かる、という声が聞こえてきた。どこか遠いところに運ばれていく感覚が始まる。反乱移民の子孫たちはあと数分後にナタで切り刻まれて殺されるがお前は敬語遣いだとわかったのでおれが自治大臣にもう頼んで了解をもらっているので友だちのクチチュといっしょにお前のことはおれが助けてやるが尖った髪をした手足の長い女は頭を操作されたあとで性玩具として売られてしまうのをおれは助けられるかどうかわからないから状況をよく観察して工夫して発言し行動しろ、とネギダールという女の声が頭の中で響いた。

7

中国人だと思われる東アジア系の人々が丸テーブルを回し大きな皿に盛られた料理を自分の小皿に移し口に運んでいる。油にまみれて光っている青い野菜、反り返ったりねじれたりしている小さな魚、小動物の足のように見える細切りの肉、半月形の饅頭のようなもの、灰色と黄色の粉、平たい紐のような麵、見たことのない料理ばかりだ。さっきまで目の前に見えていた部屋の作りや窓の位置は同じだ。テーブルも同じ形だが新しい。朱色ではなく紫に塗られていて光沢があり天井から下がるガラス玉と電球の照明器具を反射している。さっきまで目の前にあった光景は殺風景な印象があった。部屋の大きさに比べて人が少なく、ヤガラという人も他のみんなも黙っていて、誰も話をしなかったからだ。今ぼくが見ている光景はメモリアック映像で、現実ではない。おそらくヤガラという人も他の反乱移民の子孫たちもアンもサブロウさんも似たような過去の映像を体験しているはずだ。

目の前に見えるのは大勢の東アジア系の人で、テーブルを囲んでいて、まるで言い争うように誰もがいっせいに身振り手振りを交えて興奮気味に話している。罵り合っているように見える。実際に誰かを指差し攻撃するかのように腕を振り上げながら怒鳴っている人もいた。次々に運ばれる食べ物の湯気と煙草の煙が渦を巻きながら立ち上って窓ガラスが曇っている。音声も匂いもないがときおり効果音のような印象的な音が聞こえてくる。波とか風、エアコンディショナーの雑音とか、そんな種類の背景音だ。部屋には人があふれている。椅子が足りなくてテーブルの背後で立ったまま飲んだり食べたりしている人もいる。見ている光景の中にぼくはいない。だがぼくは体験するように光景を眺めている。自分がカメラになったような感じだ。

五十九年前だ、という声が頭の中で響く。最初その声を感じたときにはネギダールという女のものだと思ったが、今は違うような気がする。壁に掛けられたシキシを見ろ、という声がまた響くが、音声が届いているわけではない。信号が頭の中で響く。シキシというのが何かわからないがたぶん壁に掛かっている額に入った正方形の紙だろうと思う。正方形の紙には忠義即自己犠牲という漢字が書いてある。さっきまで見えていた部屋の壁には同じ正方形の映像看板がいくつも掛けられていた。その映像看板にメモリアックが内蔵されていたのかも知れない。五感を支配するメモリアックではなくある神経に作用して映像だけを喚起する旧型で触覚と嗅覚には変化がない。部屋にあふれている人々は赤ん坊から老人まで年齢がさまざまだった。大家族が何組か集まっているのかも知れない。そうだ、お前が考えるとおりで、窓際の壁に掛けられているのがシキシだ、という声が頭の中で響く。ネギダールという女の声ではない。シキシというのは色の紙と書いてシキシと発音するがそれを見てどういうものかわからなければだめなのだが、アキラお前にわかるだろうか、わたしは願うような気持ちでこの言葉を送っているのだ。

アキラ今お前が見ているところの、中国人街にある食堂旅荘の個室の壁に掛かっている色の紙と書いてシキシと発音する色紙は、驚くべき情報が内蔵されていてこれからお前は時制の違う三種類の事実を知る。その準備をしておくべきだろう。現在の時制ではこれまでお前を移動させてくれた反乱移民の子孫たちが殺される。猿と人間の混血だという女がいるはずだがその女が本当に猿と人間の混血かどうか本人にもわからないが女はクチチュのことが気に入っているから助けるつもりらしい。そしてお前も殺されることはない。反乱移民の子孫たちが西地区の宋文に連絡を取ったことを知ってお前のことを宋文に伝えた。猿と人間の混血の女にも話してある。宋文というのは歓楽街西地区にある中国人街のリーダーで勝手に自治大臣というありもしない役職を名乗りしかも不法にSW遺伝子を入手し注入していてわたしよりはるかに年上だ。要するに反乱移民の子孫たちは宋文に殺されるのだ。反乱移民の子孫たちは取引相手に裏切られた。取引相手は反乱移民たちが約束の時間に大幅に遅れたので不安になり、取引そのものの権利を宋文に売った。宋文は百万共通円で取引権を買い、脳と人体の超低温保存剤と還元剤と汎用車をその数倍の値段で売るだろう。反乱移民の子孫たちは仲間を決して見捨てない伝統があり、それは美徳であり強みでもあるが、反面歴史的にも幾度となく危機に陥り、大勢が命を落とす結果となった。それがまた歓楽街の西地区で繰り返されるわけだ。

8

アキラ、お前は反乱移民の子孫たちが殺害されるところを実際に見なくても済むようにわたしが猿と人間の混血の女に話をつけてあるから色紙で歴史を学んだあとに逃げるがいい。また逃げなければならない。しかし逃げるのは簡単ではないぞ。宋文は裏切る。わたしのことを恐れているのでお前を殺すことはない。そういう約束になっているからだ。だが命は助けても逃がさずに拘束しようとするかも知れない。宋文に捕らえられたら敬語遣いの奴隷という恐怖の運命が待っていて昔宋文は敬語遣いの奴隷を入手して逃亡できないように両足を切断したことがあり、舌と声帯さえあればいいのだからと弁明したと聞いた。猿との混血を自称する女は宋文と契約するフリーランスの飛行家兼連絡員でクチチュの男を保護しお前を殺さないという約束を取り交わしている。どうすれば拘束されずにクチチュといっしょにその場所から逃げ出すことができるか懸命に考え直感ではなく論理で導き出した方法で脱出すべきだ。それがどんな方法かわからなければ、またそれを実行できなければ、そもそもお前はわたしに会いに来る資格がなかったということになりわたしは嘆き悲しむだろうがそういった現実を受け入れるのは慣れているからあきらめる。

もし逃亡できたときは自動的にアンジョウのもとへと導かれる。猿との混血を自称する女とはすでに話がついていてその類の女は真の権力に敏感でわたしのような人間との契約を決して裏切らないから、逃亡さえできれば安心してもいいがこれからの体験は全体として極めて不快で危険なものとなるであろう。猿との混血を自称する女にはアンジョウの住処へと逃れよという命令を出してある。アンジョウはトモナリという偽名で西地区の外れにある羊バスの一つに住み、お前がタナカアキラだと名乗れば驚き怯え許しを請うだろうが反応する必要はない。ためらうな。現在わたしは食堂旅荘の個室の色紙に内蔵されているメモリアックを通してお前に話しかけている。今お前が見ているのは五十九年前の映像で、宋文たちは悲劇的な過去を忘れないように色紙に記録させ、食堂旅荘を訪れる人たちに文化経済効率化運動というものがどういうものだったかを強制的に追体験させる。

宋文は二度にわたる移民内乱と文化経済効率化運動を生きのびた数少ない一人で十七ヵ国語を話すが一生涯中国語しか話さないと決めている。わたしには宋文を四度殺す機会があった。冷酷無比でいっさいの感情を封印し笑顔しか作れない偉大な男は決して死ななかった。宋文は二度の内乱と文化経済効率化運動で数万人の同胞を裏切って数十万人の同胞の命を救ったとも言われているし、数十万人の同胞を見殺しにして数百人の同胞を救ったとも言われているがリーダーというのはそういうものだから驚くに値しないしどちらも正しい。今も昔も常に命を狙われているが信奉者が守っていてたぶんこれからもほぼ永遠に生きのびるだろう。宋文が文化経済効率化運動を生きのびることができたのは、文化経済効率化運動の本質を理解していたからでそんな人間は日本人だろうが中国人だろうがほとんどいなかった。これからお前は象徴的な光景を見るだろう。食事のあとで儀式のようなものが始まるだろう。彼らはわたしを崇拝する民兵たちに迫害されていて、日本国に対する極端な忠誠を誓うことで逃れようとした。もちろん偽りだったが、忠誠は盲目的なので真偽など最初からどうでもいいのだ。つまり偽りとか真実とかは関係なく、単に忠誠というばかげた概念があるだけなのだ。

9

ぼくはそういった声を聞いているわけではなかった。声が頭の中で響いているように感じるが、空気の波である音声が届いてそれを聴覚が翻訳するわけではない。メモリアックはぼくたちの身体の内部のＩＣチップを通じて感覚神経を刺激し音声や映像を伝えたり喚起したりする。前世紀初頭の中国山東省の大学でマイクロ電極を脳に装着した鳩に飛行や旋回や帰巣の命令信号を送った実験がメモリアックの原型だと言われている。今ぼくはメモリアックを介して信号を受け取り音声を組み立てている。頭の中にキーボードとモニタがあってまるで自動演奏ピアノのようにキーが勝手に動き文字の連なりが浮かびその文法と意味をすくい上げながらぼく自身が声に出さずに読み上げる、そんな感じだ。だから再生音によってはネギダールという女の声に聞こえたり誰か他の人の声に聞こえたりする。食事のあとで儀式のようなものが始まるという信号が届いた直後、実際にまだ料理が残っている大皿や小皿が制服の女たちによって下げられて、からだを寄せ合うようにして全員が立ち上がった。

文化経済効率化運動が始まって数年経つとわたしが提唱したさまざまな哲学と論理性と合理性はすぐに教養と化しやがて単なる教養となりそして非科学的で非合理でバカげた行動に

吸収され歯止めが効かない地点へと堕落していったのだ、という信号がぼくの内部で響き、目の前に繰り広げられている光景の中心には、紫のテーブルの中央を指差す若い宋文がいる。若いころの宋文は現在と同じような光沢のある赤い中国服を着ているが笑顔はなく表情には緊張と苦悩が充ちている。宋文は深い溜息をついたあと濡れた布でテーブルを何度も拭いてきれいにする。そしてすぐ隣にいた中年の男に合図を出して三脚に載ったビデオカメラを用意させその前で自分は中国服を脱ぎ胸を露出させ手にした丸い金属片を部屋のみんなに示した。一千共通円コインくらいの大きさのバッジだ。バッジの表面に文経効率最善と書かれた極細の蛍光管文字が点滅している。そのバッジのピンを、宋文は服ではなく胸の皮膚にゆっくりと突き刺していく。黒ずんだ乳首のあたりから一筋の血が腹のほうに垂れている。

宋文はビデオカメラに向かって血が垂れる自らの胸を示し涙を浮かべ切々と何事かを訴え部屋にいる全員に対し身振り手振りを交えて必死の形相で叫んでいる。若い女が一歩進み出て椅子の上に立ちシャツのボタンを外して胸を露わにした。宋文がビデオカメラのほうを向くようにと女に命令してバッジを渡す。女は乳房の肉をつまむようにしてピンを刺した。ぼくはそんな映像を見たくないと思った。だが顔をそむけることも下を向いて目を閉じることもできない。脳の中で喚起されている映像なので変えたり消したりできない。他の人々も次々に胸をはだけてバッジを皮膚に突き刺している。宋文は手を振り回しながら叫び続けている。だが宋文の叫びに応じない人たちがいる。服の胸のあたりをかばうように押さえながらバッジを皮膚に刺すのを拒んでいる人たちがいて、彼らは部屋の隅に集まっている。宋文は脅すように叫んだり涙を流しながら哀願するように両手を合わせて御辞儀を繰り返したりしているが、部屋の隅に身を寄せ合っている人たちは怯えた表情で首を横に振っている。宋文はあきらめたようにしばらく天井を見ているが、やがてすでに乳房にバッジを突き刺していた髪の長い女に何事かを耳打ちする。すると女はうなずいたあとで、背後にいた二歳くらいの幼児を抱き上げてテーブルに乗せた。

宋文は自らもテーブルに上りあぐらをかいて幼児の服を脱がせ全裸にしてまずピンク色の小さな乳首のすぐ横にバッジを一気に突き刺す。バッジの重みで幼児の胸の肉が垂れ血が噴き出し人々が悲鳴を上げる。人々は口に手を当てて宋文に止めてくれと訴えているようだ。女たちは泣き出す。幼児はただびっくりして泣くのも声を上げるのも忘れているかのように口を開け目を大きく見開いたままじっと宋文を見つめている。宋文は次に幼児のもう片方の胸に二つ目のバッジを刺す。幼児の全身が小刻みに震えだし胸から下がるバッジが揺れて天井の明かりをきらきらと反射させる。宋文は幼児を指差しながら、部屋の隅に固まっている人たちのほうを向いて涙を流し何かを訴える。幼児の胸の肉がビデオカメラでクローズアップされる。二つのバッジが刺さった箇所から、軒先の雨粒のように血の玉が膨れ上って今にも垂れそうだ。

宋文は拳を突き出して何かを叫び、バッジをもう一つ取り出して幼児の後頭部を左手で押さえ右手の人差し指でまず目を示している。そして次にピンを握り尖端を眼球に近づけていく。宋文の手がブルブルと震えている。部屋の隅でひとかたまりになっていた人たちにさざ波のように動揺が走るのがわかる。一人の若者が何か叫び泣きながら首を振って土下座をする。両手を合わせ何かを宋文に懇願し始める。若い女が同じように土下座をしてそのあとテーブルの上の宋文に両手を差し出し、膝でにじり寄るようにして宋文に近づき足にすがって泣き叫んでいる。やがて他の全員も宋文に群がり足にすがりつき、手を押さえて幼児から引き離そうとして、両手を合わせ御辞儀をしながら我先に衣服を脱ぎ、いっせいにバッジを手に取って胸のあたりの皮膚をつまみ、ピンを刺しはじめた。

10

色紙は全部で四十三枚ある、と音声の信号がぼくの内部で響く。お前が見ているのは、文化経済効率化運動を象徴するバッジを衣服に付けることを許されなかった宋文たち中国系移民が当局に忠誠心を示そうと、皮膚にバッジを突き刺してそれを記録し、政府に提出した映像だ。皮膚にバッジのピンを刺すのは痛みと恥辱をともなう行為で移民たちの中には拒む者も多くいたが宋文はまず最初に自分の幼い娘の胸に鋭いピンを突き刺し次に眼球に突き刺す意志を示して大衆を扇動した。有名な逸話となっている。しかし十数年が経過したころ、宋文によってピンを突き刺された女の幼児が、本当は娘ではなかったと証言し、そのあと殺されるという事件が起こった。わたしは宋文のことをよく知っていたので彼ならやりかねないと笑ったものだった。笑止千万。宋文は移民の結束を高めて結果的に文化経済効率化運動時代を生きのびた。時代によって異なるが色紙が喚起する過去の記録はだいたい似たようなものだ。宋文は不倶戴天の敵でありながら、ときおり有用な協力者として尽くしてくれた。

当時わたしはすでに強力な影響力を保持していて最貧層の救世主とうたわれた。当時の政権やコングロマリットや大手既成メディアを批判し官憲による逮捕の憂き目も見ていたからだ。四度逮捕されたが当時の警察当局は民主的で拷問もなく、服役することでわたしがさらに英雄的に大衆に迎えられより面倒な事態になるのを政府と検察が恐れたせいで、三度不起訴となり一度だけ起訴されたが刑の執行は猶予された。断固たる批判精神と度重なる逮捕によりわたしは、商品と化した自らの労働力が移民と競合し最貧の生活を強いられていた大多数の若者たちに熱狂的に支持され、さまざまな形で指示を出しさえすれば数千数万を動員できるようになったが、わたし自身は滅多なことでは行動に移さないと決めていた。

人口の減少および労働力の移民への依存度は幾何級数的に高まり生産性は劇的に下がり幾度となく円は暴落してやがて燃料と食料が欠乏するようになるが一般大衆の政治意識はゼロに等しかった。世襲議員と女だらけの国会と内閣は、青色と桃色の花園と揶揄され、政治家を志す者は脳みそのないゴキブリと同類だという共通理解が出来上がっていた。自らの意志ではなく大衆に担ぎ出される必要があり時機を待ったがその日は突然訪れた。最貧層の若者たちが街頭で爆発したのだ。若者たちは首都圏の二十数ヵ所で移民たちを襲い何百人もの死傷者が出た。わたしはメディアに登場して若者たちに対し謝罪の必要はないと言明した。必要なのは謝罪ではなく加害者への懲罰と被害者への補償と当局の深い反省と現実的な対策と未来への希望だと静かに主張した。その声明は、加害者の若者たちからも被害を受けた移民たちからも支持され、謝罪は非効率で事態を曖昧にする絶対悪だという認識がその後広まることになる。

被害を受けた側が救助や補償より加害者の謝罪を優先する精神文化は外部からの侵略や内部の住民移動や価値観の転換がほとんどない閉じられた共同体のみに見られる。虐待を受けた幼児などに代表される弱者の被害については強者の謝罪が必要とされるが平準化し成熟した社会においては謝罪による心情の救済よりも、まず罪を認めることと、次に契約による補償と原状回復を目指すべきである。同様に移民の犯罪行為でも加害者は謝罪の必要はなく懲罰を受け反省を示せば済むのだと規定し、同時に移民たちに敬語を強要するのを止め、やがては国民全体に敬語の使用を禁じた。価値観と秩序の混乱を止めるためには多様な領域でのコミュニケーションの厳密化と効率化と合理化が必須で、敬語は格好の標的だった。謝罪と敬語を禁じられた政治家や経済人は政策や対策や経営戦略を簡素で正確な言葉で表現しなければならなくなり低い伝達能力を晒して笑いものとなり文化経済効率化運動の初動期に大衆はそうやって慰められ、そしてわたしに喝采を送りわたしは英雄となった。わたしはわたし自身が偶像になるのを避け崇拝を禁じることで逆に凄まじいカリスマ性を手に入れたが、批判を奨励し隠然として確固たる政治的影響力を持ちながら国会にも内閣にも関わらなかった。そのことがさらなる動員力につながり非政治組織や非営利組織が大量に産まれ、ついに私兵が誕生した。

当初非武装で非暴力だった私兵だが、街頭で警察や既得権益層と物理的衝突を繰り返すうちにスタンガンや鉄パイプや革ベルトを携帯するようになり政治エリートや経済人や文化人を暴力で怯えさせ屈服させることに強い快楽があると知ってから、実力行使の度合いと規模が拡大し構成員が飛躍的に増えた。私兵は西日本では龍騎隊と名乗り、東日本では価値防衛隊と呼ばれるようになり後に合流して簡素な呼称である防衛隊を正式名称とした。防衛隊は同一労働同一賃金を守らない企業を攻撃し、最低賃金を上げることに消極的な政治家を拉致して拷問したが、警察は内乱を恐れて黙認し続けた。防衛隊は初期には移民の諸権利と生活と財産を守るという立場だったが、当然のことのようにすぐに移民排斥運動の先頭に立つようになった。

文化経済効率化運動の精神に則って国籍法も改正されることになり固有の文化伝統と宗教的習慣を廃止する動きが出ると、日本人よりも激しく移民たちは反対した。改正国籍法の基本は日本で生まれた子どもには原則的に日本の国籍を与えるというものだったが、条件として母国の伝統的な祈禱や教会や衣装や髪形や携帯品の自発的な自制を求めたのだ。移民たちはいっせいに反発した。日本人との間に衝突が起こるようになり華僑系移民が自衛のためと称して東南アジアの傭兵を集めた警備会社を作り価値防衛隊と衝突するようになってここに第二次移民内乱の萌芽が形成された。

お前が見た五十九年前の中国人街の一室の光景はちょうどその時代のものだ。価値防衛隊が財閥系の重機工場を襲って武器を奪い、移民への実質的で深刻な迫害が起こっていた。多くの移民が殴打され拷問され射殺された。差別による迫害は深化拡大する。中国系移民は論語や毛沢東語録や仏教それに赤と金色で彩られた提灯や伝統料理まで自粛すると誓ったが、忠誠が足りないと徹底的に追い詰められた。宋文は犠牲的献身というスローガンで迫害に対抗した。それは自身の肉体や精神を自傷してそれ以上はないという反省と忠誠を示し、さらに身内や家族を罰してその様を記録し、当局や防衛隊に映像記録を差し出して殲滅《せんめつ》を避けるという方法だった。

11

お前の友人や反乱移民の子孫たちは別の色紙が喚起する同時代の別の光景を見ているはずで、それは金具のついたベルトで孫たちに繰り返し殴打され背中や尻の肉が切れて血を流す祖母や祖父だったり、自刑と称して広場で一人ハンドスピーカーで自ら罪を告白し自身に死刑を宣告して自作の絞首台で首を吊る少女だったり、下半身麻痺の母親を車椅子ごとビルの屋上から突き落とす少年だったり、大量処刑した同胞の遺体を並べ腐乱していくのを公開する死体展示会という催しだったりいろいろだが、反乱移民の子孫たちはその光景を見ながら殺されることになっている。クチチュは殺されない。また敬語遣いのお前も命は助かる。だが繰り返すが、拘束されるはずなのでお前は逃亡しなければならない。お前と次に通信できるのがいつになるかは不明だがアンジョウに会えばわたしの居場所と経路と必要な交通機関はわかる。アキラ、もうすぐメモリアックの信号が途切れる。目の前の光景に魂と言葉を失うな。

ぼくの頭の中で響いていた信号がふいに途切れた。視界が無数のピクセルに分かれて景色が分割され、メモリアックの映像がひび割れるように消えていって、年老いた宋文が支配する現実の個室が再び目の前に現れ、一人の黒いシャツの男が握るナタの刃が上唇のあたりまでめり込んでヤガラという人の顔が左右にパックリと裂けているのが目に入った。現実が輪郭を現し、反乱移民の子孫たちの処刑が音をともなって目の前に展開される。視界の大部分を古くなった朱色のテーブルが占めていて手前にぼくの両腕があり肘や指や甲に血と体液が飛び散っている。体液も血液も人間の身体から噴出したばかりで独特の匂いがする。誰の血かは不明だ。全員がすでに処刑されているからだ。正面にナタで顔を割られたヤガラという人がいてその横にサガラという人がいてやはり頭部にナタが深々とめりこんで、ぼくは左右に分かれてだらりと垂れた顔を眺め、まるで花のようだと小さな声でつぶやき、それが誰の声なのか自覚できていないと気づいた。ぼくのつぶやきは他の誰かが発している悲鳴で聞こえない。アンの悲鳴だが、ぼくはアンという名前とそれが表すものが心に浮かぶのを拒もうとしている。視界から意味を切り離そうとしている。花のようだ、機械的にぼくは何度もそうつぶやく。

ヤガラという人の顔もサガラという人の顔ももう人間の顔には見えなかった。人間の顔は実際に真ん中から割ることができるのだとぼくは心のどこかで感心している。ふいにコズミという人の処刑が再現されてぼくは背筋と下腹部が凍りついた感じがして小便を漏らし意識と感覚が麻痺するのがわかった。再現された映像ではなく現実かも知れない。コズミという人の処刑が最後に行われたのかも知れないがいずれにしろぼくは目撃してしまった。黒いシャツの男が持っていたのはナタではなかった。Ａ４判のノートブックほどの大きさで、ほぼ正方形の料理用の包丁だった。コズミという人は放心状態で身体が小刻みに震えていたが動こうとしなかった。背後から黒いシャツの男がいきなり料理用包丁をコズミという人の頭頂部に振り下ろした。グチャという音がして包丁は半分ほど頭頂部にめりこみ、すぐにもう一人の黒いシャツの男が大人の頭部ほどの大きな木槌を振り上げて包丁の刃の背に打ち下ろした。ほぼ正方形の包丁はコズミという人の顔を真っ二つに裂きながら沈んでいったあとに引き抜かれ、そのあとで仕上げをするようにナタが開いた傷口に何度も振り下ろされ、そのたびに血と体液があたりに飛び散った。

アンは大量の血と体液を浴びて力を失い椅子から崩れ落ちそうになっていて二人の黒いシャツの男が身体を押さえつけている。悲鳴だと思っていたのはアンの喉の音だった。呼吸のたびに喉が笛に似た音を出している。サブロウさんはネギダールという女に身を寄せるようにしている。ネギダールは枯れ木のような指で目を覆い、サブロウさんに、見るな、と言っている。サブロウさんは惨劇から遠ざかろうとするがわずかにのけぞるだけで身体が硬直し手足や顔を動かすことができないようだ。宋文は、血と体液で汚れないように半透明のピンクのビニール製の傘をかざし、ときどき傘の下から覗き込むようにして処刑が手際よく進んでいるかを確認している。本当に花に似ているとぼくはつぶやき続ける。真ん中から割れて左右に垂れ下がったオグラという人の顔は、大きな耳がテーブルにくっつきそうで、つぶらな目は花弁を彩る紋様のようだった。血と体液は一度大量に飛び散ったあと裂け目から排出され前後にあふれていてオグラという人の顔はまったく汚れていなかった。

他の反乱移民の顔もほとんどきれいに左右対称に割れ、オグラという人とミクバという人は鼻もちょうど真ん中から二つに裂けていた。パックリと割れた裂け目には赤黒い血のかたまりとボロボロに千切れた白い脳が首の骨に引っかかるように載っていて片方の唇の端から異様に長い舌が飛び出て、それがちょうど花から伸びるめしべのように見えた。テーブルの上に奇妙なものが転がっていてミコリという人が顔につけていた透明な樹脂製のマスクだった。まるで花みたいだというつぶやきが止まらなくなっている。宋文が何か言っている。中国語だったがネギダールという女がサブロウさんに翻訳しているのが聞こえてくる。女と敬語遣いの目を潰してからてきぱきとここを掃除しようではないか。ネギダールは宋文にサブロウさんを指差して何か言って立ち上がろうとしている。一人の黒いシャツの男が細長い針を懐から取り出した。ぼくはこれから何が起こるのかを知っている。宋文はアンとぼくから視力を奪う。ぼくを敬語遣いの奴隷として手元に置いておきアンは性的な奴隷として売るのだ。左右対称に切り裂かれた反乱移民の顔を機械的に花にたとえることでぼくは光景から意味を剝がそうとしている。

手と顔と上体は血と体液でべとべとで椅子は小便で濡れていて意識も感情も恐怖とショックで凍りついたままだ。身体の内部のそれぞれ深さの違う三層から、言葉が湧き上がってくる。表層の花の比喩だけを、ぼくはすくい上げる。左右にほぼ対称に割られて垂れた顔は花にそっくりだ、そういう比喩は現実から意味を引き剝がしてくれる。比喩をつぶやいている限り現実と向かい合わずにすむ。だがそんなことに気づいてもどうしようもない。中間層からは叫び声がせり上がってくる。しかし表層の花の比喩がそれを押しとどめる。ほら、と表層の比喩はぼくの声帯を震わせ唇を動かし続ける。ほら、見れば見るほど、あれは花以外の何ものにも似ていないよ。すべての事象は何かに似ているから、比喩を使えばどんなものも現実感と意味を剝ぎ取ることができる。決して見たくないもの、もっとも親しい者の死、幼い女の子の切断された指、年老いた女の性器とつながっている自分の性器、それらは必ず何かに似ているから、あの子の指はまるで芋虫みたいだ、と比喩をつぶやけば表面をなぞるだけで現実に接触しないですむ。比喩は逃避だ。

12

表層から湧き上がる比喩の波が不快なものだと気づくのは苦痛だった。比喩はつぶやいたあと消えないで残る。皮膚に貼りつく気がした。じんましんのような症状を感じた。皮膚が比喩で覆われて醜い突起ができている。比喩は逃避であるだけでなく病気なのだとわかった。剃刀《かみそり》が欲しいと思った。剃刀で皮膚と比喩を削ぎ、ひんやりした空気に身体をさらしたいと思う。比喩は憎むべきものだと気づくと、最深部からの信号が強くなった。まるで地中深いところでうごめく気味の悪い虫のように、身体の最深部で言葉になる前の音声記号のようなものがもがきながら震えているのを自覚できた。それがどんなに恐怖に充ちたものであっても現実から意味を切り離してはいけない。意味を失った現実は遅かれ早かれ死を運んでくる。ぼくは最深部の言葉をつかもうとする。唇を強く噛む。だがそんな刺激では信号は言葉にならない。黒いシャツの男が細長い針を右手でクルクルと回すようにしながらアンに近づいていく。ぼくの脇を通り抜けようとしたときに針を奪った。茫然自失の者からの抵抗を予測していなかったのだろう。針は簡単に奪うことができた。黒いシャツの男は中国語で何か怒鳴ってナタを振り上げたが、宋文がそれを制した。なぜ自分がそういう行為を選ぶのかわからない。だがぼくはシャツを切り裂いて乳首の周辺の肉をつまみ宋文の顔の前で針を刺してみせた。

痛くない。恐怖で感覚が麻痺しているのだろう。だが刺激は最深部を揺らした。言葉がよみがえってきた。目の前の光景に魂と言葉を失うな。言葉は痛みとリズムを合わせるように半ば自動的に何度も繰り返され花の比喩を壊す。目の前の光景に魂と言葉を失うな。皮膚から一筋の血が流れる。目の前の光景に魂と言葉を失うな。誰の言葉なのかわからない。だがそんなことはどうでもいい。どこかで学んだのだ。どうやって習得したのか不明な知識をぼくは多く持っている。宋文がはじめて表情を変えた。微笑みが消えた。最深部から新しい言葉が届いた。それを吐き出そうとする。宋文に近づき胸から垂れた血を示すようにしてぼくは言った。犠牲こそ愛でございます。それを聞いた宋文は一瞬呆気にとられた表情をして、すぐに血相を変え何か叫びそうになったが右手を口に当てて押しとどめ、絞り出すように、あなたね、もう一度言うですよ、聞きたいからですよ、と不正確な敬語で言って、ぼくは繰り返した。犠牲こそ愛でございます。どうしてそんな言葉が出てきたのかわからない。しかし意味と由来はわかる。数十年前に犠牲的献身運動で宋文が同胞を殺したあと日本政府と価値防衛隊に対し必ず口にした言葉だ。文化経済効率化運動のあと宋文はその言葉を封印した。宋文は同胞に対して偉大なる功績があり、また信じがたい裏切りを行った。その裏切りを象徴する言葉だった。

宋文は憎しみと畏れが混じった目でぼくを見つめている。ネギダールという女が宋文に指を突きつけ、そのあとでサブロウさんとぼくとアンを指差しながら恐ろしい早口でどこの言葉かわからない言語で話し出した。宋文が何か中国語らしい言葉で言い返す。ネギダールは首を振り顔中に皺を作って笑いながら、欲張ると内臓まで失うぞ、礼儀を守れ、今後のことだがおれが仲介する人間や猿を黙って殺さずに殺すときは前もって殺すと言え、と日本語で言った。宋文はそれを聞いてまた微笑みを取り戻し、顎を出口のほうに向けて、アンとぼくの解放に同意した。

第十一章　ネギダールの飛行

1

あいつらはああやって叩き割った頭でうまいスープを作ると言うんだが、脳みそと頭蓋骨でスープを作るらしいんだが嘘なのか嘘に決まってるのかわかったもんじゃない、ネギダールという女はそういうことを言って、たぶん笑い声だと思われる耳障りな音を立てながら先頭を歩いている。金属がきしむような不快な甲高い笑い声で、しかも奇妙な具合に、また規則的にぷつぷつと短く途切れる。下り坂の路地は明かりがなくまっ暗だがネギダールという女は跳ねるように軽やかに進み、ぼくたちが追いつくのを待つためにときどき立ち止まる。ぼくとサブロウさんはアンを両側から支え急傾斜の坂道の路地をおそるおそる下っている。アンは操り人形のようにぐったりとして呼吸が浅く喉が笛のように鳴って、ネギダールという女が、頭とか脳みそとか頭蓋骨とかそんなことを言うたびにビクンと身を震わせる。ネギダールという女はまるでアンのそんな反応を面白がっているかのように、反乱移民の子孫たちの処刑をえんえんと話す。

こんな暗いのにあのネギダールという名前の女はどうしてあんなに速く歩けるんでしょうかとぼくは言ったが、サブロウさんはそれには答えずに、あいつはどんな靴を履いているのかな、とつぶやいた。ぐったりとしているアンの身体は重くて、坂を下っていると肩や腰が痛んできた。何か喋って気を紛らわせないと力が萎えて石段を踏み外してしまいそうだ。そういえばネギダールという女がどんな靴を履いていたのかはっきりとした記憶がない。たぶん革で編んだサンダルのようなものではなかったかと思う。あいつらが脳みそと頭蓋骨と吹き出た血でスープを作るなどと言う割りにはあいつらは福建出身だから知ってるわけがないんだが一人だけあいつらの中に広東の料理人がいて人の身長より高く勢いよく燃えさかる強い火があれば頭蓋骨と脳みそと人間の脂が浮いた黄色いきれいな色のスープができるって言っていたがこの街にはそんな強い火力のガス調理器がないから油で揚げてフライにしてマヨネーズをかけて食べるしかないんだよ。

ヤガラという人とその仲間が惨殺されるのを目の前で見て、動悸が収まっていない。だが、悲しみの感情はなかった。異様で残酷な処刑を見て感覚が麻痺してしまったのか、悲しみを感じるには反乱移民の子孫たちと出会ってからの時間が短いのか、あるいは両方なのだろうか、サブロウさんはあまり衝撃を受けていないようで、どうしておれたちは助かったのかな、と独り言のようにつぶやいた。それが不思議だったのかそれはおれがお前を助けると最初からあの年寄りに納得させていたからだ、とネギダールという女はこちらを振り向いてうれしそうに言った。あの年寄りのあいつは年寄りだから人をただの食料だと思ったり食料を人だと思ったり芋を人だと思ったり人を西瓜だと思ったり人を人だとは思わずに食料や道具だと思うから、昔から人の頭を割ったり皮を剝いだりするのが好きで誰かれなしによくあいうことをやっているくせに年寄りだから知識が好きだし、損をするか得をするかまずそれを話してやればいいんだが、お前とその女を奴隷にしてもあまり金にならないし敬語遣いは目立つので目を潰して奴隷にしたことがわかったら面倒だぞと、おれは思い知らせてやったんだが、それよりお前が言ったことにびっくりしたみたいだがそれはお前のことを知らないからで、確かにお前はすごいけどおれはお前のことをあの宇宙ステーションにいる人に聞いているからいくらすごくても驚かないのは当然で驚くのは変だろう。ネギダールという女はそういうことを言いながら再び歩き出し、しばらくすると小高い丘の上に出た。

2

眼下に歓楽街が広がっていて、高い崖に面してコンテナを三つ接続したようなL字型の建物があり、これはおれの家だが住まいには適していないので中に入ることは入るが長居はしないからどうせすぐに出発するからよかったら中に入れよ、とネギダールという女が言って、首にかけていたネックレスの動物の骨の一つを手に取ってボタンらしいものを押す。動物の骨が発信器になっているようで油圧がかかる音がしてドアではなく前後二つの壁全体が外側に向けて跳ね橋のように開いた。こんなところに誘い入れてどうしようというのだろう、ぼくはアンを支えたまま建物に入るのを躊躇した。サブロウさんが、何かあるぞ、と建物の内部を示す。乗せてやるから入れすぐに出るから入れ、そう言いながらネギダールという女は建物の中に入っていき、再度ネックレスの動物の骨を操作すると小さな赤い明かりがついて、深紅の飛行自動車が浮かび上がった。

これはダグラスマクドネルとメルセデスが極秘で開発した四十五年前の最新鋭機で世界中にあるのはたったの四十機だから行こうと思えば月までも行けるが行こうとおれは思わないからまだ行っていないが大気圏外にも行こうと思えば約十二分四十秒で行ける、ネギダールという女はそういうことを言いながら、飛行自動車の機体中央部のドアを開けて三つの金属繊維の封筒を確かめ、履いていたサンダルのようなものを、足を振り上げるようにして脱ぎ捨てて裸足になった。薄明かりに照らされたネギダールの足は手と同じように枯れ枝のように細くて黒く、指が異様に長かった。飛行自動車は凸レンズを思わせる平べったい円形の機体に、折り畳み式の主翼と備え付けの尾翼が付いたシンプルな形で、機体部分は汎用車の半分ほどの大きさだった。ネギダールは動物の骨を操作しタラップに足をかけふわりと身体を浮かせ吸い込まれるように前の坐席に座り、ジャケットを脱いだあとで、まず汚れを落とせ、と言って、建物の棚にかけてあった布きれを示した。ぼくとサブロウさんはその布で身体と髪と衣服に付いた血と体液と小便を拭き取り、だいじょうぶだと声をかけながらアンの身体と衣服をそっと拭った。布きれはすぐに血と体液でベトベトになった。

もう乗れ。ネギダールが枯れ木のような手を振り、頭上のボタンを押してパワースイッチを入れ、そのあと高圧の気体が細い管を移動する音が聞こえてきた。サブロウさんがアンを抱きかかえて後部座席に乗り込む。後部には三人分のスペースがなくぼくは操縦席のネギダールの隣に坐った。ぼくの身体に合わせて背もたれの形状が自動的に変わり、肩のあたりからベルト状のアームが伸びてきて胸で交差し、そのまま太腿まで伸びて脇でロックされた。ぴったりと貼りつくようにぼくは座席に固定された。

3

こいつの名前を知りたいなら教えてやるがこいつはイスンというツングース語の名前を持っていて意味は蜂ということだが、今夜三件の配達があるので羊バスに行く前に三ヵ所に配達しなければならないから歓楽街名物の大瀑布ホテルとか鏡面反射タワーとか、あとは静止軌道の宇宙ステーションを見せてやるけど、歓楽街を出るとロボットが追ってくるからお前らも楽しめるようだったら楽しめ、とネギダールが言って、何のことかわからずぼくもサブロウさんも呆気にとられているうちに、金属音が聞こえてきて周囲の埃や砂粒が巻き上がり、やがて機体がわずかに浮いたかと思うと、まるで爆風で吹き飛ばされたかのように飛行自動車は斜め前方に発進した。座席の背に身体がめりこむような衝撃を感じ、歓楽街の明かりが視界前面を一瞬被ったあと足元から後方へと流れ消えてしまって、目の前に超高層のホテルが現れてまたすぐに視界から消えた。速すぎてどこをどういうルートで飛行しているのかわからない。飛行している実感もない。何かに押し潰されるような感覚があり身体は座席に押しつけられていて動けない。手の指を動かすこともできなかった。

目眩がしたので目を閉じようとすると、前を見ていないと目と耳が混じり合って吐くぞ、というネギダールの声が聞こえた。ネギダールは半円形の操縦レバーを両手でつかみ、足元に並ぶピアノの鍵盤のような形のラダーペダルを両足の指で操作した。ぼくが足元を見ているのに気づくと、十六の七乗の二億六千八百四十三万五千四百五十六通りのコースとスピードの組み合わせでイスンとおれは飛ぶんだ、と前方を見つめたまま言ったが、何のことなのかわからなかった。飛行自動車には風防がない。操縦席の視界は前方の上に限られている。

手のひらほどの大きさの複数のモニタが計器板に埋め込まれていて、操縦レバーに付属しているボタンを操作するとあらゆる方向の映像が映し出される。超高層のビルが後方に流れて視界から消えたあと、またすぐに目の前に迫った。飛行自動車が急旋回したらしい。ビルの壁面が歪み窓明かりの残像が前後左右に流れたかと思うとまたふいに視界から消えてしまう。窓明かりの残像が歪んで揺れる。超高層ビルがグニャグニャになっているようだった。三人も乗ってしまって重いからイスンの機嫌が悪いとネギダールが言う。ならし飛行をしているのかも知れない。ビル全体が歪んで揺れ、点滅して眼前から消えまた現れる。非常に奇妙な感覚だった。嘔吐袋に吐け、と後部座席のモニタに目をやってネギダールが怒鳴る。後部座席でアンが黄色い汁を吐いているのがモニタに映っていた。

超高層ホテルが再度眼下に見えた。視界は歪んだり揺れたりしなかった。静止したのが視界ではなく飛行自動車のほうだと気づくのにしばらく時間がかかった。飛行自動車は超高層ホテル群のすぐ上に静止している。お前は物知りだからきっと真下に見えるホテルを知っているかと、何か木の実のようなものを食べながらネギダールが聞く。左手に丸い乾燥した実が詰まった袋を持って右手で何粒かつまみ口に入れるのだが動作が速くて手の動きがよく見えない。口に入れた実を齧歯《げっし》類の動物のように細かく口を動かして食べている。ぼくが口元を見ているのに気づくと、漢民族の年寄りといっしょだと何も食う気が起きないからイスンといっしょだと何か食べたくなるなと甲高い金属的な声で笑い、お前も食え、と実が入った袋を差し出すが、ぼくは食べられるような状態ではなかった。ホテルを知っているかと聞かれて知りませんと答えようとするが声が出ない。経験したことのない重力があちこちにかかって身体の神経が分断され、器官や臓器や血管の密度が狂ってしまったような気がする。

このホテルはホテル街の端にあるが有名で大瀑布ホテルという名前で周囲に人が集まっているのが見えるか見えるだろう、そう言ってネギダールは静止している飛行自動車を左に傾ける。海岸線から道路にかけてホテルの周囲が、砂糖に群がるアリのようにざわついているのがわかった。真下に見えるそのホテルはほとんど立方体に近い平凡なデザインで高さはそれほどではない。海岸線に並ぶ超高層ホテルの中では低いほうだろう。ネギダールが時計を見て、見世物が始まる見世物が始まる、と最初はぼくに、次に後部座席に向かって言ったあと、飛行自動車がかすかに小刻みに揺れ、地上から音楽が聞こえてきた。西欧の昔の音楽で交響曲と呼ばれる種類のものだったが、あまりに音量が大きい上に距離があるので雑音に近かった。探照灯が次々に点灯されていて、操縦席が真昼のように明るくなった。地上からの明かりが飛行自動車を貫いたのだ。見世物だからおれたちも見てやるか、とネギダールが言って、よくわからないまま同意すると、飛行自動車はホテル目がけて凄まじい速さで急降下していった。

4

機体が真下に傾き身体が前のめりになる。だが異様な速さでそのまま急降下したので一瞬浮遊感を味わった。身体が宙に浮いた。正方形のホテルがすぐ目の前に迫る。ホテルは屋上から何かが噴き出しているようだ。外周がきらきら光る煙のようなもので被われている。飛行自動車はその煙のようなものをくぐり抜ける。ホテルの壁面がすぐ左側に見えた。機体がガクガクと振動する。操縦席からの視界が白く濁り水を被っているのだと気づいたが、次に大勢の見物客の顔が現れ、飛行自動車は再び機首を上に向けて闇に舞い上がり、ものすごいスピードで旋回する。どうだ見世物だし見世物というだけあって面白いだろう、とネギダールが木の実を口に放り込みながら聞くが、何が起こったのかよくわからない。ホテルの屋上から大量の水を流して見世物として人を集めているらしい。貧乏人の食事と同じで大瀑布ホテルの滝の見世物は一日一回だから人が大勢集まるが一日一回だけと決まっている、そう言ってネギダールは笑いながら木の実を口に放り込み嚙み砕いて、今度は斜め上空からもう一度大瀑布ホテルに向かって機体を傾け突っ込んでいく。

まるで静止画だ。飛行自動車から眺める対象は連続していない。飛行する乗り物は初めてだからだろうと最初思ったが違う。ぼくはメモリアックで飛行機やヘリコプターからの風景を映像として経験したことがある。映像は歪んだり点滅したりしないでちゃんと連続していて角度が変わったり近づいたり遠ざかったりした。このイスンという名前がついている飛行自動車から見える景色はバラバラで脈絡がない。屋上から壁面に水を流している正方形の建物がはるか眼下にあって、ぼくの目は対象を捉え、信号が脳に届いてそれが大瀑布ホテルという名称を持ち見世物として滝を演出しているのだという認識を得るが、そのときにはもうホテルは飛行自動車から数十センチの距離に迫っていて、照明灯を反射する水の粒子と集まっている群衆の顔が一瞬見えて、そのあとはまた星が瞬く夜空が視界のすべてになる。ネギダールは夜空を旋回したあと三度目の降下を始め今度は水面すれすれに飛んで、歓声を上げながら滝の水飛沫を避ける群衆のほうに突っ込んでいって数十メートル手前でほぼ直角に左に進路を変え壁面を流れ落ちる水のかたまりをくぐってからまた機首を上げ、真上に上昇した。

その間ネギダールは股の間に挟んだ袋から右手で木の実を取り出しては口に入れ嚙み砕いていたが、頭の位置がまったく変わらなかった。イスンがどれだけ速度や進路を変えてもその中心にネギダールの頭がある。猿女の足を見てみろ、夜空を旋回しているときサブロウさんの声が背後から聞こえた。水素燃料の飛行自動車は爆音がなく静かで、サブロウさんの声ははっきりと届く。猿女の足を見ろ。鍵盤のようなラダーペダルをネギダールの足の指が軽く叩いている。踵を宙に浮かせているが、足首から上はまったく動いていない。足先と指だけが前後左右に移動して鍵盤に触れているが、その動きを目で追うことはできなかった。移動が速くて足の指先がどの鍵盤を押しているのかわからない。確かネギダールはペダル操作で二億六千八百万通りの飛行ができると言った。ネギダールがペダルを操作するたびに、主翼の形が何通りにも微妙に変化した。蛇行や細かな旋回や進路変更など複雑なコースを取るときイスンの可変形状翼は広がり速度を優先するときは収縮した。

イスンはまた大瀑布ホテルの壁面に迫り水を浴びて群衆の頭上をすり抜けてから急上昇する。ホテル周辺から届く大音量の音楽が間延びしたり圧縮されたりして聞こえる。イスンが音の波を追い抜いたりまたその中に舞い戻ったりしているからだ。視界が点滅して歪む。脳が視覚を認識するより風景の移動のほうが速い。もういいか、とネギダールが聞いて、大瀑布ホテルの見世物を見るのはもういいかという意味だろうかと考えていると、目の前に封筒が差し出された。読め、と言われて、岡広特別区相互利益共有ユニオンセントラル総合病院内シニアグランドルネッサンス気付大鳥要、と金属繊維の封筒に装着されているタグを読み上げると、イスンはいったん上昇したあと海岸線からやや離れた丘の中腹目がけて突っ込んでいき、奇妙な感覚の減速が行われて目眩が起こり、目を開けると、歓楽街に入るときに汎用車から見えた選ばれた人々用の病院の監視詰所上空五メートルに静止していた。身体の移動に神経が対応できない。急降下というより、稜線だけが黒く浮き上がる彼方の丘がこちらに向かって引っ張られてきたような感覚にとらわれた。減速は徐々に速度が遅くなるのではなく、また急停止でもなかった。病院が視界に入ったときに接近と離反が同時に起こった気がして、建物の窓明かりが幾重にも重なって残像となった。

5

ネギダールは操縦席のドアを開け、封筒から子どもの手のひらほどの大きさの長方形のチタニウムのカードを取り出し、詰所から近づいてきた衛兵に放り投げる。衛兵はカードを受け取り、腰につけた読み取り機をこちらに向け、ネギダールは封筒のタグをかざして送り主と送り先の情報を送信し、同時に衛兵から領収信号を受信して、ドアを閉め、まず機首を上に向け、衛兵たちが脇に走り去るのがモニタで見えて、気体が送り込まれる独特の音が聞こえ、イスンがわずかに揺れたかと思うと、丘の暗い稜線が消滅した。ぼくの身体と神経は本能的に急激な移動に備えていたが間に合わなかった。イスンは闇の中を旋回していて、ネギダールが枯れ枝のような指で示した先に不思議な形をした塔が見えた。鏡面反射タワーだがもう壊れてるんだ、という声が聞こえている間に、塔の周囲をかすめて通り過ぎ静止したあとイスンはまるで遊覧飛行のように鏡板に沿ってゆっくりと滑らかに旋回した。鏡面反射タワーは、海に突き出した人工の島に作られた施設で、石材の塔の上部に大きな空洞があり、そこを霧のような水滴が落ちて、日光を常に一定方向へ反射する時計仕掛けの回転鏡板から熱を受けて水分が沸騰し、熱が蓄えられてタービンを回すという仕組みの発電装置だが、すでに壊れているらしい。

鏡面反射タワー用の人工島は新出島よりも大きく、外周に沿って鏡板が並んでいる。鏡板は正方形でゆるやかな凹みがあり、イスンの数倍の大きさを持っているが、今は星と月の明かりを弱々しく反射するだけで夜の闇に沈んでいる。タワーとその周辺を観察できるのはイスンがゆっくり飛んでいるからだ。忘れていて、とネギダールが口のまわりの皮膚を上下にひきつらせながら言った。笑っているのかも知れないが単に皮膚がひきつっているだけで笑顔には見えなかった。壊れていてもたくさんの鏡が太陽を反射するのできれいで見世物になっているんだがおれのほうで今が夜だと、忘れていて、見る意味がなかった、ネギダールはそう言いながらイスンを汎用車よりも遅く飛行させる。レールの上を走る電気列車のような、震動も揺れもなく重力を感じない飛行だった。次の配達だからまたこれを読め、とネギダールが二つ目の封筒を手渡してタグを示した。声に出して読み終えたとたんにイスンはまた風景を歪めながら急発進するだろう。身体と神経がおかしくなっているが、どうおかしくなっているのかはわからない。わかっているのは身体も神経も自分のものではないような感じがすることだけだ。急発進が恐くてしばらくタグを眺める振りをした。読めないのか、とネギダールが頬の皮膚を小刻みに動かしながらこちらを見る。

あまりに急に発進したりスピードを上げたりするから身体と神経がおかしくなっているんです、と言うと、じゃあゆっくりと行くがロボットが攻撃してきたらゆっくりと行くと殺されるから普通に飛ぶぞ、とネギダールがまた頬の皮膚を動かして、山陽州岡広区播磨新宮市49番街880 CJ'sビルディング#B・桜塚芳志信、とぼくはタグに書かれた住所と名前を読み上げた。ネギダールは何度かうなずいたあと、イスンを発進させたが、これまでと違って規則正しく幾何級数的に速度を上げていった。急発進と急加速で身体と神経がおかしくなったとぼくが言ったので、ネギダールとしてはイスンをゆっくりと発進させたつもりなのだろう。凸レンズ型のイスンの中央部にある座席からの視界は前方一八〇度の半円だ。二番目の配達地に向かうとき、イスンは機首を目標に向けてゆっくりと発進し倍数で速度を上げた。段階的にゼロコンマ数秒ごとに加速して、数秒後に最高速のマッハ四になるらしい。視界が、グリッドで区切られた網目状の薄い膜になったような感じがする。イスンの急加速と急激な方向転換について行けない神経が、視界を修復し、復元しようとしているかのようだった。月と、稜線にわずかに光を残す彼方の山々、それに山間の小さな明かりが視界で像を結んでいたが、その中心のぼんやりしたオレンジの小さな光の点が急激にふくらんで網目状の膜を引き裂き全体に拡がって、十数秒後にイスンは目的地の古い建物の上空に静止した。

山陽州岡広区播磨新宮とタグには記してあったが、どの地域なのかわからない。道路には他にあまり建物がない。車も走っていない。そのビルの周囲だけが黄色い街灯の明かりで浮き上がっている。目的のビルの屋上は草木が植えられ照明が池に反射して庭園になっているようだった。ネギダールは封筒のタグを操作している。到着したことを知らせているのだろう。やがて屋上に人影が現れ、最初の病院と同じ手順でチタニウムのカードが放り投げられ受取確認の信号が送受信された。カードにはどんな情報が書き込まれているんですかとぼくは聞いたが、知るか、とネギダールは吐き捨てるようにつぶやいた。中央政府の認可のない情報やモノのやりとりは禁止されている。特に歓楽街から一般区域への情報やモノの出入りは厳しく監視されていて、だからネギダールの配達便は貴重なのだろう。屋上の人影目がけてカードが落ちていく。カードを受け取ると人影はすぐに闇に見えなくなった。

6

ネギダールが頭上を見上げて顔中の皺が小刻みに動き始め、虫の羽音のような震動音が回りで聞こえた。囲まれてるぞ、というサブロウさんの声がして、すぐ真上にずんぐりした形の中型ロボットが現れた。ローターではなくジェット噴流で推力を得る最新鋭機で、頭部から極小のサブロボットが吐き出され、黒い煙のようにイスンを包み始めた。サブロボットは薬のカプセルほどの大きさで、弾丸型のボディに四枚の羽をつけていて、それ自体が攻撃装置だった。ターゲットに接触すると自動的に爆発するし、マザーロボットからの信号を受けても爆発する。無数の弾丸の形のシルエットが煙のように散っていて、網目状の膜になった視界を構成するドットに見えてきた。逃げ出す隙間なんかどこにもないと思ったが、こいつらは速い、とネギダールは言いながら足元の鍵盤を操作し機体の向きを微妙に変化させると機体上部からきらきらきら光るカードのようなものを大量に噴き出した。頭上で連続して爆発音が起こりイスンは後方に引きずられるようにガクンガクンと揺れ、面として見えていたドット群に裂け目が生まれ、そのあといっきに視界が大きく歪んだ。新しい網目状の膜が現れて、そこには人気のない道路と点在する民家が点滅している。ぼくはイスンが地面すれすれを飛行しているのを、神経ではなく押し潰されるような感覚の内臓で感じた。上空を中型のジェットロボットが追ってくるが、まるで旋回しているように見える。視界が歪んでいて、しかもあらゆる方向から新手の中型ロボットが現れるからだ。

ふいに、真横を中型ロボットが併走しているのが見えた。島で燃料として使われていた家庭用のガスのボンベに形が似ていて、中央部と最後部にそれぞれ四枚の可変制御用円盤がある。胴体と頭部に凹みがあり、そこからサブロボットを吐き出し、また砲弾を発射する機関砲の砲塔を突き出してときおり攻撃してくる。ネギダールは中型ロボットの機関砲の攻撃可能な角度と位置を計りながらイスンを操り進行方向と速度を変える。黒い煙となったサブロボットの群れは速度では対抗できないのでイスンの進行方向を予測して先回りするために上空に拡がりながら包囲する機会をうかがっている。抜け出すのは無理だ、とサブロウさんの声がした。サブロウさんは、筋肉弛緩剤で攻撃された食品モールを思い出したのかも知れない。数十機の中型ロボットはイスンを囲むように上下左右に飛び回り、サブロボットの群れは月明かりに照らされて夜空の大半を覆っていた。後部座席を見ると、アンが口から汁を垂らしていて蒼白で血の気がない顔が力なく揺れている。アンは恐怖を覚えているわけではない。目の前で親しい人が残忍に殺されるのを目撃してから理性と行動力を失い心身ともに制御が効かなくなっている。異常な体験によって心身が喪失し、さらにイスンの飛行が内臓や筋肉に未知の負荷を与えているのだ。

イスンは、中型とサブの二種類のロボットに行く手を遮られ包囲されて、ときおり機関砲の攻撃を受けているが、ネギダールは袋に入った木の実を食べ続け、建物や塀や石垣や街灯を避けながら地面すれすれを飛んだ。突然目の前に街灯やビルが現れて消える。イスンには照明装置がない。中型ロボットからの探照灯と月明かりと街灯で視認し、モニタとレーダーで補足して飛行する。道路が盛り上がっていたり尖った石が突き出ていたりするとその分だけ数センチ高度を上げる。建物など障害物はフラッシュバックの映像のように現れてはあっという間に消えて残像に残らない。光刺激の時間が短すぎて神経が記憶できないのだ。道路が上り坂になり両側の建物がさらに疎らになり前方に暗い林が見えてイスンはその中に突っ込んでいく。灌木の枝が主翼にぶつかって折れ木の葉がこすれるがネギダールは速度を落とさない。果物のようなものが一瞬探照灯の明かりに浮かび上がった。ここは果樹園かも知れないと思ったときにはすでにイスンは広大な灌木の茂みを抜けていて、えんえんと鉄骨が並ぶ丘の上に出た。外周に高い鉄柵が広がってその内部に点々と鉄塔が建っている。使われなくなって放置されている送電線だった。イスンは、ボールがバウンドするようにわずかに機体を浮かせて柵の内部に入ったが、横を併走していた二機の中型ロボットが鉄柵に衝突し金属の網を引きずり絡まって鉄塔の支柱にぶつかり炎上した。

7

イスンは等間隔で並ぶ鉄塔をジグザグに避けながら超低空を飛行する。視界は不規則な歪曲と点滅を繰り返し、ときどき中型ロボットが機関砲を撃ち周囲のどこかで爆発音が響き火花が散って土煙が上がる。後部座席からサブロウさんの呻き声が聞こえる。嘔吐しているようだ。ぼくも内臓が圧迫されて喉にせり上がってくる不快感に耐えられなくなった。酸っぱいものが食道を上下して、座席の脇にある油紙の袋に黄土色の液体を吐いた。イスンの飛行には規則性がない。風景のねじれも点滅も加速と進路変更の度合いに合わせて微妙に違う。起伏のある丘と鉄柵と鉄塔と切れて垂れ下がった送電線の隙間と、中型ロボットの群れの間を縫ってイスンはまるで酒に酔った者がダンスをしているように飛行する。どこをどう飛んでいるのかわからない。目の前にふいに組み合わされた鉄骨が現れ、数え切れない数の中型ロボットが視界を斜めに横切っているように感じる。だが実は中型ロボットがイスンの機体の回りを横切っているのではなく、イスンがぎりぎりのタイミングで中型ロボットとの衝突を回避しロボットと各障害物の隙間を切り裂くように縦横に飛んでいるのだ。ネギダールは木の実を口に放り込み噛み砕いて呑み込みながら両足の指で操縦する。機体の操作は格段に複雑になっているが表情も顔色も中型ロボットが現れる前と同じで変化しない。出発するときにネギダールは、歓楽街を出るとロボットが追ってくるから楽しめるようだったら楽しめとぼくたちに言った。こんな極端な飛行を楽しめる者は誰もいない。

ネギダール本人も楽しんでいるようには見えなかった。だが中型ロボットの襲撃に驚いている様子もなく、もちろん恐怖心など微塵も感じられず顔と動作を見る限り興奮も緊張もしていなくてごく普通だった。ネギダールの日常を知らないのでどういう状態が普通なのかわからないが、少なくとも緊急事態に対処しているというような印象は皆無だった。猿かどうかはわからないが、サブロウさんが嘔吐のあとぼくにそう話しかけてくる。たぶんこいつは人間じゃないだろうな。計器モニタの端にある時計を見る。離陸してからまだ三分も経過していないしロボットが現れてからもまだ数十秒しか経っていない。丘の稜線に沿って低空飛行を続けて鉄骨群を抜け機体が左に大きく傾いてまっ暗な渓谷に入る。中型ロボットの探照灯が上から何十本も差し込んで細長い光の帯が谷底と山間に走った。光の帯にはサブロボットが渦を巻きながら群れて浮き上がり、移動する黒いドットの集まりが視界の網目状の膜とぴったりと重なる。大小のロボットは数が増えている。こんなところに入り込んでどうするんだ、サブロウさんが吐き気に耐える表情で口を押さえながらそう言う。もうぼくにはアンのほうに振り返って様子を確かめる余裕がない。

谷底は岩でごつごつしていてイスンは微妙な上下動を繰り返す。播磨新宮の街と道路と鉄骨群に衝突し、十機以上を失った中型ロボットは渓谷に下りてこようとしない。イスンを覆い隠すように谷の稜線付近を飛んで監視し攻撃の機会をうかがっている。奥に進むにしたがって渓谷の幅が狭くなる。いずれ渓谷は終わり上昇する以外に進路がなくなってロボットはいっせいに攻撃してくるだろう。ぼくはネギダールが自滅に向かってイスンを操作しているのだと思うようになった。十機ほどの中型ロボットが先回りをして渓谷に下りてきて前方で行く手をふさぐようにホバリングしている。ネギダールは速度を緩めることなく中型ロボットが作るバリケードの中心に突っ込んで、機関砲がこちらに向けて発射された瞬間に右にイスンを傾け、そのまま渓谷の右手の山間の傾斜に沿って飛び、稜線を越えて隣の谷に入り込んで暗い丸い穴に進入した。空気を切り裂く音がチューブのような閉じられた空間でこだまし、青白い蛍光灯の明かりで線路と側道が見えてトンネルだと気づいたとき、すでにイスンは出口を抜け巨大なガスタンクの周囲を恐ろしい速度で旋回していた。

ガスタンクの頭上では月明かりがまたたき、待ち伏せするロボットが舞っている。だが、ガスタンクの誘爆を恐れているのか中型ロボットの攻撃はなかったし、サブロボットも近づいてこない。そのせいか各ロボット群の待機位置が間延びしていて、ネギダールは最初から決めていたかのように、まず可変翼を縮ませ、急角度でガスタンクから離れて水平に飛び、そのあと黒いドットのかたまりの切れ目に向かって顔の皮膚が下方に引きずられるような急加速で上昇した。黒いドットが風に煽られる煙のように揺れ動いて大きく歪み、まるで濃い霧が晴れるように下方に過ぎ去ってあっという間に見えなくなった。上昇するイスンを数機の中型ロボットがしばらく追ってきた。しかし包囲網を抜けて最高速で上昇を続けるイスンに追いつけるわけがない。最後の配達に行く、ネギダールは木の実でふくらんだ頬の肉を小刻みに動かしながら退屈そうにそう言った。

8

何度か雲をくぐり抜けて機体が揺れたが、進路も速度も安定していてぼくの嘔吐は止まった。単調な上昇が続いて、ネギダールはラジビーと呼ばれる受信装置のスイッチを入れた。ラジビーはメモリアックを応用して娯楽用の映像と音楽を車や飛行機に提供するサービスで、ネギダールが選んだチャンネルは中国の少数民族の踊りと歌だった。黒い髪の踊り、収穫の踊り、それに天秤棒の踊りなどが映像で喚起され、ネギダールはその間おだやかな表情になり、再生されている音楽に合わせ、歌っているつもりなのだろうか、低くてかすれた声を出した。声を出しながら、ネギダールがぼくに三つ目の封筒を手渡す。最後の配達用の封筒のタグには住所は記されていない。R1BD最右翼19号棟Aというわけのわからない文字だけが宛名として書き込まれている。輝度が増した星と月を眺めていると、うわ、というサブロウさんの声が聞こえた。コクピットから頭上を見上げたぼくは、羽毛のような雲に包まれた青く輝く地球を見て息を呑んだ。ネギダールが斜め上空を枯れ枝のような指で示す。大小のドーナツを同心円状につないだような形の、巨大な装置が星の間に浮かんでいる。宇宙ステーションの第一レジデンスだ、とネギダールがつぶやく。イスンはいつの間にか速度を落としていて、やがて完全に停止した。

宇宙ステーションは鈍い銀色だった。ぼくは地球と宇宙ステーションを交互に眺め、気づかないうちに涙が頰を伝っていて、恥ずかしかったので慌てて手で拭った。どこからか、イスンと同じくらいの大きさの飛行自動車が現れ、横に並んで、触手のようなアームが伸びてきて、チタニウムカードと受取情報の信号が交わされた。振り返ると、サブロウさんの顔に地球の青い影が映っていて、アンの頰にかすかに赤みが差していた。アンは眼下に拡がる青と白の球面を身を乗り出すようにして見つめている。宇宙ステーションを眺めていて、ぼくは不思議な気持ちになった。宇宙ステーションと地球を見ていると、自分が取るに足らない小さな存在であることがわかる。だがそのことが心を落ち着かせ、何か偉大なものに抱かれている多幸感と安心感をもたらした。また涙があふれた。そして、またぼくは声を聞いた。アキラ、とその声は呼びかける。アキラ、見えるか、最終的にお前は、ここに来るのだよ。サブロウさんでもネギダールでもない。誰の声なのかわからない。だがどこかで聞いた声だった。

もういいか、とネギダールは言って機首をゆっくりと地球のほうに向けてぼくを見た。袋に残った最後の木の実を口に放り込み、彼方に浮かぶ宇宙ステーションとぼくを交互に見て、笑いかけているつもりなのだろうか、顔の皺が前後左右に動いている。アキラ、と確かにぼくに呼びかける声が聞こえた。最終的にお前はここに来るのだよ。こことはあの宇宙ステーションのことだろうか。宇宙ステーションに比べると、周囲に無数に点在する静止衛星はゴミのように小さい。ここを去りたくないと思った。いつまでも地球と宇宙ステーションを眺めていたかった。ぼくがじっと宇宙ステーションを見続けているのに気づいたネギダールが、きっと慰めているつもりなのだろう、また顔中の皺を動かして見せた。

戻るぞ、とネギダールが言って、ぼくは目に焼きつけようともう一度だけ暗闇に浮かび上がる巨大な建造物を見た。地球に向かってイスンが加速すると、あっという間に宇宙そのものが姿を消して、視界の下半分を覆う青白い地球が膨張し、その数秒後進行方向の一点を中心に急激に凹み半球が折りたたまれて、ふいに風景が三次元に変わった。山々の稜線と湾曲した海岸線とぼんやりした明かりが見えはじめ、ぼくは反乱移民の子孫たちの処刑の衝撃が薄れてしまっているのに気づいた。

第十二章　羊バス　その1

1

西地区の外れに、えんえんと広がる廃棄物の山があった。島のゴミ捨て場の何十倍も大きくて、上空から最初見たとき廃棄物だとわからなかった。区画整理された大規模な農地のように見えた。不法投棄を監視するためだろうか、ところどころに照明灯があり、旧式の監視用ロボットがその周囲に配置され、格子状に道路が延びて、次から次に運搬車が到着して大量のゴミを吐きだしていた。ネギダールは、広大な廃棄物処理施設上空をゆっくりと飛行し、川を挟んで隣接するトレーラーハウス群の一画にある空き地にイスンを止めて、ぼくたちを降ろした。地面に下りたとき足裏の感覚がなくてぼくとサブロウさんはよろめき、アンは立つことができなくてしりもちをついた。身体が揺れている感覚が残り目まいがしてぼくとサブロウさんは嘔吐した。アンは呼吸が荒く、地面に尻をついたまま茫然と周囲を眺めて立ち上がろうとしなかった。

あいつらはバスに住んでいる羊人間でバスは動かないしあいつらもどこにも動かない。ネギダールは、空き地に集まっている住民たちを見てそう言って、そのあとサブロウさんに向かって、おれといっしょに働くのはやっぱりダメか、と顔中の皺を動かしながら複雑な表情を見せた。ネギダールはイスンを着陸させるとき、サブロウさんに残らないかと言った。おれといっしょに働くのはいいぞ。サブロウさんは、本当の父親を捜さなければいけないので無理なんだとていねいに断った。本当の父親と聞いて、ネギダールは首を何度も傾げ、おれはそんなものに会いたくないからおれとは違うんだな、と寂しそうにつぶやいた。ネギダールがイスンに乗り込もうとして、サブロウさんは右手を差し出した。ネギダールはその手をじっと見るだけだった。握手を知らないのだとぼくは思った。ネギダールは長い間サブロウさんが差し出した右手を見た。サブロウさんはさらに手を伸ばし腰を落としてネギダールの右手を取り両手で握りしめた。ネギダールは困ったような表情になって急いでイスンに乗り込み、チタニウムのカードを一枚サブロウさんに投げて寄こした。おれはすぐに飛んでいくから必要なときはそれで連絡しろ、そう言い残してドアを閉めた。イスンは数メートル上昇したかと思うと、燃料が充填される音と空気を切り裂く金属音を残し一瞬で見えなくなった。ぼくとサブロウさんはしばらく暗い空を見上げてイスンを探したが、どの方向に飛んでいったのかもわからなかった。

2

トモナリという人がどこに住んでいるか知っていますか。焚き火に集まっている人たちに近づいてそう聞いたが、誰も口をきこうとしない。数百人が焚き火の周辺に集まっているが、敬語を聞いても無反応で、落ち着かない様子で小刻みに足を動かしたり、けいれんのように首を左右に動かしたり、手を顔のあたりにもっていって指を震わせたりした。ぼくが先頭に立ち、抱きかかえるようにアンの肩を支えるサブロウさんはいつでもグリースガンを使えるようにバックパックを身体の前に回している。アンは高々度から地球を見て頬にかすかに赤みがさしたが、父親や仲間が殺された衝撃と悲しみにイスンの飛行の疲労が重なりまだ茫然自失が続いていて一人で歩くことも立つこともできなかった。ぼくとサブロウさんはアンを両脇から支えながら空き地に向かってしばらく歩いた。少しずつ身体の感覚が戻り同時に周囲のひどい匂いに気づいた。あるいは悪臭によって感覚が戻ったのかも知れない。ゴミと住民の双方から匂いが出ている。埃とカビ、何かが腐っていく匂い、そして人間の汗と脂の匂いだった。住民たちは全員が上下茶色の制服を着ていた。本土では中間層がおもに灰色と白の制服で、下層が茶色だと父親から聞いた。

よく見ると、空き地の人びとは、焚き火に当たっている集団と、それらを遠巻きに眺める集団に分かれていた。三ヵ所で焚き火が燃えている。地面に掘った穴で廃材を燃やしているのだ。ぼくは寒さは感じない。季節は春で火が必要な気温ではない。だが茶色の制服は粗悪で薄い生地で作ってあった。空き地の人びとは寒いのかも知れない。焚き火に当たっている人たちは木の棒の先で黒いものを炙《あぶ》り何人かで交互にかじっている。遠巻きに眺めている人たちは腰を屈めるような姿勢でときどき廃材を穴まで運ぶ。誰かトモナリという人を知りませんか、もう一度そう聞くが返事がない。焚き火に当たっている集団の一人がアンに気づき、隣の人に何か耳打ちした。耳打ちとささやきが広がり空き地の人たちのほぼ全員が、サブロウさんに肩を支えられてかろうじて倒れずに立っているアンのほうを盗み見るようになった。アンの服装や髪型が突飛で、しかもまだ血や体液の汚れが残っているせいだろうと最初思ったが違った。空き地の人びとの制服はすべて同じ色と形で、また髪も全員同じように非常に短く刈っていて、アンの服と髪型はよく目立ったが、アンが注目を浴びたのは他に若い女がいないからだ。

焚き火に当たっている集団にも、遠巻きに眺めときどき廃材の薪を穴まで運ぶ集団にも若い女がいない。ほとんどが中高年の男で、あとは年寄りの女と子どもだ。男たちはからだつきや顔つきが全員似ていた。身長が一六五センチのぼくよりも背が低く、下腹が出ている。

顔の輪郭はそれぞれ丸かったり角張っていたり違いはあるが、一様に目や鼻や口など顔の造作が小さくて表情が乏しい。動きも緩慢だった。空き地の向こう側には見渡す限りトレーラーハウスが並んでいる。何百台あるのか見当もつかない。十台ほどのバスを想像していたので、これではトモナリという変名で羊バスに住んでいるというアンジョウを探すのは不可能に思えてきた。人びとがいっせいにアンのほうを盗み見たのでサブロウさんはバックパックを身体にぴったりと引き寄せたが、ぼくは襲われることはないと思った。人びとの視線が弱々しかったからだ。

3

近づくにつれて人びとは視線を落とした。焚き火を遠巻きに眺める集団に裂け目ができる。まるでぼくたちに圧迫されているかのようだ。人の波が途切れた箇所から入って焚き火を囲む人たちの前に出る。誰もこちらを見ようとしない。下層は日本の人口の八割以上を占める。下層地域は全国に広がっているがいずれも環境は劣悪だと父親のデータベースにあった。教育施設は貧弱で、ただ道徳だけは徹底して教え込まれる。人口抑制のため医療施設も乏しく、住民たちは無知なので批判も抵抗もない。情報を遮断され戸籍は厳しく管理されて移動を禁じられているから、自分たちの他にどんな人間がどこに住んでいるのかも知らない。十二歳に達した女にだけ他の地域に移動する許可が与えられる。若い女たちの多くは制限区域や歓楽街に流れ、上層の男たちに買われる者も多い。人口の膨張を防ぐために半世紀前に取られた措置で、若い女が流出し続けている。だが単純労働に従事しているので産業用ロボットで代替が効く。国家としての生産性に影響はない。

誰もこちらを見ようとしないので、焚き火を前にしてぼくは自分が透明になったかのような苛立ちを感じた。あたりに生臭い煙が漂っている。人びとが木の棒の先につけて炙っているものが出す煙だ。その食べ物は灯油缶の中に詰め込まれ汁に漬けられているようだ。先が尖った木の棒を灯油缶に入れ、その手のひらほどの大きさのまっ黒な切れ端を突き刺して持ち上げ黒い汁が地面に垂れる。火にかざすと黒い切れ端は音を立て縮んで丸くなる。人びとは歯を剝き出しにしてそれをかじり、何人かはプラスチックの容器に入った濁った飲み物を飲んでいる。黒い切れ端を突き刺す木の棒を持っている人間は十人ほどで、年齢はまちまちだが彼らはみな胸にバッジを付けている。基準は不明だが空き地の人びとの間には上下関係があるようだ。木の棒を持つ男たちから食べ物を分けてもらう者は身を屈めるようにして何度も頭を下げながら黒い切れ端にかじりついた。ときどき焚き火を囲む集団から廃材が運ばれてくる。人の胴体ほどもある丸太を運んできた年寄りの男に、木の棒を持った男が制服のポケットから取りだしたものを与えた。紙切れのようなものだったが、受け取った年寄りの男はそれを大事そうに両手で捧げ持ち、後ずさりしながら自分の集団に戻っていく。

トモナリという男を探しているんですが誰か知っている人はいませんか。無視されているという苛立ちを感じていたせいで、ぼくの声は普段より大きくなった。周囲からざわめきが消えた。木の棒を持った一人が悲しそうな表情をして、ぼくたちに一歩近づき、ポケットを探ってさっき年寄りの男に与えたのと同じ紙切れをぼくに差し出した。入浴券、と書かれてある。紙切れを渡すときに、木の棒を持った男は軽く胸を突き出すようにして誇らしげにバッジを示した。親指の爪ほどの大きさの丸い紺色の液晶画面にVDという銀色の文字が浮き出ている。VOLUNTEER DONORの略だ。このバッジを付けているのは、自発的に臓器を提供したり断種手術を受けたりした者と、その家族と子孫だ。有名なバッジだった。父親のデータベースで見た。二度の移民内乱のあと、文化経済効率化運動の流れの中で最適生態という考え方が提唱された。動植物はお互いに殺し合うのを避けるために棲み分けをしている。内乱や経済恐慌や環境汚染などで危機を迎えた人類も最適生態を作り出すべきで、そのためには能力の違いによる棲み分けが必要だという理論だった。政府は、前世紀初頭からずっと問題とされてきた格差が完全に消滅するのだと主張した。

能力差が経済的優劣を生み、貧富差になって妬みや恨みを生む。妬みや恨みというのは人間が持つ最悪の感情で心身に悪い影響を与える。妬みや恨みを持つのは上部階層の生活を知ってしまうからだ。遠く離れ情報が途切れるとそもそもそういった感情は起きない。重要なのは棲み分けで、差別的隔離などではなくむしろ平等の徹底である、というような論理で最適生態は理想とされた。当初国民の三割だった下層の人びとは大部分が内乱が生んだ難民かホームレスで、政府が供給する規格文化住宅に感謝とともに移り住んだ。半世紀後に、下層は八割に達した。産業の構造が劇的に変わったからだ。移民内乱前後の食料危機で、農地および漁業権の再編と農林水産業の企業化が進み第一次産業者の人口比は二十世紀半ばに戻った。金融と高付加価値製造企業は上層の人たちで経営され、その他の下層の人びとは衣服やサンダルや日用品や玩具や簡単な機械部品を作る単純労働に従事した。下層が住む地域は拡大を続け、規格文化住宅だけではなくかまぼこ型の寮や団地、それに安価なトレーラーハウスが大量に作られ供給された。

階層が固定され産業構造が変わり棲み分けが完成すると、人口減少も少子高齢化も問題ではなくなった。人口の減少は善になり自発的に断種手術を受ける人にはバッジが贈られるようになり、やがて自主的に臓器を提供する人にもその慣行が拡大され、その栄誉は家族や子孫にもおよぶようになる。入浴券、と書かれた紙切れを見ながら、これは何だろう、とぼくは胸にバッジをつけた男に向かってつぶやいた。男は三十代か四十代で背が小さくて太っていて、首に贈答品の箱を飾るような赤いリボンを巻いている。父親のデータベースで見た。精神と身体を国家に贈答するという自己贈答運動の実践者の印だ。風呂だ、と男は言って、空き地の傍にある簡易住宅を指差した。トレーラーハウスを二つつなげたほどの大きさで屋根の煙突から煙が出て窓から蒸気が洩れている。赤いリボンの男は、ぼくたちの衣服を見ながら、しきりにうなずいている。君たちの衣服と身体は血と体液で汚れているから風呂に入っていけばいいということかも知れない。

風呂は大切で入るがいい、男と女は分かれて風呂に入る、と男はまた小さい声を出した。焚き火と廃材がはぜる音でよく聞こえない。バッジをつけていない男がバッジをつけた男に近づく。バッジをつけていない男は眼鏡をかけているが片方のレンズにひびが入っていてビニールテープで補修してあった。だが鼻が低いので眼鏡はずれて傾いていた。唇が薄く肩幅が狭く下腹が出ていて左の手首に拳大の瘤がある。割れた眼鏡の男はバッジの男に耳打ちした。バッジの男はうなずきながら手にしていた棒をぼくのほうに向け、食べればどうだろうと言って、笑顔を作ろうと頬の筋肉を動かした。この食物は何ですかと聞いたあと、空き地の男たちの反応を見て、敬語を知らないのだと気づいた。単にわかりにくい言葉だと思っているようだった。さっきトモナリについて敬語を使って聞いたが、普通の言葉のほうが通じるのかも知れない。これは何だ、とサブロウさんが木の棒の先を指差して聞くと、バッジをつけていない眼鏡の男が何か言おうとしてバッジの男が怒り、木の棒を振り回して脅すような動作をした。

ここの名物のクロイだから、そう言いながらバッジの男が灯油缶を傾けて中身を見せてくれた。漬け汁がまっ黒なのでよく見えないが、魚か動物の臓物に漬け込んだ肉の切り身だ。強烈な臭いを発していて漬け汁の中ではピンク色の小さな虫がうごめいていた。食べようぜ、とサブロウさんが言ってアンのからだをいったんぼくに預け、バッジの男が持つ木の棒の先からクロイという名称の肉の切れ端をつかみ取り嚙みちぎった。サブロウさんはクロイを木の棒から抜き取り半分に裂いてぼくに渡す。臭いがすごかったがぼくは空腹だった。あの銀色のスタジアムで棒食を少しかじっただけで他には何も食べていない。クロイはこれまで経験のない食べ物で肉は案外柔らかく口から鼻にかけてアンモニアの臭いが広がりイカやタコや貝のような海産物の味がした。これはおいしい、とぼくとサブロウさんが言うとバッジをつけた男がまた頬の筋肉を動かして笑顔らしきものを作り、周囲の集団が警戒を解いて安心感のようなものがあたりに生まれるのがわかった。

4

トモナリって知っているか、と敬語ではない言葉で聞くと、知らないというようにバッジの男は首を振り、周囲に向かって、誰かトモナリを知らないかと尋ねた。誰も知らないようだった。バッジの男は羊バスについて教えてくれた。この一帯は羊地域と呼ばれていてトレーラーハウスはバスと呼ばれている。バスはシビルアーミーの軽装甲車だけではなく政府が支給したモービルホームや廃棄されたバスを改装したもの、それにゴミ捨て場の部品を集めて自分たちで作ったものなどさまざまな種類があった。全部でバスは八九八台でそれぞれに番号があって、多目的広場と呼ばれるこの空き地から放射状に広がり、手前から順番にゼロワン、ゼロツー、ゼロスリーと列を数えていく。もっとも奥のバス列はゼロサーティファイブで、放射状に広がったバスはゼロワン001、ゼロワン002、ゼロワン003という風にそれぞれ番号が付けられている。だがバスを特定できなければ探すのに膨大な時間がかかり、トモナリに気づかれ逃げられてしまうかも知れなかった。

その人は先住民なのかもしくは移住者か、とバッジの男が聞いた。約六十年前にここが作られたときから住んでいる住民か、あるいはそのあとによそから移住してきたのかという意味で、半年前にここに移ってきたはずだとぼくが答えると、それならゼロサーティワンから、その外側のバスに住んでいるはずだと教えてくれた。新しく移住してきた者は、中心から離れたバスに住むことになっているらしい。お礼をしたいけど何も持っていない、と言うと、バッジの男は首を傾げて怪訝な表情をした。お礼という言葉がわからないのだろうと思った。羊バスのほうに向かうとき、ゼロテンとゼロイレブンに気をつけなければだめなんだとバッジの男が言った。そのあたりに危険な連中が住んでいるのだそうだ。時間がなくて使わないからと入浴券と書かれた紙切れを返そうと差し出すと、風呂は何ヵ所もあるから入りたくなったら使えばいいと、バッジの男は受け取らなかった。そしてひび割れた眼鏡の男に向かって、あなたはよく気がついて話すからこの人たちを案内するだろう、そう言った。

5

ゼロワンには三台のバスがあり、ゼロツーは五台だった。バスとバスの間の隙間に路地があるが舗装されていない。あちこちがぬかるんでいる。わたしたちは親切だろうと繰り返しながら、ひび割れた眼鏡の男が先導する。ひび割れた眼鏡の男は聞いてもいないのにヒサユキハカマデと自ら名乗り、ヒサユキハカマデと全体氏名で呼んで欲しいと言って、ぼくたちの名前も知りたがった。アキラとサブロウとアンだと教えると、家名苗字を含めた全体氏名を知りたがった。島では家名苗字が曖昧になってしまっているので、ぼくとサブロウさんはアキラアンジョウとサブロウオオツカだと適当な全体氏名を名乗った。アンは、アンオオヤマだと紹介した。オオヤマというのは制限区域でぼくたちに屈辱を与えた人物だった。ヤガラだと、残忍な処刑を思い出してしまうと思った。ヒサユキハカマデという全体氏名の男は、アキラアンジョウ、アンジョウ、サブロウオオツカ、オオツカ、アンオオヤマ、オオヤマ、と何度も呪文のようにつぶやきながらバスとバスの間の路地を進んでいく。ゼロファイブの列のバスは明かりが点いていなかった。金がない人は電力が買えないだろう、とヒサユキハカマデという全体氏名の男が暗いバスを指差して教える。下層の人びとは上層が経営する電力会社から電気を買っているのだと父親に聞いた。

ゼロファイブとゼロシックスの間は他に比べて広く、公共交通の乗り場になっていた。電子看板が立てられ暗い中に数十人の人が並んでいて、工場行きの車を待っているのだと言いながらヒサユキハカマデという男は、おつかれさま、おつかれさま、おつかれさま、と一人一人に言葉をかけ挨拶した。車を待つ人たちもこちらに向かって同じ言葉で挨拶しながら御辞儀をした。ところどころに狭い空き地があってシーソーやブランコなどの遊戯具が置いてあるが、子どもはほとんどいない。下水施設の汚水ポンプを工事しているところでは汚物の臭いが鼻をついた。食料品や生活用品を売る店や食堂もある。この地区の有名なうどんという料理を食べるようにとヒサユキハカマデがぼくたちを食堂に誘おうとしたが、時間の余裕がないと断ると、勝手なことを言って本当に申し訳なかったから許して欲しいと何度も謝った。わたしたちは親切だから勝手なことは言わないだろうと、下を向いて独り言のように繰り返した。

ゼロセブンの列の一台のバスが学校になっていて、数人の子どもがモニタからの音声に合わせて文章を読み上げていた。海の向こうでは不幸なことが起こり続けるからわたしは海の向こうに行くのを止めてここにいる。海の向こうにはすばらしいものがわたしたちを待っているという歌などわたしたちは歌わない。海の向こうからは大きな船だけではなくわたしたちを永久に苦しめるものが押し寄せてくることが多いからわたしたちはいまだに見えないものを歓迎したりはしない。

第十三章　羊バス　その2

1

これは病院だろう、とヒサユキハカマデという全体氏名の男が言って、窓を黒く塗り潰したバスを指差した。羊地区第三診療所と車体に描かれたバスと、サブロウさんに支えられたぐったりしているアンを交互に見て、そこの女だが病気みたいだから治療すればどうだろう、とバスの中に案内しようとした。バスの中からは悲鳴のような甲高い声が聞こえた。アンのからだを支えたままサブロウさんがぼくを呼び、この女をこの病院に入れよう、と耳元でささやいた。病院は、島では特別な場所だった。病院に連れてこられる乳幼児は必ず死んだ。サブロウさんはアンを羊バスの診療所に入れようとささやいたが、置いていくという意味だった。ぼくは同意した。アンは一人で立つことも歩くこともできず目がうつろで話しかけても返事がない状態がずっと続いていて、反対する理由が見つからなかったのでぼくは同意したが、アンと離れるのを想像するとこれまでに経験のない苦痛があった。島の人間にとって誰かを病院に入れるということは置き去りにしてもう二度と会わないということだ。この女をこの病院に入れる、とサブロウさんが伝えると、ヒサユキハカマデはバスのドアの取っ手部分にあるボタンを押しブザーを鳴らし扉を開けた。ヒサユキハカマデが先導して、ぼくとサブロウさんでアンを運び上げる。

黒く厚い生地のカーテンをヒサユキハカマデがたくし上げ内部に入るように促し、悲鳴のような声がより大きくなって、薄暗いスペースに狭い通路があり、その両側に、大型の檻が並んでいるのが目に入った。いくつかの檻には人が入っている。通路のいちばん奥に机と椅子とベッドがあり医師らしい男が指示を出して看護師らしい男が一人の患者の身体を拭いている。患者はサブロウさんと同じくらいの歳の若い男で全裸だった。口のまわりと脇の下と性器周辺を拭ってもらっている。檻に入れられているのは六人ですべて若い男だ。その中の四人はぐったりと壁にもたれたり横になったり坐っていたりしていた。他の一人は金属の檻の格子をつかんで口から半固体状のものを吐き出しながら悲鳴のような声を上げていた。悲鳴のような声はときどき変化する。風のように甲高くなったり動物のうなり声のように低くなったりした。

医師らしい男が、おい見ろ女だろう、もうこいつは終わりで檻に入れておくだろう、と看護師らしい男に顎でぼくたちのほうを示し、来い来い来い来い、と手招きする。お前ら女を先生のところに連れていくがいいだろうしそれしかないだろう、ヒサユキハカマデが笑いながらそう言って、奥のほうへ追いやるようにぼくとサブロウさんの背中を押した。看護師らしい男が若い全裸の男の身体を拭くのを止め、髪の毛をつかんでいちばん近い檻の中に押し込めた。全裸の若い男は床に横になってか細い泣き声を上げ始め、看護師らしい男から、うるさいだろうが黙るだろう、とおだやかな声で注意され、はい、はい、はい、と何度も謝って泣き声を押し殺すために自分の右手の拳を口の中に入れた。看護師らしい男は大きく目を開いて、すぐ脇を通りすぎるアンを眺めた。

2

ここに坐らせろというように、医師らしい男が丸椅子をトントンと叩く。どうやらショック状態なんだ、とサブロウさんが言うと、わかったわかったというようにうなずいて、白衣のポケットからDNAキーを取り出し机の引き出しの錠を開けて紙の束と現金を取り出し、ぼくたちの目の前で数えだした。共通円だったら五万円だろうし入浴券と棒食券だったら二十万円分だろうと言いながら右手に共通円の紙幣を、左手に入浴券と食券の紙の束を持って交互に振った。人身売買だとわかった。病気になって診療所に来た女はすぐに売られる。サブロウさんはアンを売るつもりだ。アンの父親のヤガラという人をはじめ反乱移民の子孫たちは全員死んでしまった。もうアンは役に立たない。ヤガラという人と反乱移民の子孫にしても、結局は利益のためにぼくとサブロウさんを助けた。利益以外に他人を助ける理由はない。アンはここで売られる。だがアンが老人施設のような場所で誰か他の人間たちと性的行為をするところを想像してぼくは苦痛を感じた。アンの裸と性器を想像した。しかし苦痛の理由はわからない。アンがいなくなっても支障はない。だが、ぼくはサブロウさんに耳打ちした。アンを売るのは止めましょう。自分の中の制御できない部分が勝手に口を動かし声が出たような感じだった。サブロウさんが驚いた顔になってこちらを見て、ぼくは自分でもどうしてそんなことを言ったのかわからなかった。

女を売るのは止めるから安定剤を売ってくれ、とまず医師らしい男にそう言った。そのあとで、ここは下層地域で安くしか売れないからもっと高いところでアンを売ったほうが得です、とサブロウさんに耳打ちした。しかしアキラ、これからずっとこの女を担いで歩くなんて無理だぞ、とサブロウさんが顔をしかめて、総合精神安定剤を飲ませれば回復するからだいじょうぶだと教えた。総合精神安定剤は精神を安定させるだけではなく血圧を正常にしたり心肺機能を整えたりいろいろな効果がある。精神の安定は身体によい作用をもたらす。製剤の製造コストが上がったために、現在中間層以下の人間たちは棒食に混入して総合精神安定剤を服用している。副作用なのか、それとも体質的に受けつけないのかはいまだ不明だが、総合精神安定剤の服用者の中で、だいたい千人に一人の割合で、十代後半に精神に障害が出て異常行動に走る者がいると父親のデータベースにあった。気力を失ったり逆に凶暴になったりする。このバスに集められているのはそういう患者たちかも知れない。

お前らバカなことを言ってるだろうが何を考えてるのか言ってみればいいだろう、医師らしい男が怪訝そうな表情でぼくたちとヒサユキハカマデを順番に見回す。製剤の総合精神安定剤は市販薬ではない。病院か指定の薬局で処方してもらう。この女は病気だから安定剤を売ってくれ、とぼくは医師らしい男に言う。だが医師らしい男はぼくを無視した。女を連れてきて売ろうとしないのが理解できないのだ。わたしはお前らの言うことを聞くだろうからお前らもこれで満足するしかないだろう、と言って、共通円二十万円分の入浴券と食券に、共通円二万円の紙幣を足してぼくたちに示した。ここは下層地域で他ではもっと高く売れるからここで売るべきじゃないです、とぼくは何度もサブロウさんに耳打ちする。サブロウさんは困ったような表情を浮かべる。サブロウさんは錠剤の総合精神安定剤を服用したことがないからその効能を知らない。アンを売りたくなかったが理由はわからなかった。映像が浮かんでくるだけだった。アンが脇の下や乳房や性器を他の人間に晒し、手と足の指を切られる映像だった。

女の性器はサツキという年寄りのものしか見たことがない。アンのからだと顔と、それとサツキの性器の組み合わせの映像が浮かんできた。鼓動が激しくなり喉が渇き腹がムカムカしてきてガスケットのスタジアムで経験したのと同じ感情が湧き起こった。あのときぼくは小太りの男の眼鏡を破壊したのだった。何かを踏みつぶしたい衝動に駆られた。医師らしい男は眼鏡をかけていないから眼鏡を踏みつぶすことはできない。歓楽街の西地区の宋文の食堂の個室でヤガラという人の頭にナタがめりこむ映像とサツキの性器とアンの顔が重なってグルグルと回り目まいがしてきた。お前どうしたんだとサブロウさんに言われる。ぼくは興奮していた。興奮しているところをサブロウさんに見られるのははじめてだが、恥ずかしくなかった。

3

医師らしい男に向かって総合精神安定剤を出せと言うと、それは無理だろうから売却代金は入浴券か食券か現金払いと決まっているだろう、と医師らしい男が表情を歪める。ぼくは机の脇にある丸い金属の皿からメスと呼ばれる細いナイフを取り、左手で医師らしい男の髪の毛をつかみ顔を固定して、右手で持ったメスを医師らしい男の顔の前に持っていった。メスで目を突いて血と体液があふれ出るところを想像すると興奮が増した。何だろう何だろう、お前は何をしようとするのだろう、と医師らしい男は言って、目の前のメスとぼくの顔を交互に見る。医師らしい男は、人間が何か特定のきっかけで暴力的になる事態に遭遇したことがない。総合精神安定剤の副作用と言われる精神行動障害は兆候もなく突然凶暴になるだけだ。檻の前にいる看護師らしい男は何が起こっているのか把握していなくてニヤニヤと意味のない薄ら笑いを浮かべていて、ヒサユキハカマデは首をやや右に傾け、なぜ早く女を売ってしまわないのかと不思議そうにこちらを眺めていた。サブロウさんはぼくの異変に気づいて眉間に皺を寄せている。

ぼくはメスを医師らしい男の顔の前に突きつけ、総合精神安定剤を出せと言い続ける。ぼくはどうやって興奮を知ったのだろうか。アンが関係している。スタジアムであの小太りの眼鏡の男がアンの足の指を舐めているときに老人施設でのサツキという年寄りの女との性的行為を思い出して身体の中で発火のような現象が起こった。危険な可燃物も引火物質が必要で高性能の爆発物も信管などの起爆装置が不可欠なのだと父親のデータベースにあった。ぼくの身体の中で何かと何かが混じり合い可燃物や爆発物のような状態になりやがてふいに引火や起爆が導かれた。性的で暴力的な映像が混じり合い、アンのあえぎ声がスイッチになった。回路ができたのだろう。あのスタジアムで映像の混合と、発火を促す回路が生まれ、またここで作動したのだ。しかしなぜぼくにそんなことが起こったのだろう。島でも本土でも、どこにも日常的には興奮は存在しない。興奮という言葉は残っていてコウフンと発音すると誰もが知っているが誰も使わないし概念は消えている。西区で宋文の部下たちはヤガラという人や他の反乱移民の子孫の頭をナタで割ったが興奮してはいなかった。鶏の肉を切り分けたり畑の雑草を切り取るような感じでナタを使った。

4

どうしてぼくは興奮を覚えたのだろう。興奮すると現実が希薄になる。想像で喚起された映像が脳内でふくらみ重なり合って発火が起こると、自分自身と外の世界との境界が曖昧になり湧き上がる怒りが自動的に対象を探して目の前のものを破壊しようとする。ぼくは医師らしい男の目にメスを突き刺そうとしている。メスをまず眼球に突き刺してかき回しながら引き抜けば目をえぐり出せるだろう。左手で髪の毛をつかみ医師らしい男の顔を動けないようにしておいてメスを眼球に突き刺せばいいのだ。医師らしい男はそんなことをする人間がいると知らないので実行は非常に簡単だ。だがぼくはメスを医師らしい男の日の前にかざしたまま突き刺すことなく自分でも気づかないうちに別のことをはじめていた。どうすればこの男に興奮と怒りと要求を伝えられるだろうかと無自覚に言葉を選びはじめていたのだ。そして、想像しろ、と静かな口調で最初の言葉を発した。え？　お前が何を言っているのかわたしも誰もわからないだろう、と医師らしい男がニヤニヤ笑いだす。想像するといいだろう、とぼくは羊バスで使われる言い回しを真似てもう一度つぶやき、目に見えないほど小さいゴミが入っても目が痛くなるだろう、と医師らしい男の耳元でささやく。

目は、とても痛みに敏感なものだろう。睫毛が挟まっただけで痛くて涙が出てくるだろう。現実的な問題として目ほど鋭敏で敏感で感覚が鋭い器官はないだろう。柔らかな絹織物の糸がただ触れるだけで、また風が直接当たるだけで、あるいは水が入っただけで、目は痛みを訴えるだろう。信じられない数の感覚神経が目に集まっているだろうから目がもっとも敏感なのは当然のことだろう。想像してみるといいだろう。ぼくが手にしているこのメスがお前の目の中に入っていくところを想像すべきときが来ているだろう。お前もよく知っているこのメスという道具は鋭い刃物で皮膚を切り裂くために昔から使われてきたものだろうから、ちょうど夜の空で輝く丸い月に細い雲がかかるように、そっと押し当てて滑らせるだけで眼球は切断されてしまうだろうし、その痛みは想像を絶するものだろう。お前は裸足で尖った小石を踏んだことがあるだろうし、熱い湯に触れて指が水ぶくれになったことがあるだろうし、転んで膝頭をすりむいたことがあるだろうし、歯が痛んだことがあるだろうが、眼球をメスで切られてえぐり出される痛みは比べようもないほど大きくてお前は気を失いあまりの衝撃に命も失うかも知れないだろう。

途中で、医師らしい男の唇が震えだした。言葉を聞かせ、言葉が紡ぎ出す映像をぼくは医師らしい男に植えつけていった。想像しろと言われても誰も想像しないしできない。目、器官、睫毛、挟まっただけ、痛いという言葉を並べると、自分の目と睫毛を思い浮かべ睫毛が目蓋の内側に挟まって痛い思いをした過去の出来事を喚起させる。相手が知らない言葉を使ってはいけない。相手が知っていると思われる言葉の中で想像を喚起させるものを選ばなければいけない。ぼくは最初目と言い後半部分では眼球と言った。最初に眼球という馴染みの少ない専門語を使うと想像が止まる。誰もが使う一般的な目というシンプルな言葉を多用し目のイメージが定着したあとで眼球という聞き慣れない響きの言葉を言うと映像の鮮明さが増す。それにガンキュウという語感にはどこか残酷な響きがあった。どうすればいいだろうと教えてくれるといいだろう、医師らしい男は顔の筋肉の制御がうまくいかなくなっている。医師らしい男は頬の筋肉をひきつらせながらこれまでの習慣で笑顔を作ろうとしていた。どうすればいいのだろうと教えてくれないとわからないだろうし教えてもらうべきだろう。頬と目尻と顎の筋肉が神経の制御を失って小刻みに震えだし目には涙があふれてきた。

総合精神安定剤はどこにあるか知ってるだろうしお前はおれたちにそれを売らなければな

らないから喜んで売るだろうからお前は目を守ることができるだろう、そう言うと、白衣のポケットからDNAキーを取り出し机の引き出しを開け黒いプラスチックケースを引っ張り出して膝の上に置いた。その間ぼくは左手で髪の毛をつかんだまま、右手のメスは顔から遠ざけた。総合精神安定剤の五ミリグラムカプセルが十二個入っているシートを二十枚奪い、これで払うからいいだろうと、机の上にあったアンの代金五万共通円をそのまま医師らしい男に手渡す。お前は水を持ってくるだろう、と看護師らしい男に命令して、その場でアンにカプセルを飲ませた。早く効くようにカプセルを割り中身を口に注ぎ込んだ。二個飲ませた。灰色がかったドロリとした液体がアンの歯の隙間とピンク色の舌に垂れる。アンは顔を歪ませた。総合精神安定剤は恐ろしく苦い薬だ。十ミリグラムは通常の五倍の量で、アンは現実を取り戻す。この女はおれたちが連れていかなければならないだろうからここに置いておくわけにはいかないだろうから連れていくがお前に対してはおれたちは多大な感謝をするだろう、そう言ってアンを立たせ、出口に向かうように言った。アンはまだ薬の苦さに顔を歪ませたままだった。口のまわりを舌で拭おうとしている。医師らしい男と看護師らしい男に、ありがとうと礼を言う。二人ともうなずきながら、礼など要らないから気をつけて行くといいだろうとおだやかな表情で言って、ぼくたちがバスを出て行くまで御辞儀を繰り返した。

5

　歩き出すとすぐにアンは表情が変化しゼロエイトを通り過ぎるころバスに寄りかかって何度か甲高い叫び声を上げたあと突然泣き出した。サイレンのような泣き声でバスの中から住民たちが集まってきた。ぼくもサブロウさんもどう対処していいのかわからなかった。どうすればいいいんでしょうか、と聞くと、赤ん坊だっていずれ泣きやむんだからいずれ泣き止むんじゃないのかとサブロウさんは言った。先導していたヒサユキハカマデはアンの泣き声にびっくりして後ずさりしたが、住民たちが集まってくると、リーダーにこのよそ者の三人連れを案内しろと言われたのだと得意げに吹聴した。アンは数分間泣き叫んだ。ショックや悲しみがあまりに大きい場合、感情の処理ができなくなって自分と現実を失い、解離と呼ばれる精神状態になるのだと父親のデータベースにあった。その解離状態を脱し、現実が戻って記憶がよみがえり父親たちの死を悲しむ力を得たのだ。総合精神安定剤は感情や情動を司る辺縁系に作用するといわれ、ショックやストレスで狂った神経伝達物質の働きを正常に戻す作用もある。現実を取り戻したアンはまずショックと悲しみを外部に向かって表出し、消費しなければならなかった。

アンがただ泣き叫ぶだけで他には何も起こる気配がないので、集まった人びとは飽きて家に戻りはじめる。最後の見物人が立ち去ってしばらくしてから、アンはやっと泣き叫ぶのを止めた。路地に坐り込み動こうとしない。ぼくたちは脇で眺めるしかなかった。そばに寄り添って、総合精神安定剤がさらに効果を発揮するのを待った。やがてアンは立ち上がりぼくとサブロウさんに抱きついてきた。サブロウさんは驚いて離れようとしたが、ぼくは肩に手を回して引き寄せ、三人でからだを寄せ合うようにした。おい、とサブロウさんがぼくに声をかける。おい、ちょっと聞けよ、とぼくの背中を軽く叩くので、からだを離してはダメですと言うと、そうじゃないんだとまたぼくの肩を叩いてアンのほうを顎で示す。こいつ何か言ってるんだ。アンはサブロウさんの肩のあたりに顔を埋めて両手を腰に回し抱きついている。ぼくには声が届かない。サブロウさんがアンの口元に耳を近づけ、ぼくに言った。こいつ、髪を切りたいと言ってる。

6

髪を切る店はゼロナインの端にあった。サブロウさんは髪を切りたいというアンを理解できなくて、このまま置いていこうと言った。こいつはわけがわからないことを言うしやっぱり足手まといだ。ぼくはアンに性的な興味を抱いていて別れるのが苦痛だったたし、髪を切りたいという思いも理解できる気がした。ネギダールの格納庫でタオルを借りて拭ったが洗ったわけではないので、三人ともまだ髪と服に乾いた血と体液がこびりついていた。アンにとって父親の血と体液なのだ。また、制御できないひどい悲しみにとらわれた人は、服装や髪型を変えたいという思いや、身体に針で穴を開け色を流し込んで絵を描いたり、金属のリングを耳や舌や性器に通したりすることがあり、それは今の自分とは違う人間になりたいという願望のせいなのだと、父親のデータベースにあった。アンは髪にこびりついた父親の血と体液を洗い流し髪の毛を切りたいのだ。ぼくたちには交通手段がないんですよ、とぼくはサブロウさんに言った。老人施設まで行くのにおそらく多額の金がかかるから、どこかでアンを高く売る必要があるんです。診療バスで言ったことと同じことを言ってサブロウさんを説得した。

島にも自治会館のそばに髪を切る場所があったが行ったことはない。サブロウさんもぼくもレーザーカッターで自分で切っていた。グニャグニャに折れ曲がった文字で美容サロンと描かれた映像看板を車体に取り付けたバスの中には、中年女の客が二人、髪を切る専門職の中年女が四人いた。一方の壁一面に鏡があり、その手前に椅子が四つ並び、入り口付近に髪を切る順番を待つ人用に長椅子が置いてあった。TVモニタにはさまざまな商品宣伝の映像が映し出されている。飲料水や食器や眼鏡や石鹸、棒食、電気製品、それに遊園地や温泉旅行などすべて下層向けの商品だった。客の数が髪を切る専門職の数より少なかったのでアンは順番を待つ必要がなかった。どういうヘアスタイルにするかと専門職の中年女に聞かれて、全部切って、とアンは答えた。スキンヘッドにするのかと中年女が確かめ、そう、とうなずきながらアンはときどき何か思い出すように目を閉じたり、長椅子に坐るぼくたちのほうを振り向いたりした。以前の表情が戻りつつあった。今後総合精神安定剤を六時間おきに服用すればもう現実と自分を失わなくて済むだろう。

トモナリという偽名を持ったアンジョウを訪ね老人施設の場所を聞き出さなくてはいけなかったが、その男が羊バスからどこかへ移動する可能性はないとヒサユキハカマデは言った。若い女は別だろうが他にここから出ていく者はいないだろうし居住者が出て行くことは法で禁じられているだろう。薬剤を使って印象材を溶かし、柔らかくなったアンの髪が切られ床に落ちていく。サブロウさんは高級菓子が紹介されているTVモニタをじっと眺めている。子どもと老人と若い女が中にクリームのようなものが入った丸いパン菓子を食べる映像だ。おれは忘れているだろう、と言いながら、ヒサユキハカマデがポケットから白い布きれを出してぼくに渡した。ゼロテンとゼロイレブンを通るときには布で口と鼻を覆わなければならないらしい。

アンの髪の毛が美容院の床に落ちていく。ひとかたまりになった髪の毛は溶剤で濡れて天井の明かりを反射して光っている。美容サロンに入って、髪を切る専門職の中年女からも客の中年女からも、アンとぼくとサブロウさんはじろじろと見られた。中年女たちはぼくたち三人を交互に見ながら顔を寄せ合って話し続ける。みな太っていて顔色が悪く、足のどこかがむくんだり腫れ上がったりしていた。髪を頭頂で丸くまとめて黄色の花飾りをつけた専門職の女はくるぶしのあたりが赤黒く腫れていた。前髪を額とこめかみにまだらに垂らしたもう一人の専門職の女は眼鏡をかけていて膝の裏側に瘤のような脹らみがあった。印象材で髪を台形に盛り上げて固めた三人目の専門職の女は片方の足首に浮腫があった。アンの髪を切っている専門職の女は坊主に近い短髪を脱色して頭皮に仏様の刺青を入れ両足のふくらはぎに計五個の拳大の腫れ物があった。黄色の髪飾りの女から髪を整えてもらっている中年女の客は片方の足の親指の付け根が盛り上がって履き物の代わりに足に厚手の布を巻きつけている。眼鏡の女から髪をまとめてもらっている中年女の客は両足の甲がでこぼこになるほど浮腫があって足の裏に貼りつける簡易サンダルを履いていた。

TVモニタの音声に負けないように中年女たちは大きな声で喋っていて話し声はぼくやサブロウさんのところまで届いた。わたしたち、美容サロン券も、その上で入浴券もたくさんあるだろう。どれほど恵まれているか、わたしたち、想像もできないだろうから幸福だろう。わたしたちと比べて、ゼロサーティーンのコマダスギコは不幸せだろうに石灰病がひどくなりもうすぐゼロイレブンに移りもうすぐ会えなくなるだろうから寂しくなるだろう。商品宣伝が流れるTVモニタの画面から視線を移し、石灰病って何だろうな、とサブロウさんがつぶやき、足首が腫れ上がる病気だとぼくは答えた。二度の移民内乱のあと浄水施設が破壊され石灰質の混じった水を飲んでいた女たちの足首が腫れ上がるという現象が西日本で多く見られるようになったと父親に聞いた。石灰質が血流に乗って身体に溜まり長い時間をかけて足首のあたりで骨に付着し肥大させる。正確には、石灰質が付着して足首の骨がふくらんでしまう病気だけを石灰病という。だがその病名は広く知られるようになって、そのあと足首だけではなく足の他の部分の浮腫や腫れ物もすべて石灰病と総称されるようになった。特に下層地域では二十五歳を過ぎた女の足に腫れ物や浮腫ができるようになった。男女では逆の症状が見られる。女は骨や筋肉や皮膚が腫れ上がり浮腫ができるが、男は逆で骨が浸食され溶けていくらしい。どうしてアキラはそんなにいろいろなことを知っているんだ、とサブロウさんが言う。自分でもわからないと答える。父親に聞いたりデータベースで知ったりしたが、情報源は他にもあるような気がする。ぼく自身を情報が通過していくような感じだった。

足の一部を腫らした女たちは喋りながら一定の間隔で短くて乾いた笑い声を上げる。咳に似た独特の笑い声だった。台形に固めた髪の女が、ゴミ処理施設で働く夫が優良勤労賞を受け特別許可証をもらって羊バスの外の区域に行き、食堂へ行った話をして、棒食は食べ続けているとその味の単調さがわからないが、うどん屋で卵の入ったうどんを食べたあとしばらく棒食がいやになって困ったと言ってからだを揺らしながら大声で笑い、他の中年女も続いて大きな笑い声を上げた。もうすぐアンは丸坊主になる。さっきこちらを振り向いて頭皮に反乱移民の印である双頭のライオンの刺青を入れるつもりだと笑顔で言った。中年女たちは、反乱移民という言葉を聞いて笑うのを止め興味深そうな顔つきになって、どこか日本人とは違うだろうと思っただろう、とまたぼくたち三人を順番に見た。

サブロウさんが熱心に見ているTVモニタではえんえんと続いていた商品の宣伝がいったん途切れ、政治家と宗教家と学者の討論会のような番組が始まった。理想社会はすぐそこにある、というテーマで三人は意見を述べる。ついに理想社会が到来したのだと学者が繰り返し、あと十年ほどの辛抱だろうと断言した。宗教家は、理想社会の実現は人類の文明が誕生してからの目標であり続けたが、五〇〇〇年ほどでそれが達成されるところを実際に見届ける世代になるとは信じがたい幸福であり、理想社会が本当に実現したのだからもうわたしたちは想像する必要がないと言って、想像する必要がない、想像する必要がない、想像する必要がないと何度も繰り返したあと、三人は声をそろえて笑った。髪を台形に固めた専門職の女が浮腫があるほうの足を引きずりながらTVモニタに近づき、側面からカードを抜き出し、手にしていた新しいカードを差し入れて番組を変え、ハマーズ対ダイナマイツのガスケットのゲームが映った。

7

想像する必要はないという政治家の言葉をぼくは反芻し、診療バスで医師らしい男を言葉で脅したことを思い出した。想像させて恐怖心を煽り屈服させて総合精神安定剤を奪い取った。実際に刃物を突き刺して眼球をえぐり出すことをしなかった。歓楽街西地区の宋文はヤガラという人たちに対し実際にナタで頭を割り殺した。どうして宋文は反乱移民の子孫たちに、想像させて屈服させようとしなかったのだろう。あの食堂の一室で宋文は充分に優位にあったので想像させて恐怖を煽れば現金も汎用車も簡単に手に入れることができただろう。ぼくはあの食堂から逃げ出すときも宋文に対し言葉を使って反撃した。想像させるには言葉が必要だとあのとき学んで、診療バスで医師らしい男を脅すことができたのかも知れない。だとすると宋文は、想像によって何事かが可能になり、実現する場合があるのだと学ぶ機会がなかったのかも知れない。

そういったことを考えていると、ふいに信号を感じた。中年女たちの咳のような笑い声の隙間から信号が届き、身体の内部で反響している。信号は短く、何度か繰り返される。アキラ、よく気づいた、見事だ。そうだ、想像は危険だ。想像は何よりも危険だ。誰も他人の想像を支配できない。想像は支配の道具ではなく、想像する主体を導く。想像する力がお前を導く。想像せよ、お前は導かれる。以前もこの信号を聞いたと思った。だが、さらに神経を集中して聞こうとすると、いつの間にか信号はとぎれ、やがて完全に消えた。

第十四章　羊バス　その3

1

涼しくて気持ちがいいと、アンは言った。美容サロンを出るとひんやりした風が路地を渡ってきた。アンは超短髪の坊主頭になったが、剃刀を当てる時間がなくスキンヘッドにすることができなかった。その代わり額からうなじまで頭部を縦に過ぎる平行する二本の赤い線を、微生物から抽出するバイオカラーペイントで描いている。刺青の代替物として開発され、半永久的に色が落ちない。二本の線は反乱移民のシンボルで不服従を象徴しているらしい。ヤガラという人とその仲間がまだ生きていたころは、アンは印象材で髪を尖らせ一般的な髪型にして反乱移民の子孫だということを隠そうとしていた。父親も仲間も死んで自分だけになったので、その印を身につけることにしたのだそうだ。そんな格好をしたら逮捕されて殺されるぞ、とサブロウさんが注意したが、殺されるのは恐くないとアンは首を振った。殺されるよりももっと恐ろしいことがあるのを知ったから恐くない、アンはそう言いながら先頭に立って路地を進んだ。ヒサユキハカマデがアンを呼び止め、全員に手作りの布製のマスクを手渡した。この先はもうゼロテンだろうしゼロイレブンだろうからマスクをしないと危険だろう、ヒサユキハカマデはそう言いながら路地を足早に通り過ぎようとする。

ゼロテンとゼロイレブンのバスの脇では、隔離用バス・医療および警備関係者以外立ち入り禁止、という映像看板が三ヵ所で点滅している。バスは厚手の緑色のシリコンシートで被われているが、ところどころ破れていて裂け目から内部が見えた。立ち止まってバスの中を見ようとするとヒサユキハカマデが、見ては危険だろうしダメだろう、と真剣な表情になって、できるだけ早く通り過ぎるようにと繰り返した。バスの内部に数段の棚があり、折り重なるようにして人間が横になっていた。右側のバスの棚に横たわっているのはどうやら女で足が一様に脹らみ、左側は男たちで棚からぐにゃぐにゃした足や手が垂れていた。女は骨が腫れ浮腫ができて男は逆に骨が溶けるという話を思い出した。骨が溶ける病気は知らない。ゼロイレブンの隔離用バスの出入り口のステップのあたりに男が倒れているのが見えた。男は白くて厚い生地の服を着ていた。開いたドアから誤って落ちたらしくてバスの中に這い上がろうとしている。だが左半身と両足がだらりと垂れていて妙な具合に折れ曲がっている。右手で取っ手をつかみからだを引き上げようとしているが、軟体動物が岩の隙間を這うような動きしかできない。ぼくはその男のからだと動きを見て叫び声を上げそうになった。アンとサブロウさんも目を大きく見開いて立ちつくした。ヒサユキハカマデが早く移動しないと感染してしまうとマスク越しにくぐもった声で怒鳴り、ぼくたちは急いでその場を離れた。

2

あの人間は何だ、とサブロウさんがゼロサーティーンを過ぎたところで布製のマスクを外しながら言って、ゼロフォーティーンでアンは地面にかがみ込み嘔吐した。あんな病気があるのか、とサブロウさんに聞かれて、知りませんとぼくは答えたが、目まいと吐き気に耐えなければならなかった。骨が溶けてしまうとああいう動きになるのかも知れない。羊バスの住民は全員がゴミ処理場で働いているそうだ。ゴミに含まれる毒物や放射性物質が関係しているのかも知れない。それにしてもあれほど気味の悪い人間の動きを見たのははじめてだった。現実感を失いそうになった。胸がムカムカして酸っぱいものが込み上げてきた。ヒサユキハカマデは、どうしてそんなに驚くのかというような意外そうな顔でぼくたちを見ている。ヒサユキハカマデにとっては当たり前の光景だったのだ。ああそうだ、そうだっただろう、とヒサユキハカマデが、ゼロセブンティーンの中心にあるひときわ大きなバスを示した。羊バス地区夢式場という映像看板が点滅し、車体は赤と白の造花で飾られて、開け放たれた窓からオルガンの音楽が聞こえてきた。バスの先頭部分に祭壇のようなものが作られ、ピンクのふわふわした服を着た女と、金色のボタンがついたまっ白な服を着た男が腕を組んでその前に立っている。二人とも中年だった。祭壇の奥には紫色の光沢のある服を着た老人が紙の束を巻きつけた杖のようなものを両手で高く掲げていた。

何とめでたいことだろう、とヒサユキハカマデが眼を細め、あなたたちは何という幸運の持ち主だろう、と言いながら、ぼくたちを造花で飾ったバスのほうに案内しようとした。結婚式だ、とアンが口のまわりに付いた汚れを拭いながら興味深そうな顔になった。あなたたちは招かれるだろうし祝ってあげることだろう、笑顔でそういうことを言いながら、ヒサユキハカマデは手招きをしながらバスの中に入っていく。入り口で紙コップに入ったジュースを一杯ずつもらい、あとでカップルに向かって投げるといいだろうと、係の男が手のひらいっぱいの小さな造花をくれた。夢式場という名称の大きめのバスの中には三十人ほどの人びとがいて、それぞれ日本の民族衣装や西洋の宴会用の衣装に似せたデザインの服を着ている。希望すれば入浴券二枚でぼくたちも儀式用の服を貸してもらえるらしい。後部座席のあたりに貸服が置いてあったが、よく見ると紙製だった。参列者はゴミ処理場の作業着の上から羽織るようにして紙の服を着ている。足踏み式のオルガンを弾いている男の黒い紙の背広は何度も着ているためか、斜めに裂けて茶色の作業着の背中が露わになっている。コの字を描いて長い机が置いてあり鶏肉のフライに似せた棒食と寿司に似せた棒食、それに焦茶色のせんべいと硬いパンを油で揚げた菓子が並んでいる。

島では結婚するカップルが管理事務所のある通りを並んで歩くだけで儀式は行われない。文化経済効率化運動は大げさな儀式は廃止するのが望ましいと啓蒙した。前世紀初頭までは二十歳に達した若者が大きな会場に集められ日本の民族衣装や西洋の宴会用の衣服を着て、自治体や地域社会から祝ってもらっていたらしい。成人式という名称のその式典は醜悪で無駄な儀式の典型例として矯正施設でよくビデオで見せられた。ほとんどの若者は儀式で使う民族衣装や宴会用衣装を自分で用意するのではなく親から買ってもらったり借りてもらったりしていたそうだ。確かに醜悪で、滑稽だった。大人として認められ社会から祝ってもらう儀式なのに、そのための衣装を親に用意してもらうというのは矛盾している。結婚式や葬式は簡素化されていったが下層地域では慣習が継承されることが多いと父親のデータベースにあった。下層地域では結婚が激減していて慣習が残っても大した問題ではなかった。そもそも、結婚や埋葬の慣習的儀式を許されるのは優良勤労者だけだった。優良勤労賞を複数回受賞すれば、地域内に登録された女が紹介され、双方が希望すれば結婚の儀式が認められる。

3

オルガンは昔の童謡を演奏していて音量が上がり、祭壇の向こう側にいる紫色の衣服を着た老人が杖を高く掲げながら、銀色の指輪を白い紙製の背広を着た男に手渡している。さあ、もっと近くに寄るから祝福するだろう、ヒサユキハカマデがぼくたちに前方へ近づくように促す。いっせいに拍手が起こり、祭壇の横で四人の子どもが天使を模した翼のある紙製の服を着てオルガンの伴奏に合わせて童謡を歌っている。きれいに着かざっているというのに花嫁はどうして泣くのだろうという悲しい旋律の歌だった。子どもたちを眺めていて、ある人物が目に入り、腕と首筋に鳥肌が立った。息苦しさを感じ唇が震えはじめ、動悸が速くなった。四人の子どもをビデオカメラで撮影している初老の男がいる。ビデオカメラはカード型の普及品ではなく、ちゃんとレンズが付いた高級機だった。男はモニタを眺めながら四人の子どもに手を振り笑いかけている。灰色の作業着の上から紺色の紙製の背広を着ている。口ひげを生やして眼鏡をかけ、頭頂部が禿げ上がり残った髪を長く伸ばして後ろで束ねている。下層地域の男たちとは違う特徴のある顔とからだつきだった。目が鋭く眉が濃くて鼻筋が通っていた。背丈はぼくとサブロウさんの間くらいだが、頑丈そうなからだをして、太っていない。島にいるときは髪はもっと短く、口ひげはなかった。眼鏡もかけていなかった。

初老の男は、間違いなくアンジョウだった。幼いぼくを抱き上げてワゴン車に乗せ、大量の総合精神安定剤を飲ませ、老人施設に運んだ男だ。途中の休憩所で逃げようとした子どもの一人を革のベルトで殴りつけ、二度と逃走できないように足首の骨を折った。目が合ったが、アンジョウはぼくだと気づいていない。あれから数年しか経っていないが、ぼくは背が伸びたし大人びた顔に変わった。またアンジョウは大勢の子どもを扱っているから、いちいち顔を覚えていないのだろう。どうかしたのか、とぼくの異変に気づいたサブロウさんが声をかける。あいつがいた、とぼくはサブロウさんの耳元でささやき、アンジョウを視線で示した。結婚するカップルの指輪の交換が終わり、おめでたいだろうからおめでとうだろう、という大きな合唱が起こって、紙製の天使の翼を付けた四人の子どもたちが小さな造花を天井に向かって放り投げる。老人施設がどこにあるか知ってるやつか、とサブロウさんがアンジョウを見ながら聞く。気づかれるとまずいからあまり見ないほうがいいですよ、とぼくは注意してから、ヒサユキハカマデに近づいた。情報を得る必要があった。笑顔を作り、祭壇に近づいて、アンとサブロウさんといっしょに造花を放り投げる輪に加わりながら、ヒサユキハカマデ、あなたは結婚しているだろう、と聞いた。

おれなどはまだまだ二十九歳だからまだあと十年ほどは結婚などできないだろう、とヒサユキハカマデは照れたような表情になった。羊バス地域の男女比は二〇対一で、命を削るような労働をして何度も表彰されないと結婚はできないのだと言った。ぼくは次に、結婚するカップルについて、どんな人物なのかと質問した。花婿はゴミ処理場の金属分別課の課長で特別優良勤労賞を二回、優良勤労賞を四回も受賞しているエリートで、花嫁は歓楽街中地区から去年の秋に移ってきたパン作りの職人だということだった。結婚する人はみんな優秀な人だろうし、またここに集まっている人もたぶんみんなさぞかし優秀な人ばかりなのだろう、と言って、ビデオで結婚式を記録している人がいるがあの人はどういう人なのだろうと聞いた。ヒサユキハカマデによると、先生と呼ばれている作家だということだった。ゴミ処理場で働く人びとの日常の暮らしぶりをビデオカメラで記録し、小説とか詩とかレポートとか報告書のような形で上に知らせるのが役目で、一年ほど前、とても信じられないような優良な地域からわざわざ羊バス地域を選んで移り住んできて、妻はいないが、子どもが三人いて、前の花嫁との間にできた子どもたちだろうがよく面倒を見るものだと近所でも評判になっていると教えてくれた。子どもがいっしょだと聞いていやな予感がした。

ぼくとサブロウさんはアンジョウに近づいていく。サブロウさんはショルダーバッグをからだの前に持ってきて片手を差し入れ、暴徒鎮圧用のゴム弾を用意して、グリースガンのグリップをつかんでいる。ゴム弾はグレネード発射管に挿入して撃つ。殺さずに動きを止めることができる。アンジョウはビデオカメラを構えたまま穏和な笑顔を見せ、楽しそうにもっと笑って、というように手を振って雰囲気をさらに盛り上げようとしている。祭壇の脇にまわり、ぼくとサブロウさんで両側からアンジョウを挟み込むようにからだを寄せた。アンジョウはぼくとサブロウさんを見て、最初カップルの親戚か家族だと思ったのか、おめでとうと言わせてもらうだろう、と笑顔を作ろうとしたが、途中で表情が凍りついた。ぼくたちが羊バスの住民ではないとすぐに気づいたのだ。後ずさりをしながら逃げ出そうとする。サブロウさんが腕をつかんで引き留めた。アンジョウ、ぼくが誰なのかわかりますね、と耳元で言った。今からここを出て老人施設に案内してください。ぼくの名前はタナカアキラです。島から来ました。ぼくが老人施設で誰に会うのか、アンジョウ、あなたは知っているはずですね。

アンジョウはさっきまでとはまったく別の表情になった。皮膚が剝がれて別の顔が現れたかのようだった。驚きなのか、恐怖なのか、憎悪なのか、ふいに顔全体を深い皺が覆った。皺のせいで顔が歪んで見えた。アンとヒサユキハカマデが何事だろうとこちらを見ている。逃げたらグリースガンを撃ちます、とぼくが言うと、撃つなら撃ってみろ、警備ロボットが飛んできて逮捕されるんだ、とアンジョウは歪んだ顔で言ったあと、じっとぼくの顔を覗き込み、お前本当にタナカアキラなのか、本当に島を出たのか、どうやってここまで来たんだ、と力なくつぶやいてため息をついた。

4

アンジョウは周囲に気づかれないように注意しながら紙の服の下に着ている茶色の制服の内ポケットからペンケース型の古い携帯用電話を取り出して、これは警備ロボットセンターに直接的につながる電話だから、わたしが送信ボタンを押すだけでお前たちは捕まるんだ、と言った。父親のデータベースで映像で見たことはあったが、携帯用電話を実際に見たのははじめてだ。もちろん島では実物を見たことがない。移民内乱で中継局が閉鎖され、内乱後も上層以外ではアクセスが制限され、携帯用電話は需要がなくなったのだと聞いた。上層地域以外で、携帯用電話を持っている者はいない。どこにもつながらないからだ。アンジョウは羊バスに来る前にどこかで携帯用電話を手に入れたのだろう。アンジョウが言うとおり警備ロボットのセンターにつながるのかも知れないし、アンジョウは嘘をついていて電話の機能はなくただのアクセサリーなのかも知れない。だが、どちらでもよかった。あなたが警備ロボットをここに呼びたければ呼べばいいのです、とぼくは言った。ぼくは逮捕されるわけですが、からだに埋め込まれたチップから信号を送ればあなたの情報が警備ロボットに伝わります。ぼくはテロメアを切られて島へ戻されますが、老人施設まで行けないのなら、どこで生きてもどこで死んでも同じことです。でもアンジョウさん、あなたはテロメアを切られて島の住人になるのを受け入れられないのではないでしょうか。ぼくが失うものよりあなたが失うもののほうがはるかに大きいのではないでしょうか。

そういうことを言ったあと、アンジョウにからだを寄せ耳元で、あなたが逮捕され島に送られたら帰りを待つ三人の子どもはどうなりますか、と囁いた。脅しはアンジョウを逆上させた。アンジョウの顔が真っ赤になって唇がめくれ上がり、裂けるように口が大きく開いて喉を震わせながら叫び声を上げ、それは大災害の際のサイレンのように聴覚を覆いつくした。最初の数秒間は何が起こったのかわからなかった。大きく口を開けているアンジョウとその恐ろしい音が結びつかなかった。逆に周囲から音が消えたような錯覚さえ感じた。サブロウさんは口を押さえて後ずさりした。ぼくは強い不安を感じて思わずその場から逃げ出しそうになった。バス内の人びとは何人かは顔を両手で覆って泣き出し、何人かはその場に倒れた。

子どもはしりもちをつき花婿と花嫁は目を見開き胸を押さえるようにして茫然と立ちつくした。アンは両耳を手でふさいで、睨むようにアンジョウを見つめている。ヒサユキハカマデは口を開けたまま両手をだらりと下げ脱力してバスの天井を見上げている。気絶して床に倒れている人もいた。叫び声はバスの外にも届いたのだろう、窓外から住民がバスを覗き込んでいる。アンジョウはまるで歯茎についた異物を取り去るかのように唇を動かして奇妙な形に歪め、やがて叫ぶのを止め、目を閉じて何度も深呼吸をした。そのあとしばらくして表情が怒りから恐怖に変わり、怯えた目つきをして、当然だよ、とぼくに向かって言った。当然だよ、タナカアキラ、当然だよ。わたしがここで何をしていたのか、お前は知っているだろうが、実はわたしはお前をずっと待っていたんだ。もちろんだよ。わたしは案内するよ。とにかくまずわたしたちはここを出よう。ここを出なければどこにも行けない。

5

アンジョウは聞き取れない小さな声で何かつぶやきながら先頭を歩いている。結婚式場のバスを出るときにアンジョウは、花婿や花嫁をはじめとして全員一人一人に声をかけて謝った。驚かせたことだろうからすまなかっただろうから謝るべきだろうし謝るだろう、そう言いながら手を握って、深々と頭を下げた。路地はしだいに暗くなった。扇形に広がるバス群の外周に行くにしたがって外灯も映像看板も少なくなったからだ。ヒサユキハカマデとは結婚式場のバスの外で別れた。別れ際に、ヒサユキハカマデは、アンジョウに、この人たちの言うことを聞いたほうがいいだろうから聞くべきだろう、とぼくが医師だと思われる男から総合精神安定剤を奪い取ったことを、まるで自分の手柄のように、得意そうに話した。そして、ぼくたちに向かって、当人に出会ったのだからもう案内はいらないだろうと言うと、寂しそうな顔になって、何度も振り返りながら路地を戻っていった。

歩き出すときに、逃げようとしたらPD弾を撃つ、とサブロウさんがアンジョウに言った。逃げる場所などないからわたしは逃げないよ、とアンジョウは叫び声の余韻が残る顔で言ったあと、本当にどうやって島を出てここまでやって来たというんだ、とバスの中での台詞を繰り返した。どうやってここまで来たというんだと言われて、点滅する映像看板のように記憶がよみがえった。不法投棄者のトラックと宇宙ステーション、髪を尖らせたアンと成層圏から見た地球、中型警備ロボットが吐き出す虫のような極小のロボットの群れとネギダールの飛行自動車から見た屋上から滝が流れる歓楽街のホテル、広大な食品モールと食堂街の群衆と銀色のスタジアムで浮かんできたサツキという年寄りの女の性器とヤガラという人とその仲間とナタで割られた頭と血と灰色の脳みそと汎用車、それにトンネル内の解放区の店に充ちていた煙とスピーカーとアンの赤い衣服と制限区域を走る電車の中の少年と飛行自動車展示場の歳を取ったコンパニオンの女たちが脳裏に浮かんでは消えた。そして緑と白と青で彩られ緩やかで巨大な円弧となった地球の映像は何度も目の裏側で点滅した。

6

ゼロトゥエンティフォーという表示のあるバスのそばで、あいつは何をぶつぶつと一人で喋っているんだ、とサブロウさんが言った。わかりませんと答えた。アンジョウの声はときおり大きくなる。くりーんとか、すとりーととか、とうちょうとか、すみわけとか、りそうしゃかいとか、言葉が断片的に届くが何を言っているのかわからなかった。ぼくたちはアンジョウのすぐ後ろを歩いている。アンはハミングをしながら付いてきて、ときどきぼくとサブロウさんに近づいて腕を組もうとしたり手をつなごうとした。グリースガンをいつでも取り出せるように、サブロウさんはバックパックに右手を差し入れたまま歩いていて、アンがからだを寄せてきて手や腕をとろうとすると、振り払った。拒否されるたびにアンはどういうわけか面白がって笑い声を上げ、そのたびにアンジョウが振り返った。振り返るときもアンジョウは唇を動かし続け、独り言を止めなかった。

ゼロトゥエンティファイブを過ぎたあたりからバスとバスの間のスペースに犬や山羊やウサギや鶏が檻で飼われているのが目立つようになった。檻には食用動物飼育許可証と記された金属のプレートが貼られている。十数匹の犬がぼくたちに向かってうるさく吠えはじめる。バスの脇に置いた大きなステンレスのテーブルの上に縛られた一匹の山羊がいて、その傍らで一人の男がじっと山羊を見つめていた。山羊は手足を針金で縛られ、男は黒いビニールのエプロンをしている。アンジョウがこちらを振り向いた。わたしが逃げ出したりしたらグリースガンを撃つと言ったんじゃなかったか、アンジョウはそう言ってサブロウさんの手元を指差した。アンジョウがどうしてそんなことを言い出すのかわからない。サブロウさんはバックパックの中に手を入れていて、困惑した表情でぼくとアンジョウを交互に見た。アンは両手を後ろで組み、テーブルの山羊を興味深そうに眺めながら、あなたはその動物を今から殺すの？　と聞いて、エプロンの男は複雑な顔つきでうなずき、手にした細長い包丁を見せた。わたしはこれから逃げようかと思うんだがそのときお前らが本当にグリースガンを撃つのかどうか可能だったら確かめておきたいから、このあたりに並んでいる檻の中の動物とか鶏とかを試しに実際に撃ってみてくれないか、アンジョウは眼鏡を外しレンズの汚れを作業着の裾で拭いながらそんなことを言った。こいつは何を言ってるんだ、とサブロウさんがそう聞いたが、ぼくも意味がわからない。わたしは今から逃げようと考えているんだがグリースガンで撃たれるのを想像するだけで恐くなって決心がつかないから本当にお前らに発砲する気があるのかどうか動物で実験しておきたいと言っているだけで医学などでも人間では試せないときに動物のネズミやハムスターやウサギでテストをするのは常識じゃないか、アンジョウは眼鏡をかけるが作業着の裾が汚れていたのか、拭う前よりレンズは曇って眼球がほとんど見えなくなった。

アンが、お願いがあるんだけどその動物の頭を切らないで欲しいの、と男に向かって言っている。こいつをさばくのはまだうんとあとのことになるだろうからだいじょうぶだろう、とエプロンの男は、縛られて全身を震わせ絞り出すように鳴き声をあげている山羊の喉のあたりを、包丁を持っていないほうの手で優しく撫でた。アンジョウ、ぼくたちはあなたのバスの車体番号を知っているのであなたのバスに行ってまず子どもたちに挨拶しますが、それよりあなたにはもう逃げるところはないのではないでしょうか、とぼくは声をかけ、アンジョウは結婚式場のバスの中と同様に、子どもたちという言葉に過敏に反応し、暗い空を見上げて、頼むから子どもたちはそっとしておいてやってくれないか、と顔を歪め唇を嚙んで目の端に涙をにじませた。

アンジョウは作家でゴミ処理場で働く人たちの生活をビデオで記録していて三人の子どもといっしょにバスに住んでいるとヒサユキハカマデに聞いたとき、島の出来事が浮かんできていやな気分になった。島の子どもにとってアンジョウは特別な存在だったからだ。島でアンジョウはきれいな顔とからだつきをした子どもたちを選び家に招待したり公園でゲームをしたり海岸沿いをいっしょに歩いたりしていた。いっしょに暮らしているという三人がアンジョウの子どもなのかどうかわからない。しかし特別な存在なのは間違いない。子どもたちには危害を加えないと約束するから、あなたも逃げるなどという愚かなことを口にしたりしないほうがいいでしょう、ぼくは涙をにじませたアンジョウにそう言った。アンジョウは、わかってもらえたようでこれほどうれしいことはないから逃げるなどということはもう決して再び口にしないと約束したい、と眼鏡を外し、手の甲で目を拭った。

アンはまだエプロンの男と話をしている。あなたはその動物のことを好きだから殺すのね、とアンが聞いて、好きかどうかはわからないだろうが生まれたときから育てたことだろうから心の中で名前をつけてしまったのだろうからさばくまでにわたしの気持ちの中にサリーの居場所を見つけてからでなければさばけないだろう、とエプロンの男は山羊の喉や腹を撫で続ける。アンは、エプロンの男の隣に立って手を伸ばし、いっしょに山羊の目の回りや耳の後ろ側や首筋を撫でた。山羊はそれまで縛られた手足をふりほどこうと全身をけいれんさせていたが、二人に撫でられるうちに呼吸が穏やかになりゆっくりと目を閉じたり開いたりして鳴き声も止んだ。気持ちの中に居場所を見つけるって、それはどうすれば見つけられるの、とアンが山羊を撫でながら聞いた。水滴が岩に穴を開けるようにやるしかないだろう、とエプロンの男は言った。わたしたちの心には隙間というものがないだろうから、心にサリーの居場所を作るためには時間とそれにとくに鋭く強い感情が必要だろう。それこそ悲しみというものだろう。悲しみは固い岩に垂れ続ける水滴のように心に垂れて隙間を作るだろうとわたしはこの仕事を続ける間に気づいたのだろうが、それは辛いことであるだろう。悲しみを持つのは辛いことであるだろう。だが、悲しみが心に隙間を作りそこにサリーの居場所ができることだろう。わたしはその場所にこれからいつでもサリーを訪ねていくことだろう。

もう逃げるなどと口にしないから子どもたちだけはそっとしておいてくれないかと繰り返しそう言って、にじんだ涙を手の甲で拭いながらアンジョウはまた路地を歩き出した。あいつが何を言っているのかおれはわからないんだが、アキラお前はわかるのか、とバックパック内のグリースガンから手を離さずにサブロウさんが聞く。よくわからないんですが、とにかく子どもたちがいるわけだし、逃げ出したりはしないはずです、とぼくは答え、行くぞ、と山羊のそばから離れようとしないアンに声をかけた。アンはしばらくエプロンの男の横で山羊をなで続けていたが、やがて駆け寄ってきて合流し、またハミングしながら歩き出した。

7

郵便はがき

112-8731

料金受取人払郵便

小石川支店承認

1424

差出有効期間
平成23年12月
31日まで

〈受取人〉
東京都文京区
音羽二—一二—二一
㈱講談社
文芸図書第1出版部 行

お名前

ご住所 〒

電話番号

メールアドレス

記入日付 年 月 日

今後、講談社からお知らせやアンケートのお願いをお送りしてもよろしいでしょうか。ご承諾いただける方は、下の□の中に✓をご記入ください。

□ 講談社からの案内を受け取ることを承諾します

TY 000034-0912

■ご購読ありがとうございます。今後の出版企画の参考にさせていただくため、アンケートへのご協力のほど、よろしくお願いいたします。

書名

Q1. この本が刊行されたことをなにで知りましたか。

1. 書店で本をみて　　2. 書店店頭の宣伝物
3. 本にはさまれた新刊案内チラシ　　4. 人に聞いた(口コミ)
5. ネット書店(具体的に：　　)
6. ネット書店以外のホームページ(具体的に：　　)
7. メールマガジン(具体的に：　　)
8. 新聞や雑誌の書評や記事(具体的に：　　)
9. 新聞広告(具体的に：　　)
10. 電車の中吊り、駅貼り広告
11. テレビで観た(具体的に：　　)
12. ラジオで聴いた(具体的に：　　)
13. その他(　　)

Q2. どこで購入されましたか。

1. 書店(具体的に：　　)
2. ネット書店(具体的に：　　)

Q3. 購入された動機を教えてください。

1. 好きな著者だった　2. 気になるタイトルだった　3. 好きな装丁だった　4. 気になるテーマだった　5. 売れてそうだった・話題になっていた　6. 内容を読んだら面白そうだった　7. その他(　　)

■この本のご感想、著者へのメッセージなどをご自由にお書きください。

ご職業　　性別　男・女　　年齢　10代・20代・30代・40代・50代・60代・70代～

犬の吠え声が聞こえなくなった。最後のバスの列の向こう側にはまっ暗な傾斜地が広がり虫と夜行性の鳥の鳴き声が聞こえた。月明かりに照らされて背後の山の稜線が見える。振り返ると、大きさがほぼ同じで微妙に形が違うバスが整然と並んでいた。黄色やオレンジの明かりが扇の形に延びて、まるで巨大な電気装飾のようでぼくたちはしばらく見とれた。しかし外れまで来ると、羊バス区域が外部から遮断されているのがよくわかる。この区域に住む人びとのほとんどは工場と廃棄物処理施設に働きに出かけるだけで一生を終える。だが実際に住んでいる人は、外部から遮断されていることを知らない。島がどれだけ狭いのか、島にいるときはわからなかった。

ここがわたしのバスだが気をつけて欲しいことがあるんだ、とアンジョウはゼロサーティスリーに並ぶバスの一つを示して言った。気をつけて欲しいことというのは、それは盗聴なんだ。もう何十年もわたしは盗聴されているんだ。盗聴しているのは誰なのかは言えない。とても言えない。わかるだろう。言えないんだ。だが強力な権力を持つ者だけが盗聴ができる。それは誰でも知っている。だからお前たちも知っているだろう。わたしは作家で、小説や詩や論文や文化評論やレポートや報告書や始末書やプロダクションノートなどありとあらゆる言語活動を行っていて権力側から目をつけられているんだ。だがわたしは盗聴などには屈しない。作家は本質的に自由でどこに追い詰められても閉じこめられても追いやられても、その場所で言葉を紡ぐ。だから、自由なんだ。わたしは管理官としてお前らの故郷の島に住んで、権力側が秘密にしておきたいことを、この目で見て、この耳で聞いて、そして表現してきたんだ。

アンジョウはバスの出入り口のステップを上りながら、この目で見て、と言うときに自分の目を指差し、この耳で聞いて、と言うときに自分の耳を指差し、表現してきたと言うときに、自分の心臓の位置を指した。バスの中は牛乳の匂いがして暗い。人の気配がしない。アンジョウが壁際のスイッチを入れて天井の明かりがつき、左右両側の壁が本で覆われているのが目に入った。活字印刷の本と書籍ディスクと書籍カードがびっしりと積み重ねられていた。これほど大量の書籍類を目にしたのははじめてだった。アンとサブロウさんは本に威圧されたかのように立ちつくした。多種多様で、しかも膨大な蔵書だった。経済学や生物学や法学や医学や工学や政治社会学などの学術書、著名な古典文学や近現代文学や詩集や辞典や教科書や歴史書、裁判の判例集やさまざまな地域の市史やいろいろな企業・工場の社史やさまざまな外国の旅行案内書や海図集や演劇評論集や動植物図鑑、海産物加工、冶金、ロボット、医薬品などの技術書、それに鉄道の路線図と時刻表、航空会社の運航表やホバークラフトの設計図集、そして二〇四八年度から二〇七六年度までの全国の電話番号簿、二一〇二年度の関東州と山陽州の収支決算報告書などが目についた。サブロウさんは唖然とした顔で本棚を眺めている。

8

出ておいで、とアンジョウはバスの後方に向かって声をかけた。出ておいで、だいじょうぶだから出ておいで、この人たちはひどいことをする人たちとは違うから、出てきて顔を見せておくれ、とアンジョウはまるで歌うように、柔らかな高い声で抑揚をつけて呼びかけた。バスの中は、本棚の他に丸いガラステーブルと木の椅子とTVモニタ、前方の運転席の脇に折り畳み式の旧式なラップトップが置かれたデスクと電化キッチンがあり、中程に簡易便所があって、後方に二段ベッドが二つある。二段ベッドの下から子どもが一人顔を見せ、ビニールシートを張った床を手でごそごそと引っ掻くようにして這い出てきた。七、八歳くらいの、人形のように整った顔、大きな目をした女の子どもだ。その女の子を見たとき、アンジョウが眉間に皺を寄せ、不快そうな顔になって、アンジョウを睨んだ。女の子は、ぴったりと肌に貼りつく黒い半透明のダンスの練習着のような衣服を着ていた。薄い生地を透かして色白の幼いからだがより強調されていて、首に革の首輪をはめている。顔に表情がない。怯えているというわけではないが、目に力がなくどこを見ているのかわからない。フィンフィン、こちらにおいで、とアンジョウが声をかけ、近づいていって、その小さな手を包みこむように握って、トシヤスとティティはどこに隠れているのかな、と聞いた。女の子どもはどこを見ているのかわからない目をしたまま、ベッドの下を指差した。

トシヤス、ティティ、出てきてもいいんだよ、出ておいで、この人たちはとてもいい人たちでひどいことをする人たちじゃないんだよ、とアンジョウは歌うような口調で何度も繰り返し、ベッドの下の隙間を覗き込み、手を差し入れて、五歳くらいの男と女の子どもを引きずり出した。女の子どもは床に手をついてゆっくりと立ち上がったが、男の子どもはぐったりとうつぶせに倒れたまま動こうとしなくて、アンジョウが抱きかかえるようにして立たせた。フィンフィンと呼ばれている女の子どもと同じように、二人とも半透明のぴったりとした衣服を着て、首輪をしていた。首輪には銀色の鋲が打ってあり、ひきづなを留める金属の輪がついている。首輪の幅は首全体を被うほど広くて三人とも呼吸が苦しそうだった。アンジョウに近づく。目が怒りに充ちていて、ぼくは肩を押さえて動きを制止した。アンは、フィンフィンと呼ばれる女の子どもの足先を見ている。爪に色が塗られた足の指の間に強化プラスチックの極小の器具がはめ込まれている。矯正器具の一つで数歩歩くと足の指の骨が圧迫されて激しい痛みを感じる。

フィンフィン、ティティ、トシヤス、よく聞くんだよ、とアンジョウは三人の子どもの頬や頭を撫でながら話しかけた。これまで何度も言ったと思うんだが、よく聞くんだよとわたしがそう言ったら、わたしの顔をちゃんと見て、はいと返事をするか、こっくりこっくりとうなずくか、どちらかが大切だって、わたしは何度も何度も教えたんじゃなかったかな。アンジョウがそういうことを言うと、三人の子どもに緊張が走り唇がかすかに震えだした。いいかな、はいと返事をするか、こっくりこっくりとうなずくか、どちらかをするのが大切だって教えたよね、教えたよね、教えたよね、とアンジョウは自分の顔を三人の子どもの顔の前に交互に近づける。フィンフィンと呼ばれる女の子どもが、首を前に倒す運動のような動作をした。うなずいているようには見えなかった。他の二人の子どもも、フィンフィンと呼ばれる子どもに続いて同じ動作をする。三人の子どもが首を前に倒すのに合わせて、アンジョウは、こっくり、こっくり、こっくり、こっくりとリズムをとるように声を出した。ようし、ようし、そうだよ、そうだよ、いつもこっくりこっくりを忘れてはいけないんだよ。わたしは、今から仕事をしに行くからね。この三人の、いい人たちといっしょに少し遠いところに行くことになったから、お留守番ができるよね。そうだなあ、明日の朝か、お昼には戻ってくると思うから、ちゃんとお食事をして、お薬を飲んで眠ってるんだよ。お薬はちゃんとお食事の中に入れるから、全部食べるんだよ。

アンジョウはそう言ってから、ズボンのポケットの中の、袋状になった部分を出し、それをフィンフィンと呼ばれる女の子どもに握らせ、ティティと呼ばれる女の子どもとトシヤスと呼ばれる男の子どもを抱き上げて、バスの前方に移動し、キッチンで食事を作り始めた。棒食を細かくちぎって大量の粉末牛乳を加え、薬剤を数滴垂らし、それを大小のグラスに注いで、飲みなさいと三人の子どもに渡した。飲みなさい、ともう一度言うと、三人の子どもはまるで機械仕掛けの人形のようにグラスを傾け、半固体の食事を喉に流し込んだ。バスの中に牛乳の匂いが立ち込めた。三人の子どもが食事を飲み終わると、アンジョウは、すごい、すごい、すごい、と一人で拍手をして、ぼくたちのほうに振り返りながら、わたしはこの子たちを守り、また幸せにするためだったら死を受け入れることもいとわないだろう、と目尻に涙を溜めながらそう言った。

それが実はわたしのすべてなんだ。ここは盗聴されている。カメラも数万ヵ所に設置されている。ほら、ここと、あそこと、あそこ、それにあそこ、とアンジョウは、天井や窓枠やデスクの上のライトなどを次々に指差した。それらのどこにもカメラらしいものはなかった。たとえばこれだよ、とアンジョウはランプシェードに付着していたゴミを指先にくっつけて示し、これが最新のカメラでマイクロフォンも内蔵しているんだ、と言った。これも、あれも、これも、それも、全部そうだ、カメラであり、マイクなんだ、アンジョウは椅子や本棚や窓枠の糸くずやゴミをつまんでは、それを示し、ふっと息を吹きかけて床に落ちるのを目で追い、靴の先で押し潰すような仕草をした。こうやって破壊してもきりがないんだ、なぜならこのバスにはカメラとマイクロフォンが数万ヵ所に、いや正確に言うと数千万ヵ所に設置されているからなんだ、そういうことを言いながらアンジョウは、三人の子どもがよろよろしながらベッドのほうに歩いていくのを眺めて、老人施設にはいつ出発するんだ、わたしは、もういつでもいいぞ、とぼくたちに笑いかけた。

村上 龍

1952年、長崎県に生まれる。武蔵野美術大学中退。'76年に『限りなく透明に近いブルー』で群像新人文学賞、芥川賞を、'81年に『コインロッカー・ベイビーズ』で野間文芸新人賞、'96年に『村上龍映画小説集』で平林たい子文学賞、'98年に『イン ザ・ミソスープ』で読売文学賞、2000年に『共生虫』で谷崎潤一郎賞を受賞、'05年に『半島を出よ』で野間文芸賞、毎日出版文化賞を受賞。小説、エッセイにとどまらず「TOPAZ〈トパーズ〉」などの映画製作や、サッカー、国際政治、経済に関する著作など、あらゆるジャンルで旺盛な活動を展開している。

歌《うた》うクジラ 上

二〇一〇年一〇月二五日 第一刷発行

著者——村上《むらかみ》 龍《りゅう》

発行者——鈴木 哲

発行所——株式会社講談社

東京都文京区音羽二—一二—二一

郵便番号一一二—八〇〇一

電話 出版部 〇三—五三九五—三五〇四

販売部 〇三—五三九五—三六二二

業務部 〇三—五三九五—三六一五

印刷所——株式会社精興社

製本所——黒柳製本株式会社

定価はカバーに表示してあります。

ISBN978-4-06-216595-2